学人素颜录

韩石山 著

2019年·北京

涵芬楼文化 出品

序

  不管学成没学成，上的是历史系，且是学制五年的那种。毕业后，在山区乡镇中学教书十多年，手中有两种笔：一种是粉笔，板书用的；一种是钢笔，写教案用的。困居山中，穷极无聊而又百无依傍，便用写教案的笔，写起了小说。居然靠着这点小小的技能，走出了满是沟壑的吕梁山。

  出了山，不用看人眉高眼低了，总想显现一点个人的才情。于是在20世纪90年代初，毅然放弃了别人也还看好的小说写作，做起了现代文学人物的研究。最扎眼的是，写了一部《李健吾传》，又写了一部《徐志摩传》。

  写过的人与事多了，总想上升到理论的层面，抒一抒自己的粗鄙之见。这次编集子，特意选了近来的三篇讲稿，就是这个意思。

  集子编起，名字一直定不下来。儿子看不下去，说还是他来吧。过了两天，发来三个，一眼就看中了现在用作书名的这个。素颜录，多好！这多少年，写了那么多的文章，还不就是为了显现这些学人素颜的一面吗？

韩石山

2019年6月11日于景邸

目 录

序　　1

徐志摩的学历与见识　　1
邵洵美：该另眼相看了　　11
闲话事件与一个漂亮女子的苦衷　　23
郁达夫和北京的银弟　　33
朱自清和他眼里的女人　　45
梁实秋的私行　　55
金岳霖的逻辑　　67
叶公超的脾气　　77
潘光旦的文采　　93
胡适的败笔　　107
老英雄的风流　　119
近处看胡适　　133
傅斯年：人间一个最稀有的天才　　183

怀念常风先生　　　221

薄暮中远逝的身影

　　　——回忆阎宗临先生　　　233

拿希望劈成小柴生火

　　　——在首都图书馆的演讲　　　239

仍是一座远远的山

　　　——在北京涵芬楼书店的演讲　　　263

传主的选择与材料的挖掘

　　　——在南京财经大学传记文学会议上的演讲　　　275

徐志摩的学历与见识

不必说是天才，更多的是一种警示

从1987年春天，赴海宁寻访徐志摩故居算起，到现在，我对徐氏的关注，已整整三十年了。早先还自信满满，如今越来越迷惘，不时会纳闷，对这位江南富商的儿子，自己究竟懂得多少。

天才？

最简便的归拢，也是最无奈的躲避。

朦胧间，我有个不太确切的看法，即在中国新文化运动的历史上，徐志摩的意义，作为一个警示，要大于作为一个天才的存在。

中国古代，对那些轻易取得功名与官位的人，有个褒中带贬的说法，叫"拾青紫如草芥"。对徐志摩来说，一切他人望尘莫及的成就的取得，几乎都是在腾挪间，不费气力，随手捡取。说是"拾功业如草芥"，那是一点不假。

这也正是我所说的警示的作用。

近百年的新诗运动，自从失去建立新格律的信心，等于走上了失败的途程。能留下两行诗作，或是一个近似格言的句子的，均堪称优秀。而徐志摩，一首一首的诗作，让人看了还想背诵，背诵了还想不时地吟咏，这是不是在警诫，非真正有天分的，轻易别打新诗的主意。

多少文化人，未必是品质恶劣，或许是一时的不慎，造成婚恋的错乱，便被人斥为下流，误了前程，甚至误了终生。而徐志摩，一生都在烟花阵里打滚儿，妻有前贤后艳，女友有旧雨新欢。他心仪的美人，也有暗恋他的佳丽，临到故去，竟没有一个对他有怨怼之言。其前妻张幼仪，晚年曾对同姓晚辈说："在他一生当中遇到的几个女人里面，说不定我最爱他。"这恐怕是谁也没有想到的。想想也是的，被徐抛弃后，此妇久未改嫁，抚养儿子，料理公司，侍奉徐的父亲，她的前任公婆，为之养老，为之送终。不是爱之极深，能做这么多的没有名分的事情？

至于女友，更是感人。徐去世后的第三天，几位名士夫人，聚集在凌叔华家里，默默垂泪。张奚若夫人说："我们这一群人里怎么能缺少他呢！"陶孟和的夫人说："这都是造化的安排！"

这是不是在警示人们，浪漫，轻佻，都不是罪过，单看你的品质，值不值得那么多的女人喜爱，甚至依恋。

多少文化人，在某一门艺术上有所建树，便沾沾自喜，以为自己是不世出的天才。而徐志摩，似乎有个金指头，在他涉及过的任何一个文学乃至文化的领域，都有骄人的成就。已然是诗人了，而人们对他的散文的评价，越来越高。已然是文学家了，转过身又发现，他还是最早将相对论介绍到中国的学者之一。那样心仪欧美的社会文明，你以为他该是个自由主义者了,近年来又发现,他竟是最早将社会主义理论介绍到中国的学者之一。

这是不是在警示人们,一个真正的学者,不妨有更为博大的胸怀,宽广的视野。

此中缘由,究竟是什么?

说白了也无甚奇妙,不外一是时势,二是个人的修炼。

那个时代的学者中,少有这样全面的学术训练

说到徐志摩的学历,不可不说到他的父亲徐申如先生。

现在的人,钱多了,怎么花,一说就是投资。

投资的目的,一是让资金取得最大的利润,二是让资金取得除此以外不可用资金衡量的回报。

以前者而论,徐老先生是失败者,以后者而论,徐老先生是近世以来中国最成功的投资者。他把他的儿子,打造成了中国最有名的诗人,最值得敬重的文化人。徐家的门楣,永世闪动着耀眼的灵光。

小学、中学不用说了,都是当地最好的学校。

且说徐的大学学历。

1922年10月回国前,徐志摩先后在国内外七所大学就学。依次是,北京大学预科——上海沪江大学(浸会学院)——北洋大学法预科——北京大学法科——美国克拉克大学历史学系——哥伦比亚大学政治学系——英国伦敦大学经济学院——剑桥大学王家学院研究生院。

在国内,在美国,念过的几所大学,都是考上的。在哥伦比亚大学念完了硕士,原本是要念博士的,且认为,拿个博士不费力气,因

为仰慕罗素的名望,便轻易地"摆脱了哥伦比亚大博士的引诱,买船漂过大西洋,想跟这位二十世纪的福禄泰尔(今译伏尔泰)认真念一点书去。"(《我所知道的康桥》)

有一点,在此需做一辨正。

对在克拉克大学的学业,我在写《徐志摩传》时,依凭的是梁锡华的《徐志摩新传》。梁氏去过克拉克大学,查过徐的学历档案。现在看来,做事不细致,多有疏忽。多年前,张宏文先生亲赴该校,披阅存档,终于弄清,徐志摩1918年秋赴美,一入学就插入三年级。在国内的学科成绩为校方承认,充抵了两个学年的学分。这样,到1919年6月,即获得一等荣誉学位。距毕业所需,仅差四个学分。志摩遂利用暑假,前往设在纽约的康奈尔大学夏令班,选修经济学和英语两科,很快便拿到四个学分,顺利毕业。

在他那个时代,出国留学的,有他这样全面的社会学科训练的,就是学者中也没有几个。几十年后,一位名叫赵毅衡的中国学者,赴英讲学期间,深入研究过徐在英国的行踪,颇有感慨地说:徐可说是一个最适应西方的中国人。

他的见识,有些地方反在胡适之上

先说他留学归来,怎样建树他那不世的功名的。

举个小例子。1923年他在北京上海两地奔波,时不时地,会把自己的诗作选出一两首给两地的刊物。有次过上海,上海有名的《学灯》副刊的编辑,有幸要到他的一首诗,名为《再会吧康桥》。3月12日,刊出了,是当作散文刊出的,根本就没有分行。

他说这是诗,要分行。

编辑知错就改,很快便分行刊出。

又错了。

他的这首诗,有意在中国提倡一种新的诗风,每十一字为一行。这家报纸的栏目,极有可能是每八字为一行,而每行之间有空字,这样一来,用徐的话说是,"尾巴甩上了脖子,鼻子长到下巴底下去了"。好在当年谁也不知道新诗该是什么样子,编辑又是好脾气,那就第三次登出。这才勉强像个新诗的样子。

徐志摩的《再会吧康桥》一诗,起初就是这样红起来的。

千万别以为初创时期,只要挥舞柴刀,以劈草莱,就能为一个大诗人,一个大文化人。

不会这么简单。

且看当年对苏俄的态度,就知道,徐志摩的见识,就是搁到现在,都不能说落后。

1923年,他曾写过一篇文章,赞美苏俄公使馆前的升旗仪式,对苏俄公使加拉罕先生的形象,赞美有加。说那面徐徐升起的红旗,是一个伟大的象征,代表人类史上最伟大的一个时期,不仅标示俄国民族流血的成绩,也为人类立下了一个勇敢尝试的榜样。

那时他还没有去过苏俄,只能从表象上做出自己的判断。

1925年春,因为与陆小曼的异常的婚恋,响动太大了,决计去欧洲避避风头,便取道西伯利亚去了法国。经济上不甚宽裕,也是朋友有意资助,便应了《晨报》老总之请,沿途为报纸写一系列的通讯文章。这样,就有了从容观察苏俄的机会。

毕竟有良好的社会学训练,又是本着如实报道的态度认真观察,如此一来，也就看到了在公使馆门前看不到的真实的苏俄社会。

访欧归来，秋天，接办了著名的《晨报副刊》。正好这时，胡适要去伦敦开会，也是取道西伯利亚，路过莫斯科，没有停留，只不过是利用转车的一两天，参观了学校等教育机构。胡适是个爱写文章的人，这次没有顾上写文章，而写了几封信，将在俄都的见闻写给一位张姓朋友。这位张姓朋友，也是志摩的朋友，对志摩说，把胡大哥的这三封信登了吧。情面上推不过，登是登了，但登出的同时，作为主编的徐志摩，写了批评文章作为按语放在前面。

胡适在信中说，苏俄虽然实行的是专制主义政策，却真是用力办教育，努力想造成一个社会主义新时代，依此趋势认真做去，将来可以由"狄克推多"（英语dictator，"专制者"的音译）过渡到"社会主义的民治制度"。

徐志摩在按语中说，这是可惊的美国式的乐观态度。由愚民政策，能过渡到"社会主义的民治制度"！分析过种种原因之后，他说，我们很期望适之先生下次有机会，撇开了统计表，去做一次实地的考察，我们急急地要知道那时候，他是否一定要肯定俄国教育有"从狄克推多过渡到社会主义的民治制度"的可能。

崇尚民主，反对专制的胡适，为什么会犯这样低级的错误呢？志摩的说法是，胡大哥这些年从来没出去过，"自从留学归来已做了十年的中国人"。

据此可知，作为一个大变革时期的知识分子，见识是第一位的。

这里，我要做个道歉。在我的《徐志摩传》里，写到这件事，总觉得光这样说说，似乎有头无尾。徐志摩这样批评了胡适，胡适会没有反应吗？我想，胡适是个明白人，很快会知道自己是错了。但是，我手头又没有胡适认错的资料。怎么办呢，便依据臆测，写了一句："胡适后来承认，志摩对他的批评是对的。"

《徐志摩传》出版十几年来，无论什么时候翻到这儿，见到这一行字，我都知道是撒了谎。这些年看书的时候，什么时候都操着这个心，看能不能找到胡适公开认错的文字。终于让我找见了。2017年读台湾出版的《徐永昌日记》，在第十一册，1954年3月6日条下，有明确记载，原文为：

胡适之五日在自由中国杂志社欢迎会演说，曾言忏悔过去对社会主义的信赖。

一直到死，他都是一个赤诚的爱国者

关于徐志摩的死，多少年来，人们总是说，他之所以急着赶回北京，是为了听林徽因给使馆人员讲建筑，搭了送邮件的飞机送命的。

前两天晚上，无意间翻到南方某市的一家电视台正播出一个关于徐志摩的片子——不是纪录片，像是个讲述片——说到徐志摩坐送邮件的飞机，是这样说的：当时火车票价贵，邮政飞机票价便宜，徐志摩为了省钱，便坐了邮政飞机。

真是想当然。事实是，当时中国已有了航班，只是坐飞机的人太少，徐志摩是大名人，航空公司为了拓展业务，送给徐志摩一张免票，这张票可随时坐航班的飞机。那天徐到了南京，第二天要北去，打电话问过机场，没有客机，只有送邮件的飞机，无奈之下，只好坐了这架小飞机。

说徐志摩赶回北京,是为了听林徽因的讲座,确有动人之处。他最初爱恋的,是这个女人,如今为了捧这个女人的场,轻易送了自己的命。真是生也徽因,死也徽因。

过去,我也是这样看的。

现在,我不这样看了。

我认为,他匆匆离开上海,是因为与陆小曼吵翻了;急着赶回北京,是因为局势变化太快,他想有所作为。须知,从北京到南京,他坐的是张学良的专机,专机去南京,是送张学良的外交顾问顾维钧,向南京方面请示处理东北危急的方略。也就是说,沈阳方面,当时即将发生大的变故,他是知道的。

1931年9月16日下午到南京。晚上去看望杨杏佛,杏佛不在家,他便留了个条子。这个条子,便成了志摩的绝笔。是这样写的:

才到奉谒,未晤为怅。顷到湘眉处,明早飞北京,虑不获见。北京闻颇恐慌,急于去看看。杏佛兄安好。志摩。

"北京闻颇恐慌,急于去看看。"这才是他急于赶回北平的真正原因。

南下,他坐的是张学良的座机,张不在机上,是送张的外交顾问顾维钧到南京,向中枢汇报东北的局势并请示应对方略。机上乘客只有他们两人,彼此交换对时局的看法,当是题中应有之义。东北局势,已到了一触即发的地方,顾不会不告诉徐。

他担心的,正是这个。

他亟亟回去,欲有所作为的,也正是这个。

可以说，一直到死，他都是一个赤诚的爱国者，为时局担着心，为这个老大民族担着心。

2016 年 11 月 1 日

邵洵美：该另眼相看了

在我的一册邵洵美的书的扉页上，竖写着这样几行字：

这本书是昨天上午在湖滨南路对外书店买的。当晚就读完。今天上午又去买了另外三册，有一册可能尚未出版。邵洵美其人当另眼相看。是一位真正的中国文人，也是中国现代文化史上的一位英才。二〇〇八年三月十四日于厦门。

诠释几句。这册书是《儒林新史》，上海书店出版社2008年1月出品，"邵洵美作品系列"之回忆录卷。该系列共五卷，另四卷分别是诗歌卷《花一般的罪恶》、散文卷《不能说谎的职业》、艺文闲话《一个人的谈话》、小说卷《贵族区》。又去买了的是前三册，认为尚未出版而未买到的是后一册。据书前《编辑说明》所言，这五册仅是邵洵美作品系列的第一辑，意思是以后还会一辑一辑地出下去，将邵氏作品悉数出版。随着这些书的出版，邵洵美的文学成就，会像一座冰山似的浮出水面，呈现在世人的面前。

我写在扉页的话里，最妙的是称邵氏为一位英才，记得写罢还为自己这个小小的概括而得意了那么一忽儿。

于此也能看出我前后两天买书的思维过程。写过《徐志摩传》，对邵洵美其人有相当的了解，但我注重的是他的为人行事，便买了"回忆录卷"。看罢回忆录，觉得还是应当买下另外几册配成一套，便又去买了。当时买了的，还有陈子善编的《洵美文存》，厚厚一大册，辽宁教育出版社2006年6月出品。这也是我买书的一个毛病，不买则已，买开了就想买个全乎。

这些年，每看一本书，总爱在扉页上写几句话，有时是读后的感受，有时是买书的经过。以平日的习惯，每则当在二三百字，像这则，说了买书的经过又说了读后的感受，仅寥寥百字的情形是不多的。身在客中，无心多写，是一个原因，邵氏其人身世太凄惨，不忍多写，该也是个原因。

此刻，若让我补足先前没写的话语，会写什么呢？这样的意思是要写的：那一茬文化人中，论身世，数他最高贵，至少也是不多的几个高贵者中的一个；论家产，数他最富有；论学历，国内国外上的都是名校；论才华，少年时便显现无遗；论功业，中国唯美主义诗歌的擎旗人，中国文化史上著名的编辑家与出版家。然而，数他的人生最为坎坷，数他的命运最为乖蹇，数他的结局最为悲惨，铁石人知晓了，也会洒一掬同情的泪水。造成这一奇崛变化的原因，大的说，是时势的移易，小的说，则是人际的因缘。

时势的移易，不用说了，是1949年那场革故鼎新，中华人民共和国的建立。处此变局中，也有与他经历相似，甚或功德不及他的，均能自全其身，乃至荣宠有加，可知时势的移易虽是大的原因，却不能说是决定的原因。那就只能在小的上头，也就是人际因缘上找了。

这一来，话就长了。简略地说，是跟一个人走得太近了，又因文章惹下了另一个人。

走得太近的是徐志摩。两人不光是走得太近了，简直，怎么说呢，贴在一起就是一个人——长相都一样。

徐志摩在上海住家的时候，家里有一个精美的册子，专供朋友们来了随意写写画画之用。志摩去世后，小曼将此册子作为一辑，编进《志摩日记》书中，名为《一本没有颜色的书》。其中一幅画，是邵洵美画的，墨笔刷刷几下，涂抹出一个长长的脸，猛一看像现在一些人家里挂的那种带角的羊头骨。旁边有他的题词："长鼻子长脸，没有眼镜亦没有胡须，小曼你看，是我还是你的丈夫？"

光凭这几句话，只能知道两人都是长鼻子长脸，谁戴眼镜谁有胡子，就不好说了。且看洵美《儒林新史》中的一段话："我们的长脸高鼻子的确会叫人疑心我们是兄弟；可是他的身材比我高一寸多，肌肉比我发达，声音比我厚实；我多一些胡须，他多一副眼镜。"这下就知道谁有什么谁没什么了。全句的意思成了：你看这幅画，脸儿长长的，鼻子长长的。说是志摩吧，没戴眼镜；说是洵美吧，没有胡须。小曼呀，你说我画的是你丈夫志摩，还是洵美我？

这是1928年前后的事儿。更早几年，为了这份相貌的相似，两人在欧洲互相寻觅，真还费了一番精神呢。

1925年春，洵美赴英留学，上的是剑桥大学，市中心广场上一位卖旧书的老人，一见面就问他是不是姓许，或是徐，或是苏？说三年前有一个和他同样面貌的中国人，说是要翻译拜伦全集，后来就回他黑龙江的老家去了。洵美听了，莫名其妙，弄不清这个人是谁，只知道当年在剑桥的中国留学生中，有一个姓许或徐或苏的人，长相与他几乎一样。夏天去了欧洲，在巴黎见着徐悲鸿，悲鸿和他的一班朋友都说洵美太像徐志摩了。只是他们也弄不清，徐志摩是海宁人，为什么那个卖旧书的老人会说他是黑龙江人。都说志摩那一段时间在欧洲，一定要两人见上一面。又过了几天，洵美和一位谢姓朋友在大街上行走，前面两个中国人，其中一个回过头来，是先前认识的一位严姓朋友，一见是洵美，马上拉了跑回同伴那儿，高声狂叫："志摩，我把你的弟弟给找来了！"志摩呢，没等这位严姓朋友把话讲完，两只手早已拉住了洵美的两只手，动情地说："弟弟，我找得你好苦！"接着讲了徐悲鸿怎样说他俩最像，他怎样四处打听洵美。

四人一同走进附近一家咖啡馆。

闲谈中方知，志摩在剑桥读书时常买书，因而认识了卖旧书的老人，他说过要翻译拜伦的诗，但没说要翻译全集，那次回国走的是西伯利亚，说到了中国还得经过黑龙江，没想到老人竟以为他的老家在黑龙江。

问及洵美在剑桥的学业，一听说想学政治经济，志摩并不表示失望，又好像有些不相信地说："真奇怪，中国人到剑桥，总是去学这一套。我的父亲也要我做官，做银行经理；到底我还是变了卦。"一个多钟头很快就过去了，严姓朋友提醒志摩还要去买船票，这才分手。原来志摩明天就要动身回国了。令人惊奇的是，就是这一个多钟头的谈话，改变了洵美的志向。回到英国后，入剑桥大学侬曼纽学院，放弃原来的打算，转而研修英语文学。

和志摩相同的是，洵美迷恋的也是诗歌，不同的是，洵美最初迷恋的是古希腊唯美派诗人萨福，还为此写了一出短剧并自费出版，遗憾的是一本也没有卖出去。正是这一转变，使洵美回国后，成为中国唯美派诗歌的领军人物。

1926年5月，家中有事，洵美提前回国。这年秋天，志摩与小曼婚后也来到上海。志摩回硖石老家住了一阵子，正赶上北伐军进入浙江，乡下大乱，匆忙间又回到上海，从此在上海住了下来，直到1931年春天北上教书。这五年，未必是志摩事业大发展的时期，却着实是洵美事业的大发展时期。

洵美事业的发展，与志摩的引导是分不开的。志摩长洵美十岁，比洵美出名早，此时已是新月派的领袖人物。洵美一直以兄长待之。凡志摩参加的各种社交活动，常能见到洵美的身影。志摩发起组织国际笔会中国分会，洵美积极参加，一度出任笔会的会计。资金方面，常帮志摩的忙。新月书店到了后期，维持不下去了，经志摩说项，洵美接手注入资金，又延续了一个时期。胡也频遇难，沈从文要送丁玲母女回湖南老家，没有盘缠，向志摩告贷。志摩手头也紧，转求洵美，洵美如数借与。正因为时常接济朋友，洵美当年在上海有"沪上孟尝君"的雅号。

要当孟尝君，先得有钱。洵美出身世家，本是二房的长子，伯父无子嗣，他一身而兼祧两房，等于是一人继承了两房的资产。如果说贾宝玉出生时嘴里衔着个灵通宝玉的话，那么，洵美则可说，出生时嘴里就衔着一个钱折子，上面不是三十万五十万，也不是三百万五百万，少说也在三千万。单位是银元。

有人说洵美是"纨绔子弟"，挥霍成性，把一份上好的家业倒腾空了。说这话的，有的还是当年受其泽惠的人。在这上头，中国人最是乖张，他要是不借给你钱，是吝啬鬼，是守财奴，借给了又是二百五，是不谙世事的纨绔。看看洵美的传记，就会知道，这个人既不是守财奴，也不是二百五，还是有经济头脑的，至于借给你三百，送给他二百，实在是手头太阔绰了，不把小钱当回事儿。纵观他的前半生，他手里的钱，主要还是用于创办文化事业了。据统计，抗战前他就办过金屋书屋、时代图书公司和第一出版社，先后拥有十一种杂志，即《狮吼》《金屋月刊》《时代画报》《时代漫画》《时代电影》《文学时代》《万象》《声色画报》《论语半月刊》《十日谈旬刊》和《人言周刊》。还不算由新月书店出版的《新月月刊》和《诗刊》。

关于这些刊物的作用，仅举一例就知道了。老画家黄苗子说："《时代画报》《时代漫画》和《万象》对中国漫画的发展起很大的作用，漫画的发展也影响到绘画的发展。如果没有洵美，没有时代图书公司，中国的漫画不会像现在这样发展。"（《新文学史料》2006年第1期）

最能看出邵洵美出版家胸襟的，是早在1930年，就斥巨资向德国购买了当时世界上最先进的全套影写版印刷机，开办了时代印刷厂。这套机器，中华人民共和国成立后被人民政府征购，运到北京，成为印制《人民画报》的机器。可以说，在中国二十多年都不落后。

以上是跟徐志摩的关系，顺便也说了洵美在文化事业上的建树。

再说怎么因文章惹下了另一个人。

此人是鲁迅先生。

在上海，邵洵美与鲁迅的关系，原本是很正常的。1933年2月间，英国大文豪萧伯纳来上海，中国笔会出面欢迎，就是邵洵美自个儿出钱，在功德林订了一桌素席（萧氏食素），送到宋庆龄府上宴请萧氏，出席作陪的有蔡元培、鲁迅、林语堂诸人。宴会过后，又进行了一些活动，见鲁迅无车返回，又是洵美用自己的汽车送鲁迅回府。然而，半年之后，因洵美的一篇小文章，鲁迅接连著文大加呵斥，说他是无耻的"富家儿"，"开一只书店，拉几个作家，雇一些帮闲，出一种小报"，就自以为是文学家了。

这场官司，好多人都写过，最详细的还要数朱正的专文《鲁迅与邵洵美》，载《新文学史料》2006年第1期。朱文中说，"这一回是邵洵美自己先拿出大富豪的口气，去奚落贫穷的文人，鲁迅看不过去了，才作文指明这一点。这完全是他自己招来的。"于此可知，朱先生并没有见过邵洵美的文章，只是根据鲁文中引用的部分文字推断，便下了这样的定谳。当年的鲁迅研究者们，绝没有想到邵洵美这样的人也会有文集一册一册地出版，以为随便怎样说都无法对证。比如朱正在这篇文章中就说：

> 现在来写"鲁迅与邵洵美"这个题目，有一个困难，就是鲁迅这一面的文章都收到他的全集里面，容易看到；而邵洵美写的诗文，现在却很不容易找到了。鲁迅攻击过的文人，例如周作人、林语堂、徐志摩、梁实秋、施蛰存等，他们的作品都留下来了，表明了他们的存在。而杨邨人、张若谷、邵洵美却没有能够留下多少痕迹。这真是无可如何的事。

"这真是无可如何的事。"朱先生的笔法，还真有点鲁迅的味儿。按朱先生的理念，鲁迅批评林语堂等人的对与错，是可以商量的，批评邵洵美这样的人，绝不会有错，是钢板上钉了钢钉，没有任何商量的余地。我则认为，对错且不必管，先应当把事实弄个清楚。现在邵洵美的文集出版了，我们可以看到邵的这篇文章题为《文人无行》，收入随笔卷《不能说谎的职业》。文中说，这里的"行"指行当，意思是说文人多没有正式的职业。看过之后，我可以肯定地说，邵氏此文的要义，绝不是"奚落贫穷的文人"，他的立论要高得多。最为明显的，是奚落当时上海滩的左倾文人，比如"（二）游学几年，一无所获，回国来仰仗亲戚故旧，编张报屁股，偶然写些似通非通的小品文"，说的是当时主持申报《自由谈》副刊的黎烈文。还有的话，也可以说是挖苦鲁迅的，比如"（四）离开学校，没得饭吃，碰巧认识了一位拔尖人物，一方面正需要宣传，一方面则饿火中烧：两情脉脉，于是一个出钱，一个出力，办个刊物捧捧场"。鲁迅是《自由谈》的撰稿人，又是公开化了的左翼作家的首领，当然要挺身而出，狠狠地给以回击了。从这个意义上说，"这完全是他自己招来的"，朱先生这话是说对了。

放开了眼，从更大的背景上看，又不一样了。1930年春，鲁迅出席左翼作家联盟成立大会，正式成为左翼文化阵线的掌门人之后，便不停顿地向右翼文化阵线发起一拨又一拨的攻击，攻击的主要对象，是胡适、徐志摩、梁实秋等新月派文人。而此时，上海文坛的情形发生了巨大的变化，1927年前后，像候鸟似的飞来的新月派文人，在1930年前后不长的时间内，又候鸟似的一个一个地飞走了。且举几个著名的：叶公超1929年秋离开暨南大学，去清华大学外文系教书；胡适1930年11月回到北平，任北大文学院长；梁实秋1930年秋去了青岛大学，任外文系主任兼图书馆长；徐志摩1931年初去北京大学任教授。

新月派是鲁迅的死对头,既然头面人物如胡适、徐志摩、梁实秋之流都远走高飞了,那么作为新月派小兄弟的邵洵美就水落石出,暴露在鲁迅枪弹的射程之内了。

可以说,邵洵美写不写《文人无行》这样的文章,到了1933年都会撞在鲁迅的枪口上。

这样理解鲁迅对邵洵美的批评,或许更近乎事实。

鲁迅1936年秋去世,没有经历抗战。邵洵美是全程经历了抗战的,应当说,在这场全民族的圣战中,邵洵美有上佳的表现。先是出版宣传抗战的刊物《自由谭》,后来又在英文版的《直言评论》上刊发了毛泽东《论持久战》的译文并出版单行本。更为可贵的是,他的弟弟当了汉奸,拉他下水,他义正词严地拒绝了,刻苦自励,艰难撑持,一直到抗战胜利。中华人民共和国成立前夕,胡适曾劝他离开上海,他没有听从;叶公超甚至提出愿意帮助他将印刷厂整体搬迁到台湾,他婉拒了朋友的美意。他等待着,也盼望着在新中国一展他的才华,继续从事他喜爱的出版事业。

上海解放了。应当说,当时的执政者对接收这个东方大都会,无论在政策上还是人事上,都有别于内地的城市。有留学经历的陈毅出任市长,或许有其时势的必然,而选派潘汉年出任分管文化的副市长,夏衍出任负有专责的文化局长,确实是周恩来事先的着意安排。可以说,在潘夏二位统战高手的操作下,只要没有大的罪恶而有一技之长的党外人士,都得到了恰当的安排。

独有邵洵美是个例外。

不说邵氏先前无大过错,就以中华人民共和国成立后的表现来说,也有可圈可点之处。上海解放后,夏衍代表政府与邵洵美商谈,将他的影写版印刷机卖给国家，连同工人全部迁到北京，印制即将出版的《人民画报》。邵洵美痛痛快快地答应了。仅凭这一功劳，也应当给以安置。然而，邵洵美将家搬到北京，一年多的时间里，四处奔走，各方求告，还是未能如愿，只得又灰溜溜地回到上海。原因无他，只因为彼乃新月派的一分子，是鲁迅曾经痛斥过的"富家的赘婿"。当年在上海，邵洵美曾接济过夏衍，夏衍也确实有心成全邵氏，然而，面对如此局面，聪明过人的夏衍竟一点办法也没有。直到1954年，看邵洵美实在是穷愁潦倒，生计无着，夏衍才关照北京有关出版社，邀请邵氏翻译外国文学作品，每月可预支二百元稿酬，相当于有了一份正式工资。

无妄之灾还在后头。

1958年10月，邵洵美以"帝特嫌疑"被捕，长期关押在提篮桥监狱。早他几年，因胡风案件被捕入狱，也关在提篮桥的贾植芳先生，被释放后有文章记叙邵氏在狱中的情形。且看这样一节文字：

> 他患有哮喘病，总是一边说话，一边大声喘气，而他又生性好动，每逢用破布拖监房的地板，他都自告奋勇地抢着去干。他一边喘着粗气，一边弯腰弓背，四肢着地地拖地板。老犯人又戏称他为"老拖拉机"，更为监房生活增加了一些欢笑。（贾植芳《我的难友邵洵美》）

1962年4月，邵洵美被释放出狱，上海已无他的住房，妻子在外地女儿家住，他只好与儿子住在一间十几平方米的小屋里，仅有一张单人床。儿子要上班，须好生歇息，他执意睡在地板上。这样卑贱地活着,对他来说,已是幸福的时光。"文化大革命"开始,厄运又降临在这个毫无防范能力的文化人身上。备受凌辱之后,他选择了死亡,时在1968年的"红五月"。1982年,上海市公安局发出平反决定书。又过了多年,儿子邵祖丞才对妹妹绡红说了父亲离世的真相。先是他的一个叫王科一的朋友开煤气自杀,此后"我见爸爸天天在服鸦片精。不知他是从哪儿取得的。可能因病情加重,咳喘难忍,加上不时泻肚,他想以此镇咳止泻? 也可能爸爸不想活了!因为我发现后向他指出:害心脏病的人吃鸦片是要死的。他明白这点。但是第二天他还在服。我提出反对。他朝我笑笑。第三天,爸爸就故世了。"(邵绡红《我的爸爸邵洵美》)

经历这么多苦难,去世的时候只有六十二岁。

说到这儿,该给个结论了。邵洵美是个什么人呢? 有感于时人诸多不公正的评价,早在1936年,他就在一首名为《你以为我是什么人》的诗里说过:

你以为我是什么人?
是个浪子,是个财迷,是个书生,
是个想做官的,或是不怕死的英雄?
你错了,你全错了,我是个天生的诗人。

这是他本人的说法,且在七十多年前。现在,我们这些后人该给个什么样的评骘呢?

各人尽可有各人的说法。好名头都让别人占尽了,犯不着去争去挤。我还是窃喜于我在厦门时写的那句话:是一位真正的中国文人,也是中国现代文化史上的一位英才。

想多说一句的是，过上多少年，人们对他的评价，还会更高。

2008 年 12 月 22 日

闲话事件与一个漂亮女子的苦衷

上学时读过高尔斯华绥的一本小说,什么名字,早就忘了,其中的一句话,三十多年过去了,仍记得清清楚楚,道是:"无论什么事件,只要有个女人参与,如果这个女人也还漂亮的话,那么整个事件就不一样了。"

记得清楚,不是因为我的记忆力多么强,实在是几十年间遇到的可资验证的事件太多了。一次又一次的验证,等于一次又一次的默诵,默诵得多了,不想记也记住了。

这几年逃离文坛,凭着一点老本,做点现代文学的研究艰难度日,没想到这个小小的人生经验,倒成了做学问的斧斤,遇到想不通、参不透的地方,照准那要害处劈过去,每每就有意想不到的收获。比如对闲话事件的研究,就是极为成功的一例。

这里说的闲话事件,是指1926年春,北京文坛上那场著名的论战。牵扯人员之多,对后世影响之深,此前此后的几次论战,都无以比并。影响之深不说了,牵扯进去的男性名人计有陈西滢、徐志摩、周作人、鲁迅、李四光、林语堂、胡适、刘半农诸位。

事件的整个过程就不说了,需要说的是其起因。

1926年1月9日出版的《现代评论》上,有陈西滢写的《法郎士先生的真相》——这是后来结集出书时定的名字,当时就叫《闲话》,是他开的专栏的名字,也是每篇的名字。西滢的好朋友徐志摩看了,很是喜欢,写了篇《〈闲话〉引出来的闲话》,登在自己编的《晨报副刊》上,说这是一篇可羡慕的妩媚的文章,说西滢分明是私淑法郎士的,"也不止是写文章一件事——除了他对女性的态度,那是太忠贞了,几乎叫你联想到中世纪修道院里穿长袍喂鸽子的法兰西派的'兄弟'们"。

这样的文章,说是吹捧过了头可以,说是伤着什么人就未必了。恰恰是这样一篇颂歌似的文章,成了闲话事件的引子。

首开战端的是周作人(岂明)。当即写了篇《闲话的闲话之闲话》,寄给志摩看看,附信说"要登也可以"。

这天晚上徐志摩从清华回来,"心里直发愁,因为又得熬半夜凑稿子,忽然得到岂明先生的文章好不叫我开心:别说是骂别人的,就是直截痛快骂我自己的,我也舍不得放它回去,也许更舍不得了。"当晚赶写了篇《再添几句闲话的闲话乘便妄想解围》,承认自己对西滢的评价有不妥之处,同时不明白周作人为何会生这么大的气。

1月20日,周徐两人的文章一并在《晨报副刊》登出。

周作人的文章,是由对志摩夸西滢的不满而起的,却无意跟志摩纠缠,几笔带过,便向着西滢扑来:

> 现在中国男子最缺乏的实在是那种中古式的对于女性的忠

贞……忠贞于一个人的男子自然也有,然而对于女性我恐怕大都是一种犬儒的态度罢,结果是笔头口头糟蹋了天下的女性,而自己的爱妻或情人其实也就糟蹋在里头。我知道北京有两位新文化新文学的名人名教授,因为愤女师大前途之棘,先章士钊后杨荫榆而扬言于众曰:"现在的女学生都可以叫局"。这两位名人是谁,这里也不必说,反正是学者绅士罢了。其实这种人也还多,并不止这两位,我虽不是绅士,却也觉得多讲他们龌龊的言行也有污纸笔,不想说出来了。总之,许多所谓绅士压根儿就没有一点人气,还亏他们怡然自居于正人之列。容我讲句粗野的话,即便这些东西是我的娘舅,我也不说他是一个人。像陈先生那样真是忠贞于女性的人,不知道对于这些东西将取什么态度:讥讽呢,容忍呢?哈,哈,哈……

大体说来,周作人是个平和的人,平日为文雍容有度,偶尔来点小幽默,也很少伤及对方的情面。像这样火气冲天、尖刻狠毒的文字,在周氏的文集中可说是仅有的一篇。"现在的女学生都可以叫局",等于说彼时的女学生都是娼妓,并暗示陈西滢说过这样的话,真够恶毒的了。

后来几经辩驳,确证陈西滢没有说过这样的话。

是什么使周作人这样恼羞成怒呢?对世事的愤慨么?几个月前北洋政府教育当局迫害学生,他也没发这么大的火。是忌恨这班留学西洋的同行么?以他在文坛的地位,以彼此的年龄(他四十一岁,陈三十岁),似乎也犯不着。再就是,他和陈西滢两人,虽在女师大学潮中有过论争,似乎也没到这个份儿上。此前一直相处得不错,互有借重，也还融洽，并没有什么十分过不去的地方。如此怒目相向，重拳出击，从人情之常上，说是乖张也不为过。无论陈说没说过这样的话，周在这里说出来，都让人有卑劣乃于下流的感觉。

会不会是什么文章之外的原因呢，不能不令人深长思之。

陈西滢的文章是无可挑剔的，症结还得在徐志摩的文章里找。一连看了两遍，我恍然大悟。在《〈闲话〉引出来的闲话》中有这么一段：

> 他想用讥讽的冰屑刺灭时代的狂热。那是不可能的……好容易他有了觉悟，他也不来多管闲事了。这，我们得记下，也是"国民革命"成绩的一斑。"阿哥"，他的妹妹一天对他求告，"你不要再做文章得罪人家了，好不好？回头人家来烧我们的家，怎么好？""你趁早把你自己的东西"，闲话先生回答说，"点清了开一个单子给我，省得出了事情以后你倒来问我阿哥报虚账！"

就在这里。只能在这里。

有人会说，这么写不过是为了把文章做得足点，涉笔成趣，加以渲染，未必真有其事。

太皮相了。这些话都是确有所指，也确有其事的。前一年的女师大学潮中，真的发生过学生焚烧章士钊公馆（章任教育总长），并使图书受到损失的事，外界传言说学生此举系受二周唆使，这样"回头人家来烧我们的家"就不能当作是玩笑话了。

更重要的是，当时在陈西滢身边，确有这么一位阿妹。

此人便是时年二十二岁的燕京大学英文系学生,正与北大英文系主任陈西滢热恋着的凌叔华,当时的名字是凌瑞唐。徐和两人都是好朋友。凌和陈说这样的话,陈会告诉徐,或许就是当着徐的面说的。热恋中的情人,"阿哥阿妹"地说说该是平常事。

这又关周作人什么事?

这就关着了。

凌叔华最初是受到周作人的提携才进入文坛的。若凌真说了这话,就等于恩将仇报,就等于无耻。

周作人是北大教授,自1922年8月起到燕京大学兼课,第二年开学后,收到一位名叫凌瑞唐的女学生的信,说她是本校英文系三年级的学生,因这学期选修的课程已满,无法再加上周先生的课,"冒昧地给您写信,不知您肯在课外牺牲些光阴收一个学生吗?"周作人复信同意,凌便寄去自己写的"近作一小册",请他暇时改削,并表示:"我是第一次写语体长文,这册子内,误谬不对的地方一定非常之多,英文点句法我学过,中文新圈点法我是外行,不知道究竟与英文一样不?"也即是说初学写作,连中文的标点符号还不会用。

大概这位女学生的小说写得也还不错,周选出一篇给了他的学生,《晨报副刊》编辑孙伏园,1924年1月13日刊发。这就是凌的小说处女作《女儿身世太凄凉》。不料又引起了他人嫉恨,竟投寄化名稿件,揭发凌的"隐私",说凌叔华曾与当过国务总理的赵秉钧的儿子结婚,后又离婚。孙伏园将稿件转给周作人落实。周将稿件寄给凌叔华看了。凌给周作人写信说明原委,表示感谢,信中说:

若论赵氏之事,亦非如稿中所说者,唐幼年在日本时,家父与赵秉钧（他们二人是结拜兄弟）口头上曾说及此事，但他一死之后此事已如春风过耳，久不成问题，赵氏之母人实明慧，故亦不作此无谓之提议矣。那投稿显系有心坏人名誉，女子已否出嫁，在校中实有不同待遇，且瞒人之罪亦不少，关于唐现日之名誉及幸福亦不为小也。幸《晨报》记者明察，寄此投稿征求意见，否则此三篇字纸，断送一无辜女子也……先生便中乞代向副刊记者致我谢忱为荷。余不尽言，专此并谢，敬请时安。

周作人定然给孙伏园说了，那篇稿子自然不会发表了。此后凌叔华在《晨报副刊》上还有小说发表，如《资本家的圣诞》《我那件事情对不起他》等，一时间颇有文。这一切，都可说是周作人提携的结果。

而凌叔华后来的表现怎样呢？中华人民共和国成立后，已失去当年声势的周作人，在《几封信的回忆》中不无怨怼地说道：

塞翁之喻，古已有之，她的小说出我的介绍在副刊上登载，引起了无端的诽谤，这是很对她不起的事。然而在别的方面却也有意外的发展。她的文名渐渐为世上所知，特别是现代评论派的赏识，成为东吉祥的沙龙的座上宾了。其时《现代评论》还未刊行，这是在民国十三年的十二月才出版的，但其实早已有这团体，普通便因了地址称为东吉祥胡同派的就是。以后她的作品有时便登在《评论》上，后来还集成一册，叫作《小哥儿俩》，书名记不清了。

这话的意思等于说，早在陈某等现代评论派赏识凌某之前，他周作人已切实地提携过这位才女。而这位才女呢，自从结识了现代评论派诸人之后，就不再理睬他这位启蒙的业师了。

不仅仅是推荐稿件，周作人对凌叔华是倾注了相当的关爱的。在燕京大学，凌叔华原来念的是动物系，后来才转到英文系，转系后曾独自跟着周作人学日文。晚年，回答他人采访时，凌说：

> 我原念的是动物学……后来果然转系。当时周作人老师对我也真帮忙，完全是那种望子成龙的态度，他为让我顺利转成，特别让我把日文列为副科，当时燕大外文系除有两种语言为正副修外，尚需有两种副修，而当时燕大尚无日文科，周作人破天荒赠我三四尺高的日文书恶补，好在幼时住过日本，有底子，考试时，还算轻松过关。（《凌叔华文集》附录）

采访者郑丽园特意在"破天荒"一词下面加注："周作人素来很小气。"这话也只能是凌叔华自己告诉采访者的。

后来凌叔华转拜陈西滢为师，继而相恋，都是人情之常，周作人自然无话可说，但不会没有一点感慨。毕竟陈是留学英国的博士，又是北大英文系主任、教授，论出身自然在周作人之上。这点感慨只能存在心里，是说不出口的。然而，当看到凌叔华在今日的情人面前如此刻薄地挖苦自己时，不管是真是假，他都要出这口恶气了。

这，或许才是周作人勃然大怒的真正原因。气急之中，无暇细想，便把曾从张凤举那儿听来的一句并未核实的闲话，当作攻讦陈西滢的利刃甩了过去。是给陈的致命的一击，也是给凌一个绝大的难堪——你看你的情郎是个什么东西。后来大概觉得太过分了，为了淡化羞辱凌叔华的色彩，故意把陈说这话的时间提前了许多，改口为"说这话是1923年，与女师大风潮"无关。

周作人一生崇奉蔼理斯的《性心理学》，蔼氏不光是一位心理学家，也是一位文学批评家。周作人很早就购得《性心理学》，这本书由于以科学、人道与同情的态度处理人生问题，令他立即产生了深刻印象，成为他从事文学批评的借助。他是一个很理智的人，绝然没有想到，在闲话事件中，竟做了自己信奉的学说的俘虏而不自知。

那么，在闲话事件中，凌叔华的态度究竟怎样呢？这也需要探究明白。

起初是默不作声。因为鲁迅与陈西滢的论战中，曾牵涉到她为《晨报副刊》画刊头画的事。在这上头，凌是无辜的。有人已声明过了，用不着她来饶舌。

以情理而论，凌叔华该是知道这场纷争缘何而起，只是不便明说罢了。正巧有件事，给了她个机会。

论争正激烈之际，发生了一种传闻，是关于凌与陈的婚约问题的，有人在文章中约略提及。既然已牵涉到自己，凌叔华就可以说话了，便给周作人去信请求，不要把她拉在里面。说的是一件具体的事，也可以说是为的整个事件。事情根子在自己身上，只有自己出面认错，才能平息这位心胸狭窄的业师的怒火。

一面是自己的业师，一面是自己的情人，凌叔华的苦衷是可以理解的，也是值得同情的。这是一个年轻女子的幽怨，让人分外爱怜。陈寅恪先生倡导的"理解之同情"，应当有这么一种。

1月30日，《晨报副刊》以《闲话的闲话之闲话引出来的几封信》为总题，以徐志摩的《关于下面一束通信告读者们》为按语，登出陈西滢、张凤举、徐志摩等人,主要为辩清"现在的女学生都可以叫局"一事互相往来的十二封信。这便是有名的"攻周专号"。

1月31日,周作人一连致徐志摩两信,做凌厉的反击。

就在这个当口,凌叔华的信寄到了。

周作人是怎样回答的呢?周作人毕竟是周作人,复信说:"我写文章一向很注意,决不涉及这些,但是别人的文章我就不好负责,因为我不是全权编辑,许多《语丝》同人的文字我是不便加以增减的。"翻检周作人后来的文章,火气确实小了,也确实没有提及凌叔华。既然弟子向自己求情了,他还是很给面子的。甚至可以说,凌叔华一求情,这场纷争就平息了。

同时给徐志摩去了当天的第三封信。

周作人的这一变化,从徐志摩给他的复信中不难揣度,徐信中说:

> 对不起,今天忙了一整天,直到此刻接到你第三函才有功夫答复……关于这场笔战的事情,我今天与平伯、绍原、今甫诸君谈了,我们都认为有从此息争的必要,拟由两面的朋友出来劝和,过去的当是过去的,从此大家合力来对付我们真正的敌人,省得闹这无谓的口舌,倒叫俗人笑话。我已经十三分的懊怅。前晚不该付印那一大束通信,但如今我非常的欣喜,因为老兄竟能持此温和的态度……你那个《订正》我以为也没必要了。现在再问你的意见,如其可以不发表,我就替你扯了如何?

徐志摩还是太不更世事,周作人的信岂是可以随便扯了的。明明一连去了两信,其中一信还是《订正》(也许是信中夹有《订正》一文），怎么突然又去信讲和呢。此中情由，只能是刚刚收到凌叔华求情或者说是赔不是的信。

一个事件，如果有一个女人参与，如果这个女人还是个漂亮女人，那么整个事件就不一样了。正是看到这些资料，由不得让我又一次想起那本外国小说里的那句话。

附带还得说一句，凌叔华是很漂亮的。不光姿色出众，风度更是绝佳。在台湾出版的一本书中，作者陈敬之先生说：

> 凌叔华生得姿容秀丽，气质娴雅，真可以说得是一个东方型的标准美人……在当年北平的文教界，却也人人知道有林徽音（后来嫁与梁任公的长子梁思成）、韩素梅（后来嫁与张歆海）、谢冰心（后来嫁与吴文藻）和凌叔华四大美人。此盖由于她们四人都是容貌超群和才智出众的名门闺秀之故。（《现代文学早期的女作家》）

不管后人对"闲话事件"赋予怎样高妙的意义，若说到整个事件的起因与结果，不提及凌叔华这样一位漂亮女子在其中起到的作用，总不能说是完整的吧。

2001 年 3 月 10 日

郁达夫和北京的银弟

一

1923年春，郁达夫来到北京，去清华学校看望梁实秋，要梁做两件事，一是访圆明园遗址，一是逛北京的四等窑子。前者，梁欣然承诺，领他去看了，后者，据梁说，清华学生凤无此等经验，未敢奉陪，后来他找他哥哥的洋车夫陪去了一次，表示甚为满意。事见梁实秋《清华八年》一文。

这是郁达夫第一次来北京，时年二十七岁。

他是前一年回国的。在安庆法政学校任教，总是有事不顺心，而他又是任性惯了的，便辞了职来到北京，在他兄长家闲住。兄长郁华大他十二岁，在司法部门任职，住西城羊肉胡同，离清华不算太远。当时梁实秋还是清华的在校学生，当年夏天就要毕业了。

二人的相识，缘于梁与闻一多合出的一本小册子——《冬夜草儿评论》，内中对郭沫若的《女神》颇为推崇，郭来信赞美。书来信往，未见先识。1922年暑假，梁实秋送母亲回杭州原籍，路过上海，看望创造社诸君子，便与达夫相识了。事隔半年，达夫来到北京，去清华看望梁实秋，该是顺理成章的事。

《清华八年》中还记下了在上海初见创造社诸君子的感受：

> 到了哈同路民厚南里，见到郭、郁、成几位，我惊讶的不是他们生活的清苦，而是他们生活的颓废，尤以郁为最。他们引我从四马路的一端，吃大碗的黄酒，一直吃到另一端，在大世界追野鸡，在堂子里打茶围，这一切对于一个清华学生是够恐怖的。

恐怖归恐怖，交往并未中断。直可说，梁实秋出国前的文学活动，与创造社是紧密相关的。这年夏天与蹇先艾等人的一场笔战，就是为郁达夫的小说辩护的。8月到上海候船赴美的一个星期里，在旅馆里写了小说《苦雨凄风》，过后在《创造周报》上刊出。上船那天，创造社的几位朋友，都到码头为他送行。

梁实秋晚年写了许多回忆文章，未曾单篇写过郁达夫，一则是回国后与胡适、徐志摩、闻一多诸人交往甚厚，而文坛上，留学英美与留学日法，是天然的两大派，对郁达夫这样的留日学生，也就有意疏远了。再则，怕也真的是看不惯郁达夫的人生态度和生活习性。他是一个旧式大家庭长大的，家教甚严，少年时有次斗胆问起麻将怎么个打法，其父正色呵斥道："打麻将嘛，到八大胡同去！"吓得他再也不敢提起麻将二字。

仍说郁达夫。这次在北京只待了一两个月，便回上海编创造社的刊物去了。名声很响，个人的生活却难以保障，无奈之际，同年10月又一次来到北京。

这次不是暂住,是来学校教书的,接替北大教授陈启修教统计学,每周两课时,待遇是讲师。陈启修回去,他就得走人。

来北京的原因,两个月之后,在给郭沫若、成仿吾二位挚友的信中是这样说的:"北京空气的如何恶劣,都城人士的如何险恶,我本来是知道的。不过当时同死水似的一天一天腐烂下去的我,老住在上海,任我的精神肉体,同时崩溃,也不是道理,所以两个月前我下了决心,决定离开了本来不应该分散而实际上不分散也没有方法的你们,而独自一个跑到这风雪弥漫的死都中来。"(《一封信》)

当时他的想法是,北京能让他"转换转换空气,振作振作精神"。住下之后才发现,先是对不起上海的朋友们,不该在创造社基业未定之际独自走开;再是更加苦了自己,在上海还能与沫若仿吾高谈阔论,呼啸而行,在这里他永远是一个零余者。上次在北京,曾与留学英美的陈西滢等人商定共同出版《现代评论》,这次再来,此事已成泡影。在上海期间,因为一篇文章中的措辞,已与胡适交恶。那伙人中,唯一与他交往的,只剩下中学同学徐志摩。可交往的人士,只有像吴虞这样不中不西的学者了。于是,原本就神经质的他,陷入了更大的孤独与痛苦之中。

怎样排遣这孤独,如何化解这痛苦呢,一个是没钱时的办法,一个是有钱时的办法。还得引用他自己的话,倘若转述,别人是不会信的。

先看没钱时的办法。"有时候我送朋友出门之后,马上就跑到房里来把我所最爱的东西,故意毁成灰烬,使我心里不得不起一种惋惜、悔懊的幽情,因为这种幽情起来之后,我的苦闷,暂时可以忘了。"再看有钱时的办法。这是写给郭沫若、成仿吾信中的两段话:

有钱的时候,我的解闷的方法又是不同。但我到北京之后,从没有五块钱以上的钱和我同过一夜,所以用这方法的时候,比较的不多。前月中旬,天津的二哥哥,寄了五块钱来给我,我因为这五块钱若拿去用的时候,终经不起一次的消费,所以老是不用,藏在身边。过了几天,我的遗传的疾病又发作了,苦闷了半天,我才把这五元钱想了出来。慢慢地上一家卖香烟的店里尽这五元钱买了一大包最贱的香烟,我回家来一时的把这一大包香烟塞在白炉子里燃烧起来。我那时候独坐在恶毒的烟雾里,觉得头脑有些昏乱,且同时眼睛里,也流出了许多眼泪,当时内心的苦闷,因为受了这肉体上的刺激,竟大大的轻减了。

一般人所认为排忧解闷的手段,一时我也曾用过的手段,如醇酒妇人之类,对于现在的我,竟完全失了它们的效力。我想到了一年半年之后若现在正在应用的这些方法,也和从前的醇酒妇人一样,变成无效的时候,心里又不得不更加上一层烦恼。啊啊,我若是一个妇人,我真想放大了喉咙,高声痛哭一场!

(《一封信》)

这些话需要诠释。"这五块钱若拿去用的时候,终经不起一次的消费",这儿的消费当是指逛窑子,且是八大胡同里的那种。醇酒妇人,对于他竟完全失去了效力,此话不可信。只可说纵然这样也排遣不尽他心头的痛苦,非是不无效力便不以此做排遣的努力。

绝无贬斥达夫先生的意思。我对他的敬重不亚于任何一个人。说什么只说什么,不必牵扯过多。醇酒妇人,且把名词变为动词,就成了纵酒、狎妓。酒，不是谁都能喝得了的，不去说它。狎妓可就不同了。你可以不去狎，却不能说不会。这种事，只可说，非不能也，实不为也；而不可说，非不为也，实不能也。不到大彻大悟，或是破罐破摔，谁也不肯说这号话。等于说你不是男人。再则，狎妓与纵酒，都是可以入诗的，唐人诗中多有狎妓之句，纵酒更是诗中的常话。狎不得妓，喝不得酒，那诗也就恰如其人——正经得谁也不想挨，你敢？

正是在这样的时际，又是这样的心境，还得加上我们这样可爱的文化背景，达夫先生便将一位北京的下等妓女拥进了自己的怀里。

她叫银弟。

二

且据达夫自己的著作，勾勒出银弟的相貌、身世和两人交往的始末。

银弟并不漂亮。《南行杂记》中，说他曾经对什么人都声明过："银弟并不美，也没有什么特别可爱的地方。"若硬要找出一点好处来，只有她的娇小的年纪和她的尚不十分腐化的童心。同文中还说，他在船上遇见一个广东姑娘，和银弟很像，甚至因为这像，竟引起了他的某种冲动：

> 回头来一看，却是昨天上船的时候看见过一眼的那个广东姑娘。她大约只有十七八岁年纪，衣服的材料虽则十分素朴，然而剪裁的式样，却很时髦。她的微突的两只近视眼，狭长的脸子，曲而且小且薄的嘴唇，梳一条垂及腰际的辫发，不高不大的

身材，并不白洁的皮肤，以及一举一动的姿势，简直和北京的银弟一样。昨天早晨，在匆忙杂乱的中间，看见了一眼，已经觉得奇怪了，今天在这一个短距离里，又深深地视察了一番，更觉得她和银弟中间，确有一道相通的气质。在两三年前，或者又要弄出许多把戏来搅扰这一位可怜的姑娘的心意；但当精力消疲的此刻，竟和大病的人看见了丰美的盛馔一样，心里只起了一种怨恨，并不想有什么动作。

身世更是可怜。

银弟的父亲是个乡下的裁缝，姘识了她的娘，两人逃到上海，摆裁缝摊为生。过了不久，又拐了一笔钱和一个女子，连同银弟四人逃到北京。拐来的女子当了娼妓，银弟的娘便当了龟婆。父亲酗酒死去，她娘以节蓄下来的钱包了一个姑娘，勉强维持生计。她娘不甘守寡，和一个年轻的琴师结为夫妻。达夫第二次来北京的时候，银弟还是"度嫁"的身份，后来便上捐正式做了娼女。度嫁，当是指妓院里的实习生。

达夫一到北京，便与吴虞等一批四川籍的教授打得火热。据小说《街灯》言，是一位姓钱的朋友，引他到一处名叫"春浓处"的妓院，才结识了在此度嫁的银弟。"上春浓处去了四五趟，中间来和我攀谈，我也和她随便说些不相干的废话，有时候或许抱一抱，捏一把的，是度嫁的银弟"。有天晚饭，几个人多喝了酒，来到春浓处小坐，临走的时候，大家都抢着用暴力和银弟亲嘴，轮到达夫的时候，他对她笑了笑，用江南话问："好不好？"她只微笑着摇摇头。后来送他们出门的时候，到廊下，偶尔经过一间黑的空房，达夫踱进去，拉着银弟，又轻轻地问她前一句话，她便很正式地把嘴举了起来。正是达夫的这份温存，让银弟记住了他，也正是银弟的这份娇羞，让达夫记住了这个尚在度嫁的雏妓。

转年春天，夫人孙荃带龙儿北上，先住郁华处，不久便在什刹海附近赁屋独住。

暑假曾回南方，9月返校。有天晚上，觉得难过，在长街上跑了一回，就上前门外微雪夜香斋去喝酒，喝到夜里一点多，付钱出来走下台阶，正想雇车，东边过来一辆黄包车，坐着一个窑姐，细看之下，原来是银弟。后来还是那位钱姓朋友，在酒席上告诉他，银弟已改名柳卿，上捐做了妓女，妓院在韩家潭，叫蘼香馆。又过了几天，也是酒后，便一人雇车去蘼香找银弟去了，由此接续上先前的情分。（详见《街灯》）

小说《寒宵》，写的是他和四川的朋友逸生在一家妓院吃酒，叫条子邀来了银弟，临别之际，两人在寒夜的屋外，拥在一条斗篷里难分难舍的情景。应银弟之请，在银弟走后半小时，又和朋友一起坐汽车去了韩家潭。这时的银弟已是柳卿了。

到了小说《祈愿》，他和银弟之间的交情已经很深了。仍是冬季，在银弟那里，接连住了四个晚上，到第五个晚上，广寒仙馆怡情房有人叫条子，银弟本想托病不去，是他再三督促，银弟才去的。很晚了，银弟一回来，连鞋也来不及脱，便扑在他身上呜呜地哭起来，怨他不该赶她去，受了那些客人的一顿轻薄。随后两人睡去。午前醒来，他要走，银弟拉上他一起，乘马车去城外的观音潭的王奶奶殿烧香，这里是胡同里的姑娘们的圣地灵泉，凡有疑思祈愿，都要来此祝祷的。

散文《南行杂记》的前半部分，写了他与银弟交往的全过程。最为动情的是，一天几个朋友在"小有天"吃夜饭，没有房间，也没有散坐，正在门厅坐等之际，看到银弟和一个四十左右的绅士从里面出来，见了达夫，便丢下客人过来和他打招呼。对妓女来说，这是违背行规的。吃饭中间，银弟打来电话，说那个客人本来要请她看戏，她推辞了，要他马上过她那里去。几个朋友一起去了，在银弟的房里坐了一个多钟头，又打了四圈牌，银弟和同去的朋友，都要他在那里留宿。朋友们出去之后，把房门带上并上了锁。

此前他和她交往不过三四次，而此刻，银弟已把他看作亲人一般，俯在他的肩上哭泣不止。起初他以为这不过是妓女惯用的手段，后来看出，银弟确是出之真情。两人用江南话相谈，都很动情。"我不由自主的吻了她好半天。换了衣服，洗了身，和她在被里睡好，桌上的摆钟，正好敲了四下。"

正是这一夜之情，让他深深地喜欢上了这个银弟。"从此之后，她对我的感情，的确是剧变了。因此我也更加觉得她的可怜，所以自那时候起到年底止的两三个月中间，我竟为她付了几百块钱的账。当她身子不净的时候，也接连在她那里留宿。"

1925年2月，应武昌师范大学之聘，任文科教授。离京那天，银弟曾去西车站为他送行，大哭一场。

郁达夫一直保存着银弟的照片。郁达夫的长孙女郁嘉玲女士在《说郁达夫笔下的银弟》一文中说，小时候，她家里有许多旧照片，有次看到一张照片上一个不认得的女人穿着古怪的衣服，和当时她所见惯的式样很是不同，就好奇地问奶奶（孙荃）"这是哪个？"。奶奶抬起头来，透过老花眼镜漫不经心地瞥了一眼说：

"这是北京的银弟。"

三

以上事体，有的出之小说，有的出之散文，散文或许是真的，小说就不一定了。别的作家若是这样写，可以这样认识，对郁达夫来说，就没有必要了。写作上，他遵奉的原则是，作品是作家的自诉状。未必篇篇是实，至少这些篇章是不必怀疑的。

我在看《吴虞日记》时，发现了小说中的许多事，都与吴虞的记载相符。只是小说中，要么是说姓不说名，如《街灯》中那个姓钱的朋友，就是钱君毅。要么说名不说姓，如《寒宵》中的逸生，该是一位四川朋友的字。说到地名，则有意变改，如几处提到的"春浓处"，当是春华楼。

小说和散文中都写到的，互相邀约饭局，在一处吃饭叫条子，然后到另一处妓馆吃茶，诸种情形，在吴虞的日记中也有记载。比如1924年5月3日条下：

> 九时半过北大，晤幼渔、子庚，以八条示之，请假二小时而归。过君毅处，新居房屋甚大，有树木、电灯。闻君毅在慕鲁处，遂往邓斋闲谈，慕鲁留便饭。打电话询郁达夫，约下午三时往谈。至三时偕君毅至郁宅，房屋极好，买成二千二百元，现值五六千元矣。达夫以日本《太阳报》登渠诗见示，笔轻茜，腴而有骨，美才也。谈至四时，遂同往中央公园。谢绍敏又来，言内幕有暗潮，闪烁其词，予甚恶之。达夫将八条看过，言不糟，此后勿自答。如有内幕，达夫当为探察，或再有文字，达夫当站出

来骂之。予约达夫明日十二时赴君毅处，同往春华楼，遂归。

第二天日记中果然记着：

十时过戴夷乘，同至君毅处。十二时达夫来，遂偕往春华楼，无雅座，乃转至宝华楼午餐，共用洋三元八角二仙，散后夷乘、达夫俱去。

这年冬天，正是郁达夫和银弟难分难舍的时候，也正是和吴虞、钱君毅诸人宴游之乐最甚的时候。日记中不时有这方面的记载，略举数则：

十一月二十七日　下午五时，赴春明饭店楼下第六号座。六时半君毅来，白经天、郁达夫、张真如、张季鸾、戴夷乘、康心之、刘勉己，先后到。

十二月十七日　北大纪念日，放假一天。今晨繁霜满树，望之如花，京中人谓之树挂，成都未见也。十时半至十二时半，在南大上课。寒甚。君毅来信，言康心之赴河南，杨适夷不来，乃补请郁达夫，戴夷乘。

十二月二十日　农历冬月二十四日，冬至，下午上课，来了十人，有郁达夫。叫条子。叫了七个妓女作陪。

对郁氏与银弟的交往，有人在文章中说，可看出郁的人道主义，怎样同情弱者，怎样怜惜女子。我不这么看。嫖妓就是嫖妓，不必再赋予什么意义。若在嫖妓的过程中，表现得温柔体贴乃至同情便是人道主义的话，那些不嫖妓的该是什么相反的主义？倒是从中考察那个时代的文人风貌，体味郁达夫小说的真髓，更有意义些。若嫌我的话未免贬低了达夫先生，那么且看他在别处是怎么说的。

1924年年底，他的小说《秋柳》发表后，因为是写妓女生活的，受到了许多人的攻讦，认为是在鼓吹游荡的风气，对于血气方刚的青年危害甚烈。他写文章辩驳，坦然承认自己的作品在艺术上是失败了，失败的原因，不在于写了妓女，而在于中国的妓女本身就是一个大失败。接下来谈了他对妓女的看法：

> 原来妓女和唱戏的伶人，是一种艺术品，愈会作假，愈会骗人，愈见得她们的妙处。应该要把她们的欺诈的特性，以最巧的方法，尽其量而发挥出来，才能不辱她们的名称。而中国的妓女，却完全与此相反。这等妓女应有的特质，她们非但不能发挥出来，她们所极力在那里模仿的，倒反是一种旧式女子的怕羞，矜持，娇喘轻颦，非艺术的谎话，丑陋的文雅风流，粗俗的竹杠，等等，等等。所以你在非常烦闷的时候，跑到妓院里去，想听几句你所爱听的话，想尝一点你所爱尝的味，是怎么也办不到的。(《我承认是"失败了"》)

说到这里，郁达夫讲了个笑话：一个朋友自家编了许多合自己口味的话，"于兴致美满的时候，亲自教给一位他所眷爱的妓女，教她对他在如何如何的时候，讲怎么怎么的一番话，取怎么怎么的一种态度。可是她老要弄错，在甲的时候，讲出牛头不对马嘴的乙的话来"。在这一幕悲喜剧里，便可以看出中国妓女是如何愚笨了。

这才是郁达夫先生对妓女的真正看法。什么人道主义，达夫先生其时绝不会想得这么多，温存体贴云云，不过是玩点嫖妓的小手段罢了。

嫖妓是一回事，写文章是一回事，他人的理解又是一回事。正如达夫先生的文章（小说）里，常常叹苦嗟穷，你要是真的以为他穷到如今你我的地步，那就大错特错了。三两个月嫖了几百块钱（银元），就是当时的富家子弟也不过尔尔。然而，也不能据此就说他是作伪或作秀，绝不是，他那穷苦的感觉，是真诚的，丝毫不假的，和千年前的李白杜甫相通，和几十年后所有真诚写作的人们也是相通的。这才是他真正了不起的地方。

最后要说明的是，我的这篇文章，是受了郁嘉玲女士所撰《说郁达夫笔下的银弟》的启发才写的。我收集的资料，原本是想写一篇或一本《郁达夫在一九二四年》的。这篇文史随笔，可说除了基本思想和考证的材料，其他都得之她那篇优美的文章。彼文已收入她新近出版的《我的爷爷郁达夫》（昆仑出版社）。有兴趣的读者不妨找来看看，看一个人是怎样把别人的材料做成自家的文章的。感谢嘉玲女士，并请你原谅我的窃取。

2001 年 5 月 7 日

朱自清和他眼里的女人

他是个怎样的人

朱自清是这,是那,我都没有异议。我说一句话,想来别人也不会有什么异议:朱自清是个男人,然后才是这是那。

假定这世上或某一个区域内,男人和女人一样的多,所有的男人都可以看到别的女人,那么我们就可以得出这样一个结论:男人看女人,总要比看男人多些,至少也多一个。如果再加上同性相斥,异性相吸,看到的女人就要更多些。作为男人的朱自清也不会是例外。

基于这样的基本事实和基本理念写一篇这样题目的文章,对受人敬重的朱自清先生,该不能说是轻亵或诬谤。

先看看朱先生是个怎样的人。若好色成癖如郁达夫,或是风流偶傥如徐志摩,这样的研究——请允许我用这样庄重的字眼——也就没有任何意义。好色成癖的男人,会疯狂地追求女人,风流偶傥的男人,女人会往他身边凑。惜乎身高一米五七的朱先生，跟这两类人都不沾边。

朱先生是个内向、腼腆的人，从品行上说，绝对是个正人君子，且不是鲁迅笔下的那种型号的。看看他讲课，就知道这是怎样一个忠厚人了：

> 他那时是矮矮胖胖的身体，方方正正的脸，配上一件青布大褂，一个平顶头完全像个乡下土佬。讲的是扬州官话，听来不甚好懂，但从上讲台起，便总不断地讲到下课为止。好像他在未上讲台前，早已将一大堆话，背诵过多少次。又生怕把一分一秒的时间荒废，所以总是结结巴巴地讲。然而由于他的略微口吃，那些预先想好了的话，便不免在喉咙里挤住。于是他更加着急，每每弄得满头大汗……一到学生发问，他就不免慌张起来，一面红脸，一面急巴巴的作答，直要到问题完全解决，才得平舒下来。（《杭州一师时代的朱自清先生》）

这是北大刚毕业，在杭州第一师范教书时的情形，由他的学生魏金枝记下的。后来当了清华大学国文系教授，情况是不是好了呢？没有好多少。下面是他的学生吴组缃的回忆：

> 我现在想到朱先生讲书，就看见他一手拿着讲稿，一手拿着块叠起的白手帕，一面讲，一面看讲稿，一面用手帕擦鼻子上的汗珠。他的神色总是不很镇定，面上总是泛着红。他讲的大多援引别人的意见，或是详细地叙述一个新作家的思想与风格。他极少说他自己的意见；偶尔说及，也是嗫嗫嚅嚅的，显得要再三斟

酌词句，唯恐说溜了一个字，但说不上几句，他就好像觉得自己已经越出了范围，极不妥当，赶快打住。于是连连用他那叠起的白手帕抹汗珠。(《敬悼佩弦先生》)

还有一件事，也挺有意思的，不妨当笑话说说。也是吴组缃文章里说的。那年吴刚进清华，学的是经济，还没有转到中国文学系。冬季的一天，一场大考刚完，近百名学生站在大礼堂门前的台阶上晒太阳。年轻人寻开心，每见前面路上有人走过来，就齐声喊"一二一，左右左"，此时那人的脚步即无法抵御，不自禁地合上节拍，走成练兵操的步伐。对着这人多势众的场面，少有不窘得狼狈而逃的。正这样笑闹着，大路上来了一个人，矮矮的个儿，面庞丰腴红润，手里挟了大叠的书，踅着短而快的步子，头也不抬地匆匆而行。同学们照例喊起"一二一"来。最初他还不在意，仍是一本正经地走着，随即就理会到了，一时急得不知所措，慌张地摘一摘呢帽，向台阶上连连点头，满面通红地逃开了。吴组缃还当他是高班的同学呢，走过之后，有些同学耸耸肩头，皮得伸舌头了。一位同学告诉他，此人乃朱自清先生。

有这两三件事，说朱先生是个怯懦的人，也不为过吧。

只有这样的人，看看他是怎样看女人的，才有意味，才有认知上的价值。

他的婚姻状况

一个人的婚姻状况，常常制约着，或是怂恿着他对女性的态度。

怂恿也是一种制约。

朱先生结过两次婚。第一次是1916年考入北大预科，当年寒假里回扬州老家结婚。妻子武钟谦，扬州名医武威三的女儿，朴实，文静，在上面引用过的那篇文章里，魏金枝说，"至于我们的朱师母呢，也正和朱先生是一对，朴素羞涩以外，也是沉默，幽静。除开招呼以外，不大和我们搭腔，我们谈着，她便坐在床上做活"。1929年11月，夫人在扬州家中病逝，三十二岁，遗三子三女。朱先生与夫人同岁，都是1898年出生。

第二次是1932年8月，与陈竹隐女士在上海结婚。陈是四川成都人，少先生七岁，毕业于北平艺术学院，为齐白石、溥西园的弟子，工书画，善度曲。这第二任夫人，可说是一位新时代的新女性了。婚后随夫北上，住在清华园里。抗战爆发后，朱先生独自赴长沙，又转赴昆明，在西南联大任教，陈由北京赴昆明与丈夫团聚。抗战后期，带着孩子住在成都。

对武钟谦女士，朱自清的心里始终充溢着真挚的情爱，《给亡妇》可说是一曲爱的颂歌。现在要说的是这篇文章写作的时间。若是刚刚去世，痛不欲生，秉笔为文，自在情理之中。但愿是这样，然而不是这样。文末标明1932年10月，是武去世三年之后，又是新婚三月之内。未及百日，如此痛悼亡妇，可以说是对亡妇的一个交代。文中有"五个孩子都好，我们一定尽心教养他们"之语。是不是也有一点"将缣来比素，新人不如故"的意思在里面呢？

单就这篇文章来说，这样立论不免轻率，从此后朱先生的日记中寻按，就不能说无影无踪了。

1933年1月15日，也就是《给亡妇》一文写罢不久，朱先生"在平伯处打契约桥牌，并吃晚饭，归时竹似怒"。此后夫妇间小的龃龉，在日记中时有所见。有时纯属记事，却不能说没有怨怼之意，如"竹病中延一中医诊治，竹信中医甚笃，然中医诊金昂甚"（1935年1月14日）。又如"晚竹谓予近太懒，为之惕然"（1933年3月6日）。

有没有大的龃龉呢？现在所能看到的最全的朱自清的日记，是江苏教育出版社出版的《朱自清全集》中的第八、九两卷。全翻过了，没有。删节太多了。一部分在《新文学史料》上初发时，陈竹隐女士就删去一部分，轮到儿子朱乔森编全集了，又删去一部分。朱乔森还说"所删的其实并不多。除1924年的那一本外，需删之处只是删除了几句话或一段话，从未有一整天的记载全部删除的"。现在的日记中，有时几天只有年月日与阴晴，没有一个字记事。朱乔森说，"那是作者因病因事或其他原因没有记，而不是删除的结果"。（全集第九卷《编后记》）

怕不全是这样。很早就见过朱先生日记原本，编有《朱自清先生年谱》的季镇淮先生，在该书前言中曾说过："先生有一九二四年的一册日记，又从一九三一年九月起，到一九四八年八月二日——入院前三天，逝世前十天，十七年间，无一日间断的日记。"如果真的几天几天的光记日期和天气，季先生是不会这样说的。

我并不反对删除。我要说的是，删除了就说删除了，不要说没有删除。明明删除得干干净净，还要说什么"从未有一整天的记载全部删除的。"

且看这样一例。1933年1月29日记：

补记在城中日记，记昨日系一长段，写后心甚舒畅。又想起一事，七嫂爱七哥而七哥冷落异常；我爱隐而隐无意中冷落，情形正相反，岂天地间无佳偶乎？然何以论少谷夫妇？总之忍耐终不可缺。

"昨日系一长段"，昨日即1月28日，一长段呢，只有日期、星期和那个"晴"字了。是夫人删去的，还是儿子删去的，舍间有全套《新文学史料》，查一查便可知晓。不费这个神了，反正是全部删去了。现在可以肯定地说，删去的是夫妇之间一场大的龃龉。

绝不是要揭谁家的隐私。我还不至于这么卑劣。我是要探究一个品行方正的好人的妇女观，而且要全部利用公开发表的资料，不夸饰，也绝不遮掩。可以不杜撰，但绝不会不考证。精明和诚实，同属优秀的品质。

有一个时期，朱自清对他的夫人，似乎已不只是怨怼了。1934年1月2日记：

入城至吴宅，吃牛肉锅，极美。食毕跳舞，余兴致先不佳，后较好。舞得非常生，只一次合上拍子。竹跳甚多，其履不佳，一胫常外歪斜，又身子不直，显得臀部扭得厉害，然甚刺戟余也。

徐志摩一度对陆小曼失望，曾在日记中写道："爱的出发点不一定是身体，但爱到了身体就到了顶点。厌恶的出发点，也不一定是身体，但厌恶到了身体也就到了顶点。"可不可以把这句话转用在这儿呢，还是不要吧。那就都让一步吧，你也得承认，朱陈之间的关系，不像一些传记里说的那么好。

抗战后期在昆明，朱先生那么艰难地活着，冬天甚至披着赶车人穿的光皮板子（俗名"一口钟"）御寒，这在当时的大学教授里是绝无仅有的。撙节下来的钱，乃至是借来的钱，按时寄往成都。若是武钟谦女士，再苦也要和丈夫在一起的。

说了这么多，只是提供一个背景，并廓清一些阻障，毕竟，写朱自清眼里的女人，不应当只说他的两位夫人。纵使夫人是他眼中最常见到的。

他眼里的女人

或许是生性太腼腆，或许是心里太忧伤，每见到漂亮或心仪的女人，朱先生都有精细的观察，且在日记中有简约的记载。篇幅关系，更是学力所限，我不打算再做什么分析与辩证了，谨略加挑选，按时序胪列，请读者自个儿品味其中的情致。先录1937年8月18日日记中的一段话作为引子，也可说是朱先生的妇女观吧：

对女子之我见。西洋女子已得独立，故服务之观念强，抚慰丈夫方面甚佳。日本女子服务之观念过强，以至失去独立之人格。中国女子只事争独立，为丈夫服务之观念全废，此盖过渡时代人之命运欤！

下面是他日记中的记载，引号里的，全是原话。

1924年9月5日，由温州乘船赴宁波任教，"船中见一妇人。脸甚美，着肉丝袜，肉色莹然可见。腰肢亦细，有弱柳临风之态。"

在宁波,"访蓼村,见一女客,甚时髦,两鬓卷曲如西洋妇人也"(1924年10月5日)。第二天,"与蓼村同到丹生家。丹生夫人甚健谈,人甚飞动。而在其处便饭,菜甚佳美!"

1931年8月,经苏联赴欧洲度假,9月4日,车过柏林,"车中有俄妇甚有致,与其夫俱,亦翩翩。打桥,其夫妇桥甚精,有记分纸,殆亦甚好之也。"

就是不甚喜欢的女人,只要风度好,他也很是欣赏。1931年11月13日在伦敦,邀请周先生在顺东楼进晚餐时,遇见两位中国女士,"她们说上海方言。我已经有两个月没有听到上海话了!她们的作风举止也是一副上海派头,我对她们既讨厌又赞赏,这真是自相矛盾啊。"

1932年6月25日,在德国游览期间,"车中遇一医生(Cadness)小姐,活泼可爱,不似英人,使人颇有好感。"

1932年8月16日,蜜月中游完普陀,"到上海,赴六妹处,遇邓明芳女士,颇有标格。"

1932年10月7日,乘火车去南开学校讲演,"车中遇方令儒女士,尚有姿态。"

1933年1月22日,入城,在杨今甫处午饭,饭后论《啼笑姻缘》及《人海微澜》,"旋陶孟和夫妇来,陶夫人余已不见数载,而少年似昔,境遇与人生关系真钜哉。"陶夫人即沈性仁女士。

1934年2月2日,参观一个画展,"今日来名人甚多,余姗亦在,其笑如吴三妹也。"余姗当为俞姗。

1935年1月20日,参加一个文学讨论会,会后有饭。"吃饭时,桌上的饼甚美。后遇淑芳小姐,真是个才华出众的女士。"

1941年3月6日,"上午宋夫人及廖二姐来访竹,适竹去医院,因留客谈。宋夫人打扮得很漂亮,听说她已四十三岁,可还是显得那么艳丽。夫人的职业为果树栽培,这方面的书我一点没读过,没有研究。约等二小时得见竹。"

1942年6月13日,"早访魏,饭于卢冀野家……晚卢约饭,菜甚佳。座有俊升、刘钟明、建功、傅君。卢夫人甚和蔼。"

1943年10月2日,"参加绍谷晚餐会,甚愉快……有不少年轻人,罗、程、张之女儿容貌平常,但张小姐甚纯洁可爱,而其父却谈吐粗俗。莘田唱昆曲,嗓音甜美,一如张小姐。"

1945年2月4日,"下午应唐庆永夫妇之邀,至其家跳舞与桥戏,并进晚餐。跳舞颇尽兴,但很累。今日虽进食不多,然胃不适,归途吐水。恐系饮咖啡二杯所致。至唐家遇翟君夫妇,翟妻甚美。"

1946年3月9日,"读《宋元戏曲考》,书中舛误甚多。出席张达卫先生与刘承兰女士的婚礼,应邀作证婚人。遇张信孚太太,彼颇善交际。"

1947年5月7日,贺俞平伯父亲寿,送一红色降落伞做幔幛,"平伯侄女郭小姐甚美。宿许家,居室轩敞,庭院宽阔。"许家为俞平伯岳家。

越到晚年,这类记载越少了。路遇的美妇人,已视而不见。同事的妻子,多已上了年纪,可欣赏的,只有作为晚辈的小姐了。这也是情理中事。关注什么,不光是兴趣所致,也得看精力济也不济。

抗战后期,独自在昆明生活,还差点儿闹出"绯闻"。且看这样几条记载:

在钱家午餐。我在餐桌上又被钱太太让得进食逾量。(1941

年12月11日）

在钱家午餐，面和菜均佳。（1942年4月10日）

端升晚餐后留此长谈，培源认为我可能会捎信给钱太太，我应下决心不去访问周家。（1942年5月12日）

还得诠释。钱，即钱端升，政治学家，当时在西南联大任教。周培源，物理学家，当时在西南联大从事理论研究。朱先生所在的国文系，初到云南，在蒙自上课。后来迁回昆明，朱先生居住的文学研究所仍在乡下，上课则在城内。先前夫人在，饭食还正常。待夫人回成都后，只好在朋友家起伙，一回到城内，便只能在朋友家"蹭饭"了。好在他人品与人缘都极佳，请饭的朋友很多。他和钱端升是北大预科的前后同学，好同学的情分总要比一般同事重些，常在钱家用餐，也就理所当然。来往多了，难免会让人说些闲话。到1942年暑假，朱先生在清华任教又满了一个五年，按清华惯例，是教授的，教满五年有一年假期。朱先生家眷在成都，已是5月份了，放假后就要回成都。这一分别，就是整整一年。故此，周培源才会说出"会捎信给钱太太"这样令朱先生反感的话。

这篇文章就这样完了。没有别的意思，只是想让朱先生这样的忠厚长者，人格上，生活上，更丰富些，或者说更丰满些。

2001年6月14日

梁实秋的私行

在《悼念余上沅》文中，梁先生说："上沅长我五岁，对我在私行上屡次不吝规劝，所以我对他自有一番敬仰，一直以兄长事之。"可见，梁不回避自己在私行上有可让人规劝之处。

这可被规劝的私行是什么呢？傲慢乎，刻薄乎，名士派头乎，不能说没有。在男女之情上，会不会也有可规劝之处呢？且看这样的记述："季淑嫂之柔，可谓世鲜其匹……年轻时偶有好友密告她，实秋兄有风流传闻，她只是一笑说：男人嘛，随他逢场作戏好了。"季淑即梁实秋原配夫人程季淑。这话是誓还先生（吴延环）在《悼梁程季淑》中说的，这里转摘自陈子善编的《回忆梁实秋》书中。这是旁证。

还有自证。梁先生八十岁时，给一位朋友写了幅墨字，录的是《五灯会元》上圆悟克勤禅师的悟道诗，诗云：

金鸭香销锦绣纬，
笙歌丛里醉扶归。

少年一段风流事，

只许佳人独自知。

据受赠者马逢华先生说："我相信八十高龄的梁先生手录悟道诗时，心中所念及的'一段风流事'，非关世俗所谓之绯闻，它毋宁是指一种'发乎情，止乎礼'的高尚情操。梁先生是一个亲仁、爱物、热情、风趣，富有人情味的雅人，但他并不是一个圣人。"

马先生多虑了，谁也不会要求梁先生去做圣人，那太难为他了。谁也不能说一对男女之间，有了私情就非要闹出绯闻不可，那太可怕了。至于礼之大防，想来那防线不光很长，也很宽。但你要说男女之情，到了"少年一段风流事，只许佳人独自知"还不是隐秘之情，怕没人会信的。在这上头，梁先生的私行，跟普通人的不会有多大的不同。

现在都知道，抗战期间，梁先生在重庆写《雅舍小品》时，"雅舍"二字，并不是他的书斋名，乃是他和吴景超夫妇合买的一处住宅的名字。另有一说，是他和吴夫人龚业雅合买的，比如陈衡粹在《实秋忌辰周年祭》中就是这样说的。当然了，妻买的，也是夫妻的共有财产。"雅舍"这个名字，是梁先生起的，取了龚业雅名字中的那个"雅"字。这段时间，梁夫人并未随侍在侧，仅梁先生和吴龚夫妇合住在这儿。

所以用雅舍命名自己的集子，不光是因为住在这儿，也还因这些文章的完成得力于龚女士的欣赏和催促。梁自己是这样说的："每写一篇，业雅辄以先睹为快。我所写的文字……虽多调侃，并非虚拟，所以业雅看了特感兴趣，往往笑得前仰后合。经她不时的催促，我才逐

期撰写按时交稿。"(《〈雅舍小品〉合订本后记》)

冰心女士对此也有记述,虽不一定说的是写文章,却可看出梁与龚相悦相得的情景:"我们都喜欢老友的欢聚。文藻一向是拙口笨舌,景超也是笑时多,只有梁实秋是大说大笑,热情的业雅也在旁边拍手捧腹,前仰后合。"(《读〈雅舍小品〉》)

正是这种情谊,梁在《雅舍小品》第一篇结尾,解释书名时说:"冠以'雅舍小品'四字,以示写作所在,且志因缘。"后来出书时,也一反平生不请人作序的惯例,请龚业雅写了篇短序。按说事情到此也就结束了,早着呢,以后梁先生几乎所有的小品文结集时,都以雅舍为名,到台湾后出了《雅舍小品》续集、三集、四集,此外还有《雅舍散文》《雅舍杂文》《雅舍谈吃》。这已不能说是"以示写作的所在",只能说是"且志因缘"了。

吴景超、龚业雅夫妇没去台湾,在70年代悲惨死去,"文革"后梁实秋在海外闻之,不胜悲。

像龚业雅这样数十年因缘不绝的朋友,不必做别的推测了,说是"异性知己",该不为过吧。打上引号,并不是有什么诡秘的意思,只是说,这话不是我说的。做这样的判断,我没这么大的本事。前面提到的马逢华先生是位旅美学者,与梁先生相知甚深。在《管领一代风骚》文中,曾说:

除了夫妇之外,世间有没有发乎情、止乎礼的异性知己?胡适之和陈衡哲,金岳霖和林徽因,是立刻就可以想到的例子。在这个层次上,也许我们可以说,至少有四位不平凡的女士影响了梁先生的翻译和写作生涯。她们或者是某一段时期梁先生创作灵感的来源，或者默默为他料理生活，对他提供种种的帮助和鼓励，或者两种贡献，兼而有之。我所想到的，是1974年去世的梁夫人程季淑女士，现在的梁夫人韩菁清女士，和先生的两位异性知己，谢冰心和龚业雅。

马先生的这段话，有不严密的地方，既说除夫妇之外，就不该把梁先生的两位夫人算在里面。这样堪称异性知己的，就只有谢冰心和龚业雅两位了。

龚女士前面已谈过了，接下来谈谈谢女士。

两人的相识，是在1923年8月间赴美途中，他们共同乘坐的"杰克逊总统号"上。不久前（1923年7月），梁在《创造周报》上发表过一篇名为《〈繁星〉与〈春水〉》的批评文章，说冰心在这些诗里缺乏热情，好像是一位冰冷到零度以下的女作家。从体裁上说，这类小诗终归登不得大雅之堂。梁实秋与同为燕大学生的许地山原本相识，知道冰心就在船上。一天在甲板上散步，两人不期而遇，经许地山介绍，寒暄一阵之后，梁问："您到美国修习什么？"谢答："文学。"又问梁："您修习什么？"梁答："文学批评。"话就谈不下去了。

毕竟是同船，又都爱好文学，很快就熟络了。

到美国后，一伙留学生曾演出话剧《琵琶记》，梁实秋饰蔡伯喈，谢文秋饰赵五娘，冰心饰牛丞相女。按剧中情节，蔡伯喈与赵五娘新婚不久，赴京应试高中，奉皇上之命与相府牛小姐完婚。赵五娘在家中侍奉公婆，艰难度日直至他们去世，安葬公婆后赴京寻夫。牛小姐深明大义，不嫉不妒，二人共事夫君，受到了皇上的旌表。这是一出大戏，想来他们只演了其中的一段。后来谢文秋与同学朱世明结了婚，冰心调侃梁实秋："朱门一入深似海，从此秋郎是路人。"后来回到国内写文章，梁有时便以"秋郎"为笔名，到了老年，又堂而皇之地自命为"秋翁"。这，也该说是"且志因缘"吧。

附带说一下，新近出版的黄仁宇的《黄河青山》中有朱世明偕夫人举办宴会的照片，文中没有注明夫人姓名，据年龄判断，极有可能是谢文秋。有兴趣的读者不妨翻翻，看看谢文秋的风采，当更能体会冰心此语的意味。

大陆"文革"初期，梁实秋听说冰心与丈夫吴文藻双双服毒自杀，悲痛之余写了《忆冰心》一文在台湾《传记文学》杂志发表，文末附录了一束冰心历年给他的信。梁先生有没有"反正冰心夫妇已经死了，不妨把这份感情公开"的意思，我们不好揣想，但这些信透露了两人之间真挚深厚的情感，则是不容置疑的。

附录的信共六封，其中一封是给赵清阁的。最堪体味的是第二封，即1931年11月25日的信。

此前不久（11月19日）徐志摩飞机失事遇难，信中先把徐志摩贬损了一通。大概梁给谢的信中，提到谢的诗作《我劝你》，谢在信中接下来说："我近来常常恨我自己，我真应当常写作，假如你喜欢《我劝你》那种诗，我还能写他一二十首。"谁都知道，20世纪30年代初，冰心已很少写诗了，偶尔写了一首，只要秋郎喜欢，她就可以接连写上一二十首。这是多大的动力。且看这是一首怎样的诗。全诗较长，除了第一节三行，每节四行，共十一节。下面是后六节：

其实只要你自己不恼，
这美丽的名词随他去创造。

这些都只是剧意，诗情，
别忘了他是个浪漫的诗人。

不过还有一个好人，你的丈夫……
不说了！你又笑我对你讲圣书。
我只愿你想象他心中闷火般的痛苦，
一个人哪能永远糊涂！

一个人哪能永远糊涂，
有一天，他喊出了他的绝叫，哀呼。
他挣出他糊涂的罗网，
你停留在浪漫的中途。

最软的是女人的心，
你也莫调弄着剧意诗情！
在诗人，这只是庄严的游戏，
你却逗露着游戏的真诚。

你逗露了你的真诚，
你丢失了你的好人，
诗人在无穷的游戏里，
又寻到了一双眼睛！

嘘！侧过耳朵来，

我告诉你一个秘密：

"只有永远的冷淡，

是永远的亲密！"

诗无达诂。谁给诗做诠释都会陷入魔阵，最终受到嘲弄与攻讦的只会是他自己。我不会做这样的蠢事。然而有几个词，我觉得不特别提出来，会埋没了我多年读书的一点灵性。"剧意诗情"，诗中用了两次。平常人很少这样措辞，多是"诗情画意"，或"画意诗情"，这个"剧"字若不是笔误的话，当是有所指的。不能不让人想起两人合演《琵琶记》中的剧意。"别忘了他是个浪漫的诗人"。梁实秋是批评家、散文家、翻译家，这是功名，工余闲暇，友朋燕集，他还是写诗——旧体诗的。附录第五封信中，谢就引用了梁的两句诗。再就是"浪漫的诗人"，不一定就是浪漫的写诗的人之谓，更多的时候，怕是一种泛指，略同于"风流才子"。恰恰就在这封信中，谢说梁："你是个风流才子，'时势造成的教育专家'，同时又有'高尚娱乐'，'活鱼填鸭充饥'。"

这首诗中可诠释之处还有一些，不必说了，"真是文不对题，该打！该打！"（附录第五信中冰心语）

梁实秋太孟浪了，冰心夫妇没有死。过了一段时间，知道是误传后梁从侨居地西雅图接连给《传记文学》主编刘绍唐写了两封信更正。第一封信中，说了消息来源之后，不无歉疚地自责："惊喜之余，深悔孟浪。"第二封信中，说冰心夫妇看到了他写的悼念文章，同时较为详细地说了冰心夫妇当时的处境：已从湖北孝感的五七干校回到北京，两口子如今都是七十开外的人了，冰心现任职于作家协会，专门核阅作品，做成报告交予上级，以决定何者可以出版，何者不可发表之类。二位都穿着皱巴巴的人民装，也还暖和。曾问二位这一把年纪去干校，尽干些什么呢，冰心说，多半下田扎绑四季豆。他们在"文化大革命"时期，曾被斗争三天。信末感叹：

> 现在我知道冰心未死，我很高兴，冰心既然看到了我写的哀悼她的文章，她当然知道我也未死。这年头儿，彼此知道都还活着，实在不易。

到了20世纪80年代初，海峡两岸间的坚冰打破了，可以相互往来了，梁实秋的二女儿文蔷回北京探亲，受父亲之托看望了冰心。梁先生带给冰心的口信是："我没有变。"冰心托文蔷带回来的话则是："你告诉他，我也没有变。"记述此事的马逢华在文章中说，烽火隔绝三十余载，而此心不渝，这是何等凄美的默契！

本文题为《梁实秋的私衷》，非是要写什么绯闻，而是要写梁实秋人生的另一面：他对异性知己纤细浓郁的感情，异性知己对他的历久而弥新的关爱。别以为写了这些，就是对他们的不恭。我敢说，我对他们的敬重不比任何一个人差，包括他们的亲属。我只是要说，这样的情感，是他们人性中绚丽的云霞。有了这些绚丽的云霞，他们的人格更为高尚，他们的形象也更为美好。

附：冰心对徐志摩的评价有可商议之处

为了不破坏上文的完整，我没有引录冰心信中对徐志摩的评价。

此事有可商议之处。冰心的原文是:

> 志摩死了,利用聪明,在一场不人道不光明的行为之下,仍得到社会一班人的欢迎的人,得到了一个归宿了!我仍是这么一句话,上天生一个天才,真是万难,而聪明人自己的糟蹋,看了使我心痛。志摩的诗,魄力甚好,而情调则处处趋向一个毁灭的结局。看他《自剖》里的散文,《飞》等等,仿佛就是他将死未绝时的情感,诗中尤其看得出。我不是信预兆,是说他十年来心里的酝酿,与无形中心灵的绝望与寂寥,所形成的必然的结果!人死了什么话都太晚,他生前我对着他没有说过一句好话,最后一句话,他对我说的:"我的心肝五脏都坏了,要到你那里圣洁的地方去忏悔!"我没说什么。我和他从来就不是朋友,如今倒怜惜他了,他真辜负了他的一股子劲!
>
> 谈到女人,究竟是"女人误他?""他误女人?"也很难说。志摩是蝴蝶,而不是蜜蜂。女人的好处就得不着,女人的坏处就使他牺牲了——到这里,我打住不说了!

一、这么说徐志摩,不公道。徐新死,朋友都在悲伤中,梁是徐的朋友,对梁说这样的话,显然有别的用意。冰心对志摩的好朋友林徽因是有成见的。冰心早年的小说《我们太太的客厅》据说就是讥讽林的。李健吾在《林徽因》文中曾提到一桩逸事,说林从山西考察古建筑回来,带回上好的山西老陈醋,闻知此事,曾派人送冰心一坛。冰心信中女人云云,不能排除有对林的鄙弃在里面。徐的妻子是陆小曼,又跟林有恋情,怎么就是"女人的好处就得不着,女人的坏处就使他牺牲了"。这话放在哪一个女人身上都是不妥当的。

二、冰心说徐生前，"我没对他说过一句好话"，不全是这样。1928年12月间，梁启超病重，徐从上海赶到北平看望，同时顺便看望北平的老朋友。某日去清华看望罗家伦、张彭春等人后，在给陆小曼的信中说："晚归路过燕京，见到冰心女士，承蒙不弃，声声志摩，颇非前此冷傲，异哉。"见于《徐志摩书信集》第185页，河南教育出版社1994年7月出版。至少这次是好话。该信冰心后来的表白，还是该信徐志摩当日的记录？徐为人再不好，在这件事上，我还是信徐的。徐志摩就是神仙，也断不会料到冰心在他死后说那样的话，预先伏下这么一笔。

2001年10月3日

补记：对读者的一个交代

本文在《人民文学》2002年第1期发表时，编辑有删节，比如原文中引用的《我劝你》全诗，就删去了。这次出书前，做了修订，比如恢复了《我劝你》中的几节并做了诠释。

此文发表后，福建学者王炳根曾寄来商榷文章，我原准备在《山西文学》刊用，过了一段时间，见《文学自由谈》刊出了，就没有发。王先生的文章题名为《冰心、梁实秋友情之定位》。王先生是冰心研究专家，有专著行世。梁谢的感情，我说是"异性知己"，王先生定位为"友情"，都在一个大范畴里，只是轻重上有所不同。王先生太敬重冰心，而又轻蔑了梁实秋，整体的论述上给人的感觉是冰心对梁实秋一直是冷淡的，甚至是鄙视的。比如两人在"杰克逊总统号"轮船上的对话，不过是平平常常的应答，双方都不会有什么恶意，一旦相识之后也就不在意了，过后说起只当是笑谈。至于此前梁曾批评过谢的诗作，更是谁也不会记恨的。王先生说却说："也许就是这件'昨日往事'，奠定了他们交往的基础，甚至影响了一生。"

在此后的论述里，这根"红线"一直贯穿到底。又像一把尺子，凡事都要用它来量，一量准是这么回事。

仍是在赴美的船上，梁实秋提议办了个壁报叫《海啸》，向冰心约稿，"冰心自然不会拒绝，但她好像有些赌气，偏偏给的都是诗稿，《惆怅》《纸船——寄母亲》《乡愁》最初就是发表在《海啸》上"。虽然王先生也说，"这里有些文人之间以文人方式游戏的意味"。

谈到1931年谢给梁的信上，谢说"假如你喜欢《我劝你》那种诗，我还能写上一二十首。"王先生批评我的理解"显然有误"，而他的理解竟是：

> 这话实际上是连接了八年前梁实秋对冰心的批评，与《繁星》《春水》比，《我劝你》更不像诗，这样的诗你会喜欢？这样的诗你喜欢，可以写很多！我理解是这个意思。梁实秋说过，没有感情的不是诗，不富感情的不是好诗，《我劝你》说教味那么重，概念诗，怎么会喜欢？冰心本人对诗有很严格的要求，不能因为自己作些文字，便将诗的要求降低，所以她说，"假如你喜欢《我劝你》那种诗"，显然她自己不认为这是好诗，甚至认为不是真正意义上的诗。信中的这段话，实际上是一个艺术命题，被韩先生引申出了情爱的味道。

呜呼！这是写文章做研究吗？就是写家谱都不能这样写。一面说冰心对诗的要求多么严格，一面又说冰心作了这么一首概念诗，而作这首概念诗的目的，纯粹是为了气气梁实秋。这不等于说，八年过去了，这位受过高等教育的女子，还记着多年前梁实秋曾批评过她这件小事。于是作了一首不像诗的诗发表出来，等到对方赞美时，又回复说这样不好的诗，你要喜欢我可以写上一二十首！多有心计。若真是这样，梁实秋只要略施小计，说我就是喜欢（梁不乏这样的聪明），冰心就会再写上一二十首，这下该把梁实秋气死了，这下可报了八年前的"深仇大恨"。这是推论，不作数的，光说王先生的那种理解，我看了的感觉是，就是农村的刁婆娘也不会这么不知好歹，这么胡搅蛮缠，而那么敬重冰心的王先生却认为冰心就能做出这样的事，就是这样一种人。

　　本来还想写篇文章，与王先生谈谈在名人研究上，该持怎样的态度。想了想，我放弃了。正如我前文所说，我写梁实秋不是要写什么绯闻，而是写他对异性知己纤细浓郁的感情，异性知己对他的历久而弥新的关爱。至于涉及他与冰心的情感，更是他们人性中绚丽的云霞。而这些绚丽的云霞，也必将使他们的人格更为高尚，使他们的形象更为美好。至于梁实秋与冰心之间的情感为何种，我不想再多说什么，还是交由读者自己去判断去吧！

2002 年 5 月 25 日

金岳霖的逻辑

金岳霖是学逻辑的，平日开个玩笑，也多从逻辑下手。1934年夏天，费正清邀梁思成、林徽因夫妇来山西汾阳峪道河避暑期间，给金的信中说，当时的中国女子网球冠车王氏姐妹也在这儿，"她们中每一个都比另一个更美"。金对这句既不合逻辑又合逻辑的话很是珍爱，复信说，根据费正清对那儿天气的描述，"也许，她们除了一个比一个更美之外，还应加上一个比一个更耐寒吧"。据汪曾祺回忆，金先生在西南联大教书时，一次上逻辑课，有个叫林国达的学生提了个怪问题，金先生反问他："我问你一个问题，Mr. 林国达 is perpendicular to the blackboard（林国达君垂直于黑板），这是什么意思？"

这样一位浸泡在逻辑中的学者，到了晚年，却背离了自己的人生宗旨——不是全部，是一件事情，我说的是他对徐志摩的看法。

1983年，福建学者陈宇、陈钟英来北京拜访金先生，这一年金已八十八岁，身体羸弱，精神好的时候，思维也还清晰。

在采访者的引导下,金谈了他对徐志摩的看法。下面是陈宇《金岳霖忆林徽因》中的一段:

> 我们取出一张林徽因的照片问他。他看了一会儿回忆道:"那是在伦敦照的,那时徐志摩也在伦敦——哦,忘了告诉你们,我认识林徽因还是通过徐志摩的。"于是话题转到徐志摩。徐志摩在伦敦邂逅了才貌双全的林徽因,不禁为之倾倒,竟然下决心跟发妻离婚,后来追林徽因不成,失意之下又掉头追求陆小曼。金岳霖谈了自己的感触:"徐志摩是我的老朋友,但我总感到他滑油,油油油,滑滑滑——"我不免有点愕然,他竟说得有点像顺口溜。我拉长耳朵听他讲下去,"当然不是说他滑头。"经他解释,我们才领会,他是指徐志摩感情放纵,没遮没拦。他接着说:"林徽因被她父亲带回国后,徐志摩又追到北京。临离伦敦时他说了两句话,前面那句忘了,后面是'销魂今日进燕京'。看,他满脑子林徽因,我觉得他不自量啊。林徽因梁思成早就认识,他们是两小无猜,两小无猜啊。两家又是世交,连政治上也算世交。两人父亲都是研究系的。徐志摩总是跟着要钻进去,钻也没用!徐志摩不知趣,我很可惜徐志摩这个朋友。

这段话中,好多地方既不合逻辑,也有悖于人情。怎么徐志摩追求林徽因就是不自量了,是说他结过婚又离了,还是说他出身富商,攀不上当过司法总长的林长民的女儿,也比不上当过财政总长的梁启超的儿子?即便林徽因与梁思成已然相爱,徐志摩又追林徽因,也没有什么不道德的,怎么就叫不知趣?先说徐志摩是他的老朋友,又说很可惜徐志摩这个朋友，似乎不把徐志摩当朋友了。在徐去世数十年之后说这样的话，总让人觉得不太厚道。

这当然是因为金先生觉得在对待林徽因上，自己是纯洁的、高尚的，徐志摩是势利的、卑琐的。徐志摩离开伦敦时说的两句话，六十多年了，他还记得后一句是"销魂今日进燕京"，说起来是那样的不屑。我相信这句话是徐志摩说的，这个七字句，像是京戏里的定场诗，而徐志摩是喜欢京剧且能唱几句的。一个二十四五岁的年轻人，为追求自己的心上人万里奔波，且自信一定能成功，得意之际唱上这么两句，除了可爱之外，我们还能说他什么？

纯洁和高尚，不管是金的自许，还是他人的赞誉，几乎成了20世纪最为轰动的这场婚恋链中，金先生最为美好的一笔。比如上面引的那篇《金岳霖忆林徽因》中就说，"所有关于金岳霖的传闻中，最引人注目的一件事是他终生未娶。阐释的版本相当一致：他一直恋着建筑学家、诗人林徽因"，两家"长期以来，一直是毗邻而居，常常是各踞一幢房子的前后进"。

我们且来看看金岳霖最受人推崇的这两个方面：终生未娶，仅止于爱慕。是否担得起世人的推崇？

先说终生未娶。

我可以负责地说，金先生是娶过的。娶的是一个洋女人，中文名字叫丽琳。徐志摩有篇文章叫《徐志摩寻人》，其中说到这对夫妇初回国时的情景，时间是1925年。这是一篇妙文，摘引如下：

> 我想起了他们前年初到北京时的妙相。他们从京浦路进京，因为那时车子有时脱班至一二天之久，我实在是无法接客，结果

他们一对"打拉苏"一下车来举目无亲！那时天还冷，他们的打扮是十分不古典的：老金他篷着一头乱发，板着一张五天不洗的丑脸，穿着比俄国叫化更褴褛的洋装，蹩着一双脚；丽琳小姐更好了，头发比他的矗得还高，脸子比他的更黑，穿着一件大得不可开交的古货杏黄花缎老羊皮袍，那是老金的祖老太爷的，拖着一双破烂得像烂香蕉的皮鞋。他们倒会打算，因为行李多不雇洋车，要了大车，把所有的皮箱木箱皮包篮子球板打字机一个十斤半沉的大梨子破书等等一大堆全给窝了上去，前头一只毛头打结吃不饱的破骡子一蹩一蹩地拉着，旁边走着一个反穿羊皮统、面目黧黑的车夫。他们俩，一个穿怪洋装的中国男人和一个穿怪中国衣的外国女人，也是一蹩一蹩地在大车背后跟着！虽则那时还在清早，但他们的那怪相至少不能逃过北京城里官僚统治下的势利狗子们的愤怒的注意。黄的白的黑的乃至于杂色的一群狗哄起来结成一大队跟在他们背后直嗥，意思说叫化子我们也见过，却没见过你们那不中不西的破样子，我们为维持人道尊严与街道治安起见，不得不提高了嗓子对你们表示我们极端的鄙视与厌恶！在这群狗的背后又跟着一大群野孩子，哲学家尽走，狗尽叫，孩子们尽拍手乐！

这不是一篇正式的文章，是一封信，写给梁实秋的，刊登在1927年7月27日上海《时事新报》的副刊《青光》上，梁正是《青光》的编辑。徐还叮嘱将题名中的那个"人"字倒置，梁照办了。

此后几年间，徐志摩去北京，有时是丽琳接站，有时是他到金家看望，在给陆小曼的信中，多有记述。有一次他到了金家，发现当年松树胡同七号新月俱乐部里铺着的一块大地毯，铺在了金岳霖家的客厅。也就是说，他们不光相偕从欧洲回到了北京，还在北京安家过起了日子。

再看金岳霖对林徽因是不是仅止于爱慕，即单纯地恋着林，从未动过婚娶的念头。梁思成的第二任妻子林洙女士，在梁去世多年后为梁写了本传记，叫《困惑的大匠·梁思成》。其中说到，二人婚前，常倾情交谈，有次林洙忽然想起社会上流传的关于金岳霖为了林徽因而终生不娶的故事，问梁是不是真有这回事，梁笑笑，说了这样一件事：

1932年，梁林夫妇住在东总布胡同，金岳霖住在他们家的后院，另有旁门出入。有次梁思成从宝坻调查古建筑回来，徽因一见到他就哭丧着脸说，她苦恼极了，因为她同时爱上了两个人，不知怎么办才好。说话时的神态，一点不像妻子对丈夫说话，倒像个小妹妹在请哥哥拿主意。梁思成当然清楚另一个人是谁，整个事件的严重性，半天说不出话，觉得自己浑身的血液也凝固了，连呼吸都困难。但他同时也感谢妻子对自己的信任和坦白，毕竟她没有把他当一个傻丈夫啊。怎么办？他想了一夜，自己问自己，徽因到底和他生活在一起幸福，还是和老金在一起幸福？他把自己、老金、徽因三个人反复放在天平上衡量。他觉得尽管自己在文学艺术各方面都有一定的修养，但缺少老金那哲学家的头脑，最后的结论是他认为自己不如老金。第二天梁思成把自己想了一夜的结论告诉徽因，说："你是自由的，如果你选择了老金，我祝愿你们永远幸福。"当时两人都哭了。过了几天林

> 徽因对梁思成说:"我把你的话告诉了老金,老金的回答是:看来思成是真正爱你的,我不能伤害一个真正爱你的人,我应当退出。"从那次谈话以后,梁思成再没有和林徽因谈过这件事。他相信金岳霖是个说到做到的人,林徽因也是个诚实的人,后来事实也证明了这一点,他们三个人始终是好朋友。(林洙《困惑的大匠·梁思成》)

一个男人对一个女人的爱慕,到了这个女人可能要放弃自己丈夫的程度,且事先和事后,都跟这个男人有过商议,能说是仅止于爱慕吗?林徽因是坦荡的,她爱上了另一个男人,但又不愿意欺骗自己的丈夫,就跟丈夫说了,且让丈夫给她拿主意。多么缠绵,多么可爱。

缠绵而可爱的是林小姐,金先生的位置就不免有点尴尬了。

先就不合逻辑。

"看来思成是爱你的",这是个判断,其大前提应当是梁思成此前不爱林徽因,小前提是现在的表现这么好,经过这样的推论,才能得出这样的结论。

这个结论是怎么来的呢,是林告诉金的吗?这儿有林对梁的话可以作证,她是爱上了金,但同时仍然爱着梁,也就是说她只是在梁与金之间犹豫,并没有完全倾心于金。也就是说,林完全不爱梁转而只爱金这个大前提,是金将林的感情扩大化了的假设。

必须有这个扩大化了的假设。有了它,金的行为就是义勇的了,不只是爱慕,而是要救爱慕的女人出了苦海。没有这个假设,金向林表示爱意且到了两人论婚娶的程度,那就又是一起"徐志摩·王赓·陆小曼"事件了。更为可笑的是,金接下来说"我应当退出",

那么他先前已经"进入"了——进入了林徽因的感情世界。只有这句话上,金先生的逻辑是实实在在,无可辩驳的。

也不合乎人情。

前面引文中,金先生曾说,"林徽因梁思成早就认识,他们是两小无猜,两小无猜啊。两家又是世交,连政治上也算世交。两人父亲都是研究系的。徐志摩总是跟着要钻进去,钻也没用!"意思是林与梁多么琴瑟和谐、幸福美满,徐志摩怎样的不自量、不知趣。怎么徐去世仅仅半年,轮到自己追同一个女人的时候,她和丈夫的婚姻就不美满了?

有了这件事,金岳霖往后就像游牧民族那样"逐林木而居",就没有什么悲壮的情怀,只能让人感叹英雄气短了。

在这件事上,最应当考虑的是梁思成的处境与心境,可惜我们把这位大圣人忘了。他才是最值得我们同情的,也是最值得我们敬重的。

最后我们来看看,徐志摩是怎样对待金岳霖的。

梁从诫手里有封徐志摩给金岳霖的信。1924年泰戈尔刚离开中国,徐接到金从法国来的信,借钱,说若不供给,他就要跳河了。此时林徽因刚明确向徐表示不能嫁给他,徐正处于苦闷之中,回信说:"不仅你在法国要跳河,我在中国都要跳海了……我们彼此都应互相祝贺,因为你没跳河,我也没跳海,我们都还活着。"

第二年春天,因为与陆小曼的事闹大了,志摩不得不去欧洲躲一躲。此时金的处境仍不太好。1925年7月15日,徐志摩离开欧洲回家前,写信给他的挚友英人恩厚之,特意向这位热心人推荐了金岳霖。徐在信上说:

我还另有一件超乎个人利害的事情要跟你商量。你记得老戈爹去年敦促我们办个季刊之类的英文杂志,借此建造一条直通的桥梁,一头接新中国以及其中生发的灵感,又期望另一头接其他各国的智识界。这件事,去年冬天是着手要去干了的,可是事情还没有上轨道,仗却打起来,一切也就停下来了。但我们还是怀抱希望:事实上,我们认识到发表心声是绝对需要的,我们一定要尽快争取机会。为了这事,我十分热切要把我的朋友金岳霖博士介绍给你认识。他可能今夏访英,到时他将盼望与你会面。他是我真正的好朋友。据我所知,他在中国智识界不在任何人之下。他是研究哲学的,在美国杂志常发表文章,American Mercury是其中之一。他对我们想办的季刊也很热心。要是事情进展顺利,他可能负编辑之责。

"我的朋友金岳霖博士",这话说得多亲切。徐志摩是真心把金岳霖当朋友看待的,他绝不会想到在他死后多少年,这位金博士那样不屑地谈到他视为生命的、最为神圣的与林徽因之间的爱情。当然他也没有想到,这位金博士竟用这样一种执拗的方式表明了自己的纯洁与高尚。至于信中徐志摩对金岳霖的褒扬,万不可当了真,因为这不过是一封安排工作的推荐信而已。

金岳霖先生的学问有多大,自有听过他的课、看过他的书的人去评价,我要说的是,不管金先生在逻辑学上的造诣有多高,生活仍有它自己的逻辑,是学问的逻辑涵盖不了的。再就是,有了这些事,或是对这些事做了这样的解释,我仍认为以林徽因为纽带的这一首婚恋的合唱,是20世纪中国知识分子中最为悠扬、最为嘹亮的曲调。它最终将凝聚为中国文化的一颗晶莹的珠宝,世世代代为中华民族的男男女女所珍爱。

2002 年 12 月 7 日

叶公超的脾气

一

对一个文化人来说，探究他的思想和功业，莫若探究他的品质和性格更让人感兴趣、长见识。思想可以白日飞升，功业可以一蹴而就，而品质，几乎是恒定的，除非真的可以立地成佛或转脸变魔。至于性格，平生即使有变化，其根基怕也难以遽尔置换。

若这样的立论不算狂悖，某些思想和功业可以鄙弃的人，其品质和性格的魅力，仍可以让我们因喜爱而敬重。叶公超就是这样的一个人。

不管承认不承认，也不管喜欢不喜欢，20世纪二三十年代的中国，确有一个以留学英美为知识背景的文化精英群体。归国之初的若干年，大都在高等学府任教，或在研究机构做事。以抗战为契机，很有一些人走下讲坛，或直接出任政府官员，或受命从事海外宣传。有的抗战后重回学校或研究机构，有的从此进入政界,开始了人生的另一段途程。长期以来,我们对那些从此宦海沉浮者,往往嗤之以鼻,说是投靠国民党政府云云。

这样说,站在我们现在的立场,似不为过,若考虑到当时正是抗战期间,同仇敌忾,一致对外,就不能不另有说辞了。

这说辞便是,国难当头,请缨杀敌,书生报国,不甘人后。

1936年冬,北平城里,人心动荡,其时叶公超已离开任教多年的清华,转任北京大学外文系教授。他对学生说:

日本人要是开始蠢动,就是他们自掘坟墓的日子到了。我们中国,平时虽然破破烂烂四分五裂,可是,对外战争一开始,大家就会抛弃成见,凝聚起来,共同拟订方案,救亡图存。中国太大了,要吞,谁也没本领吞得下去。(张腾蛟《叶公超传》)

七七事变后不久,日本军队占领北平,大批文化人滞留城内不能南下。叶公超与外文系主任梁实秋一起,趁日军盘查尚不太严厉之际,逃离北平,来到南京,向教育部请示分配新的工作:

情况危急,兵荒马乱,逃难的路途是惊恐又艰辛的,几位教授经过一段艰苦之后,终于又自天津逃了到南京。南京是中央政府所在地,教授们由北方向此聚集,固然是为了未来的出路,而也有一些为国请缨的心情,大家心里明白,事情已到了这种程度,再也没有什么好计较的了,即使政府给他们一些枪弹,然后换上军装转头北上,他们也会慨然接受。

当局自然不会这样安排。教育部的指令是，政府已决定将北大、清华、南开合并为国立长沙临时大学，领取旅费与船票，立即去长沙集中待命。他们也真的像战士一样，领上旅费和船票后，立即经武汉转赴长沙。梁实秋另有任用，不久离去；叶公超任联大外文系主任兼北大外文系主任。两个月之后，战局紧张，学校迁往昆明，是为西南联大。叶仍任原职。到了1939年春天，一起突发事件，改变了他的命运。

著名国宝毛公鼎，一直归叶公超的叔父叶恭绰所有，抗战期间没有带走，庋藏在上海旧宅中。此时叶恭绰听说，宝鼎有被日本人攫取的危险，遂命叶公超赴上海处理此事。叶公超到上海不久，行踪为日本宪兵侦知，以间谍罪被扣，三十九天内多次受刑，始终未泄露宝鼎的庋藏处。后来还是托他的妹妹设法伪造了一个赝品送上，才得脱身。这年冬天，辗转来到香港，家仇国恨，集于一身，便接受国民党中央宣传部副部长董显光之邀，加入国际宣传处。转年奉派，出任驻马来亚专员，负责马来半岛一带的抗战宣传事宜。太平洋战争爆发后，马来半岛沦失，回国稍事修整，又远赴英国，以驻英大使馆参事衔，任国民党中宣部驻伦敦办事处主任，职责仍是抗战期间的国际宣传。

就在叶公超加入国际宣传处之前，1938年9月，胡适出任驻美大使。后来有人曾问胡，你说你从不做官，大使不是官吗？胡回答说，这是战时征用，不能叫做官。这样的话多少年后听了，仍不能不令人为之动容。叶公超在战时参加海外宣传处，亦当作如是观。再就是莫要忘了，叶公超1904年出生，抗战爆发这年不过三十三岁，可说是热血青年，为国效力，乃是做人的本分。

抗战胜利以后，转入外交界。1949年任台湾国民党政府"外交部部长"，1958年转任驻美大使直到1961年。他是有国民政府（辛亥革命以后）以来任职时间最长的外交部部长。只是这已不能说是战时征调，而应当说是心甘情愿。按惯例，这两个职务是要打引号的。请读者自己打上。不是我不遵从惯例，是我愿意句子像项链一样舒畅。

大使卸任以后，以政务委员（后转为总统府资政）的空衔，独身一人，困居台湾，画兰画竹，聊以卒岁。在临终前的一篇文章中，叶公超感慨万端地说：

> 生病开刀以来，许多老朋友来探望，我竟忍不住落泪。回想这一生，竟觉得自己是悲剧的主角，一辈子脾气大，吃的也就是这个亏，却改不过来，总忍不住要发脾气。（《病中琐忆》）

他是这样说的，朋友们也是这样看的。何世礼先生谈起孙立人和叶公超时曾说："这二位朋友都是头等人才，就是脾气太坏，劝了不知多少次，他们都不听啊！"

二

在他那一茬人里，论出身，论学识，论办事的能力，综合评定，叶公超确乎称得上头等人才。

他的曾祖父是咸丰朝的进士，做过户部郎中、军机章京等要职，辞官后在越华书院讲学长达四十年，是岭南的大学问家。祖父是光绪朝的举人，三品衔的江西候补知府。父亲曾任九江知府，叶公超就是在九江出生的。叔父叶恭绰民国初年曾任交通部部长，是其时政界

"交通系"的首领。幼年失怙失恃,是叔父把他抚养大的。

1920年十六岁,在南开读中学期间,叔父送他赴美留学,一年后升入大学,先在贝兹学院,后在爱默斯特学院,师从著名诗人弗罗斯特(Robert Frost),曾出版过一本英文诗集。二十二岁转赴英国求学,入剑桥大学玛地兰学院,获文艺心理学硕士学位。这期间,结识诗人艾略特,过从甚密。1926年回国,在北大任教,年仅二十二岁,班上学生除了梁遇春比他小两岁外,不是与他同岁就是比他大,其中冯文炳(废名)比他大三岁。

这些经历给叶公超带来声名,少年得志的同时,也养成了恃才傲物的脾气。

叶公超英语之好,连梁实秋都佩服。梁曾在回忆文章中说过这么一件小事:

> 公超在某校任教时,邻居为一美国人家。其家顽童时常翻墙过来骚扰,公超不胜其烦,出面制止。顽童不听,反以恶言相向,于是双方大声诟谇,秽语尽出。其家长闻声出现,公超正在厉声大骂:"I'll crown you with a pot of shit!"(我要把一桶粪浇在你的头上!)那位家长慢步走过来,并无怒容,问道:"你这一句话是从哪里学来的?我有好久没有听见过这样的话了。你使得我想起我的家乡。"
>
> 公超是在美国读完中学才进大学的,所以美国孩子们骂人的话他都学会了。他说,学一种语言,一定要把整套的咒骂人的话都学会,才算彻底。如今他这一句粪便浇头的脏话使得邻居和他从此成朋友。(《叶公超二三事》)

在北大任教不过一年，又来到上海，任暨南大学外文系主任兼图书馆馆长。这期间，参与了新月书店和《新月》的创办，为世所公认的新月派大将之一。留学期间，接触的是弗罗斯特、艾略特这样的大诗人，回国后平日嗜读的也是英美的新诗，因此之故，他对诗的看法与徐志摩、闻一多每每不同，而与同是新月派诗人的饶孟侃却颇能谈得来。饶没有留学经历，想来还有性情相契合。然而，就是因为他的脾气，这样的好朋友也闹僵了。

暨南大学在上海郊外真如镇上。叶公超先住在图书馆里，后来搬出，在学校附近租了几间平房，小桥流水，阡陌纵横，非常雅静。房内布置也舒适整洁。饶孟侃有时也在那里下榻，和叶公超为伴。有一天谈起某某英国诗人，叶取出此人的诗集，翻出几首代表作，要饶读，读过之后再讨论。这天饶很疲倦，读着读着就抛卷而眠，叶公超见状大怒，顺手捡起一本大书投掷过去。虽未头破血流，却令饶大惊，二人因此勃豀，再也没有往日的亲密了。

即使是跟妻子，也是这个脾气。

1931年6月，叶公超在清华教书时，与燕京大学物理系毕业、有校花之称的袁永熹小姐喜结良缘。起初还相敬如宾，没过多久，叶公超就显露了他的大男子主义和大少爷脾气。据说有一次，清华同事吴宓来叶家用餐，因为菜的味道不合适，不知是胡椒放多了还是盐放多了，叶公超便大发脾气。袁永熹一言不发，等丈夫嚷嚷了一阵，才不疾不徐地说："作为主妇，饭菜不合口味，我有责任。但你当着客人的面发脾气，也是不合适的。"

后来叶公超和堂妹发生感情，袁永熹知道后十分反感，生气得不得了，一直不能原谅叶公超。他们的关系也就越闹越僵了。叶去英国任职，袁未相随，反而去了美国，在加州大学任教。叶在美国任大使，袁仍在加州。有的场合必须大使夫人出场，接到电话后，袁乘飞机到华盛顿，事毕后仍返校继续工作。袁永熹是一位杰出的物理学家，在加州大学任教授、研究员近三十年。（符兆祥《叶公超传》）

在台湾做"外交部部长"时，叶公超脾气之大，也是出了名的。他的副手政务次长胡庆育曾这样描述叶公超的脾气："他的一天有如春夏秋冬四季，你拿不准见他时会遇上哪一季，大家凭运气，可能上午时还好，下午就被骂了出来。"

这样的脾气，必须有别的优点比衬着，才能成为一个杰出人才。若光这样的脾气，别说当教授当部长，就是当个普通百姓，也只可说秉性乖张、不可理喻了。叶氏自有常人不及的优点，符兆祥在《叶公超传》中说："叶公超为人爽直，有时为了某些问题，常常当面给人难堪，过了不久，又会说那人的好话，足见他脾气虽然暴躁，心地十分善良。"不仅是直爽，叶公超的性格里最重要的该是耿介正直。他的好友陈子和曾说："公超有三大缺点，第一是看不得别人有错，有错就当面指责；第二是不管谁在他面前耍花枪，马上拆穿；第三是个性强，对任何事都有定见。"这是缺点吗？这正是常人不及的地方。他自己曾说过："我在外交部当过九年部长，从未下条子用过一个私人，一个亲戚，这是我平生引为快慰的事。"

三

对正常人来说，脾气往往是某种品质与性格的凸现。就像逶迤的山峦间，耸起一座高峰。山峦是山，这高峰更其是山——它含有山的一切质素，却更为巍峨险峻。叶公超耿介正直的品质与性格，从他对鲁迅的态度上，看得最为分明。

谁都知道，鲁迅可谓新月派的公敌。因为胡适、徐志摩受过鲁迅的讽刺挖苦，新月派众兄弟也都不说鲁迅的好话，独有叶公超是例外。

当年新月派和鲁迅吵得不可开交的时候，叶就说过："我觉得鲁迅的散文比徐志摩的好。"

如果说平日的一句话只是顺口说出，不足为凭，那么鲁迅死后，叶的作为就不能说是不足为凭了。

1936年10月19日，鲁迅逝世。闻讯后，叶公超把能找到的鲁迅的作品都找来，"不眠不休的花了好几天的时间，把它们一口气读完"，在很短的时间内写了两篇文章。第一篇1600字，题为《关于非战士的鲁迅》，发表在天津《益世报》1936年11月1日的增刊上。此文无落款，往前推上五天，算是26日写出吧，距鲁迅逝世正好是一星期。够快的了。第二篇长得多，近5000字，题为《鲁迅》，文末落款日期为12月8日，发表在《北平晨报》的文艺副刊上。

毕竟是剑桥出来的文艺心理学硕士，他的分析独到、深刻、细微，六十年后读起来，仍有清新之感。

近年来，有些人对鲁迅颇有非议，若是纯学术的，自然无可厚非，可惜不全是这样。看看当年对立营垒的一位文艺评论家对鲁迅的看法，或许不无益处。

这两篇文章是接连写出的，也是相互印证的，前一篇粗略的地方，后一篇便补足了。在《关于非战士的鲁迅》中，谈到鲁迅的小说，只说了对《阿Q正传》的粗略看法，一来是《彷徨》以后的作品很少读过，二来是一时买不到鲁迅的小说集子，"鲁迅死后不到三日，北平各书店竟没有他的书了,即《呐喊》《彷徨》等也一本都买不着了。我手边只有他的《小说史略》一类的东西和昨天在市场买到的《鲁迅杂感集》。我想将来把他的小说全部仔细读读,以补充或纠正现在的印象"。后来在《鲁迅》一文中,对鲁迅的小说,就有了详细的分析,精当的评价。想来是买到或借到鲁迅的小说读过了。

叶氏评价鲁迅,均限定在"非战士的鲁迅"这一范畴中。何为非战士的鲁迅?他的解释是:是"非",不是"反"。即对于战士之外的鲁迅的认识。也即是说,不把鲁迅作为一个单纯的战士看待,而把他作为一个优秀的作家看待,单从文学成就上看鲁迅的贡献。

总括起来,叶公超认为鲁迅的贡献在四个方面:一是小说史,二是小说创作,三是杂文,四是他的文字。

关于小说史,叶说:"他在小说史方面的工作应当有专家来纪念他的(此时尚未见有)。我觉得他的《中国小说史略》和《小说旧闻钞》,不但在当时是开导的著作,而且截至今日大概还是我们最好的参考书。其考证之精邃,论断之严谨,决非之后的蒋瑞藻之《小说考证》等等可相提并论的。这方面的兴趣与研究,鲁迅似乎始终舍不得松手。《中国小说史略》曾经两次增订,每次他都有新发现的材料和新见解插入。"

对鲁迅的小说创作,他是用比较文学的方法分析的。将鲁迅与英国小说家斯威夫特做了对比,"他们确有相同之处,但在气质上却很不相同。我们的鲁迅是抒情的,狂放的,整个自己放在稿纸上的,斯威夫特是理智的,冷静的,总有正面的文章留在手边的。"斯氏有驾驭自己的能力,能在一篇讽刺的文章里维持和平与冷静的氛围,还能在讽刺中露出笑来。鲁迅的文章里比较容易生气,动怒,因此也就容易从开头的冷静的讽刺流入谩骂与戏谑的境界。这是鲁迅不及斯威夫特的地方。但鲁迅有一种抒情的文字，常夹杂在他的小说与杂感中，却是斯威夫特所没有的。再就是鲁迅的作品中，有一种"沉静下去了"的感伤情调，也是斯氏所没有的。斯氏没有这样的表现，他甚至认为，把自己的感情诉于读者就等于当着客人的面脱下自己的袜子，在生活与写作里都是没教养的表现。鲁迅能博得许多读者之同情，却正是这路个人心境的真挚表现。

对具体的作品人物，叶氏认为，阿Q、孔乙己、木叔和爱姑等似乎是旧戏里的角色，丑角的色彩尤其浓厚。著者因为要使他的主人公在读者面前充分表现着中国人的奴性、冷酷、卑怯、愚昧，以及精神胜利法，结果是只给了我们一些奴性、冷酷、卑怯的例子，一些卡通式的描写。这样我们看见的只有许多可笑、可怜、可卑的动作，都堆积在一个人身上，却并不感觉这个时代的担负者在自然地、自由地活着。这大概是著者太急于要正面表现他对主人公的批评或态度，把主人公从一场情节中迅速赶到另一场情节中，为的是要证实著者的观念。

叶氏认为鲁迅那些抒情的短篇小说，较比他的讽刺更为成功。这或许是性情的关系。刻画一种绝望、空虚、沉痛的心境实在是他的能事，最好的实例便是《伤逝》。涓生的悲伤与子君之死同是真实的嘲弄。涓生用"真实"所换到的只有自己的空虚与悔恨，和子君的死。从爱的优胜到爱的消逝，再到死的寂静，本是极平凡的情节，但著者这一滴的"真实"却给了这故事异样的色彩。也唯有内倾、敏感、倔强、不能忍受虚伪如涓生者，才会终于吐出那种真实来。我们看了这篇日记，对于涓生与子君也只有寂静的同情，没有批评，更没有嘲笑，因为我们的内心告诉我们这是真实的。对《社戏》《鸭的喜剧》等轻松平淡的素描类作品，叶氏也是肯定的。这些素描只有一种松散的故事线索，和快乐时夹杂着淡淡的怅惘，但却充满了生活的情趣。

但鲁迅最成功的还是他的杂感文。十四册中，除掉谩骂，嘲戏，以及零星小品之外，还有委实耐读的文章在。在杂感文里，他的讽刺可以不受形式的拘束，所以尽可以自由地变化，夹杂着别的成分，同时也可以充分利用他那锋利的文字。他的情感的真挚，性格的倔强，知识的广博，在这些杂感中表现得最明显。以单集而论，《而已集》《三闲集》《朝花夕拾》包括最多可读的文字。在这些杂感里，我们一面能看出他心境的苦闷与空虚，一面却不能不感觉到他的正面的热情。他的思想里时而闪烁着伟大的希望，时而凝固着韧性的反抗，在梦与怒之间是他的文字最美满的境界。

对鲁迅的文字，叶公超最为佩服，甚至到了羡慕的程度：

> 我很羡慕鲁迅的文字能力。他的文字似乎有一种特殊的刚性属于他自己的（有点像Swift的文笔），华丽、柔媚是他没有的东西，虽然他是极力地提倡欧化的文字，他自己的文字的美却是完全脱胎于文言的。他那种敏锐脆辣的滋味多半是文言中特有的成分，但从他的笔下出来的自然就带上一种个性的亲切的色彩。我有时读他的杂感文字，一方面感到他的文字好，同时又感到他所"瞄准"（鲁迅最爱用各种军事名词的）的对象实在不值得一粒子弹。骂他的人和被他骂的人实在没有一个在任何方面是与他同等的。

在我看过的对鲁迅的各色各种的评论文章中，还没有见过这么推崇，这么激赏的。尤其这话出自叶公超这样一个绝对是对立营垒中的人物之口，除了增加我们对鲁迅的认知外，还得承认世间有一种超乎政治立场的公道在。

叶公超的这两篇文章发表后，胡适见了很不高兴。胡适是被鲁迅骂过的。一次遇到叶公超，当面对他说："鲁迅生前吐痰都不会吐到你的头上，你为什么写那么长的文章捧他。"

晚年，在《病中琐忆》一文中，叙述了胡的这句话后，叶公超接下来写道："人归人，文章归文章，我不能因人而否定其文字的成就。"他并没有改变他的立场，而他品质和见识，使他超乎他的立场之上。

此文写成后没几天，叶公超就去世了。时为1981年11月20日，享年七十八岁。同一天，《病中琐忆》在台湾《联合报》副刊登载。

可以说，至死，他的脾气都没有改。

附：关于"叶公超太懒"的辨正

前两年文化界曾为钱锺书先生的一句话起过争论。其缘起是，据说钱先生抗战之初离开西南联大时曾说："西南联大的外文系根本不行，叶公超太懒，吴宓太笨，陈福田太俗。"杨绛说钱先生绝不会说这样的话。我倒是觉得，现在不必追究钱先生是不是说过这样的话。没说更好，就是说了，也不过是句调侃的话。要说的是，以钱先生平日臧否人物的刻薄，人们总以为这像钱先生说的话。此其一也。再就是，即使钱先生没说过，有了这场争论，这句话也就因此广泛流传开来，人们都留下了"叶懒、吴笨、陈俗"的印象。

这就有辨正的必要。

吴是否笨，陈是否俗，且不说，单说叶是否懒。

我的看法是，叶肯定不是个勤快的人，或者说平日看起来不像个勤快的人。叶的出身和学问，前面已说过了。其相貌和风度，说是面若满月，风流倜傥，那是一点也不为过的。当过外长的人，几乎没有相貌猥琐的，也可作为反证。这样一个人物，你让他怎样勤快，怕也是强人所难了。

再说懒，这个词儿太空泛。是说他早睡晏起吗？怕不会。想来是说他不多写文章，做学问上不用功吧。若是这样，更没多少道理。钱与叶的交往，有两个时期，一是在清华大学上学时，二是西南联大共事时。在联大，钱只教了一个学期就回上海探亲，继而转任蓝田师院外文系主任。这一学期，叶公超一身兼西南联大外文系主任和北大外文系主任二职，还要上课，系务想来不能他人代劳，所授课业更不会设而不上，这两样事情做了，会怎样的懒呢。那么这印象，该是上清华时候了。

叶来清华教书和钱考上清华，是同一年，1929年的秋季。叶教钱这一班的英文。钱1933年毕业，叶1934年秋季教满五年后，按清华惯例，有一年的出国游学假。归国后就任北大外文系，没有回清华。也就是说，师生相处整整四年。

这四年里，叶公超除了教书，都做了些什么呢？

主要有这样两件。一是接手办《新月》最后几期。徐志摩去世后，新月陷入困境，罗隆基办了几期，办不下去了，叶公超便接了过来。《中国现代文学期刊目录汇编》上的介绍是：四卷二期和三期由叶公超编辑，三期至七期由叶公超、潘光旦、梁实秋等编辑，从四卷二期至终刊号由北平新月书社发行。也就是说，叶接手后《新月》就移到北平编辑出版了。四卷二期1932年9月出版，终刊号1933年6月出版，共六期。这六期是怎样编的呢，叶公超晚年回忆说："最有趣的事，是《新月》停刊前最后三四期，除了少数几位朋友投稿外，所有文章几乎全由我一人执笔。在一本刊物里发表好几篇文章，自然不便全用叶公超一个名字，因此，用了很多笔名。时隔四十多年，那时究竟用过哪些笔名，现在已想不起来了。"（《我与〈学文〉》）

再一件是，《新月》停刊一年后，又鼓其余勇，办了四期《学文》，可说是《新月》的延续或者说是回光返照。这个杂志，虽只出了四期，却提携了不少青年作者。多年前我看过《学文》的目录，像如今已是文坛学界泰斗级人物的季羡林先生，就在上面发过文章——不是他最早的文章，也是最早的之一。

四五年间，能做这样两件大事，也就行了。

至于写文章不多，又另当别论。文章之道，不能全以数量来论，还要看质量。现在都说叶是文学评论家了，珠海出版社出版的一套现代评论家的集子，就有一本《叶公超批评文集》。其中重要的几篇评论文章，几乎全是抗战之前几年在北平时写的。他又不打算老了靠出版读书笔记出大名，自然用不着做那号獭祭式的学问。

就是真的写得少，做学问不用功，也不是什么可羞愧的事。他是大学教授，书教得好就行了。文人报国，非只写文章一途。从后来叶公超的发展来看，还可以说他志不在此。

说这些，不是一定要辩清什么。只是想说，叶公超绝不是个没有毛病的人，他的毛病在少爷脾气、名士风流、恃才傲物、固执己见等方面，绝不在懒上。

顺便说一下，台湾民间对叶公超的评论甚高。符兆祥的《叶公超传》是一本印制十分精美的大书，并非正规出版社出品，乃是懋联文化基金的特殊出版物。为何出版此书，其代表人黄富雄先生在封底特做说明：

> 懋联文化基金成立之初，就有心愿：文写叶公超，武写孙立人。与台湾有关的中国现代史上，他们两位一文一武，都曾经差一点改变了台湾的命运。他们两位有些共同特点：一、他们都是中国人当中真正世界级的人物。二、他们都曾被当道重用，而最终却"不敢用"。他们两位每隔一段时间，就会被国人再提及。怀念的方式大概属于：如果当年能听他们的话，台湾今天就……幸好，《孙立人传》及时在老将军逝世前亲手奉呈，《叶公超传》虽迟了几年，也总算出版了。这也算是一群经商的小商人，稍洗铜臭，为社会小小的交待一下吧！

一个人能有这样的功业与声望，就是真正的懒，我们还有什么话可说呢？

2002 年 1 月 12 日

潘光旦的文采

一

1922年夏天,潘光旦写成《冯小青考》初稿,趁梁启超来清华讲学之便,送梁看过,梁回一短笺,写道:

> 对于部分的善为精密观察,持此法以治百学,蔑不济矣。以吾弟头脑之莹澈,可以为科学家,以吾弟情绪之深刻,可以为文学家,望将趣味集中,务成就其一,勿如鄙人之泛滥无归耳。

其时潘光旦二十三岁,已在清华学校读书九年,马上就要放洋——赴美留学。不必说梁的判断多么准确,大人物常有应酬的话,未必句句都能落到实处。然而,对一个青年学子来说,能得到梁任公的夸奖,即便是谬奖也罢,其心情之亢奋,自在情理之中。过了几年,《冯小青考》经增补改名为《小青之分析》，由新月书店出版，在《叙言》中，潘光旦谦诚也不无得意地说："不佞尝以本篇之初稿请示，承梁先生以'对于部分的善为精密观察'见许，深用自愧；抑自兹不佞于学问一途，略知自勉者，梁先生有提挈之力焉。私心钦感为何如耶！"

《小青之分析》出版在1927年。潘光旦前一年留美归来，任上海吴淞国立政治大学教授、教务长，已是声名初立的优生学家了。想来写《叙言》前，重读梁先生的短笺，年轻的优生学家定会感叹前辈目光的敏锐，教诲的及时。

初入清华，十几岁的少年儿郎，或许还真做过文学家的梦呢。

从已知的资料上看，清华最初几年，当时还叫"潘光亶"的潘光旦，确实写过不少的诗词和文艺类的随笔。1914年十五岁，在《清华周刊》发表《杂记二则》，1915年同刊发表《朱孝子传》，1918年《进修津》发表《感旧》《梦江南》等诗词十一首及笔记《檀山鬼董》，1919年《清华学报》发表译剧《衣误》。

他的家庭，也有引导他走到文学家的趋向。其尊翁潘鸿鼎，江苏宝山人，光绪二十四年戊戌科进士，与俞平伯的父亲俞陛云为同榜，俞为榜眼，潘为一甲十三名，授翰林院编修。一位清华旧同学回忆当年，说他"家本书香，对于中国文史，宿有根柢。在清华中等科时，每日必圈点白文十三经（商务印书馆版）数页，未尝间断。"

不必说是有了梁先生的指点便怎样，清华实行的是通才教育，文理兼修，只要资质优秀，往后或文或理，不过是志趣之所好。毋论文理上的畸轻畸重，就是投笔从戎，也不是什么稀罕事。陆小曼的前夫王赓，就是清华出身赴美留学入西点军校（与艾森豪威尔同班），后来成为将军的。再比如抗战名将孙立人，也是清华出身。现在争相传阅的《黄河青山》中提到的朱世明，即黄仁宇给他当副官的那位将军，与潘光旦就是清华同班同学。

在清华高等科时，与闻一多、刘聪强、吴泽霖等人组织上社，上即上字的古体。即此一点，也可见这班少年才俊心志之高了。上社曾在《清华周刊》上发起关于电影存废问题的讨论。

就是留美期间，平日交往，也多是偏爱文学艺术的同学，如梁实秋、闻一多诸人。比他迟一年放洋的梁实秋，晚年在文章中，把潘光旦列为"影响我甚巨"的两个留美同学之一。梁实秋是何等心高气盛之人，如此推许，总是潘在学业或见识上有过人之处。梁是这样说的：

> 他比我高一级，但是在纽约往还了足足一年。他和吴文藻合住哥伦比亚大学黎文斯通大厦里的一间宿舍，我常去找他聊天。他学的是优生学，以改良人种为第一要义。遗传最重要，他举出我国的大书法家以及著名的伶人，大抵是历代相传的世家，其关键在于婚姻的选择。因此他最钦佩丹麦，管制婚姻最为彻底，让优秀的人多生子女，让庸劣的大众少生子女，种族才得健全。这样的想法，和我正在倾倒于卡莱尔的英雄崇拜的倾向正相符合。我对于所谓"普罗"的看法找到了理论的根据。光旦对于中国的学问也有根柢。他说"民为贵"思想创自孟子，孔子不曾说过这样的话，孔子的理想是贵族政治。他又指出，海外华侨是我们的优秀分子，逃难出关的山东老乡也是优秀分子，历史上南渡的客家也是优秀分子，因为他们有魄力远走高飞开拓新局。他对于谱牒之学深感兴趣。我听他议论久了，不自觉的深受他的影响，反映在我的文学观上。（《"岂有文章惊海内"——答丘彦明女士问》）

顾毓琇、冰心、梁实秋、谢文秋等人在纽约演出《琵琶记》时，潘光旦也是参与了的。不过，可以肯定地说，他只能做幕后工作，上不了前台——他只有一条腿，且不装义肢，全靠双拐支撑行走。自幼喜好运动，清华又是个提倡体育的学校，大约在入学后的第二年，跳高伤右腿膝盖，感染结核菌，不得已截去。也曾装过假腿，后来嫌麻烦，终生架双拐行走。

在这上头，绝不忌讳。同学们偶尔以此开玩笑，也不以为忤。与他同寝室的清华同学梅贻宝记得，上生物课时，讲到遗传这一节，说是有个德国生物学家曾做过实验，把老鼠的尾巴斩断，看看这些断尾的老鼠的后代是否也短尾。课后他们问光旦："你生的子女，将是单腿的呢，将是双腿的呢？"光旦被捉弄，顶多说一声"不可胡闹"，从来没有动过肝火。

留美生活，给潘光旦留下了很深的印象。有件小事，晚年还曾向人提及。详情梅贻宝仍有记述。某年美国社会学大师托马斯在纽约新社会研究所开夜班讲学，潘光旦、梅贻宝几个同道中国学生以为机会难得，每周结伴进城一次去听讲。地铁要换一次才能到达，难免要等几分钟。有一次在站台等车时，一个打扮像工人的汉子，走到光旦身边，低声说："老弟，送你买个三不吃吧。"一面说，一面把两角五分的小银币塞在光旦手里，擦身就走过去了。等到光旦清醒过来（大概被误认为退伍伤兵），那人早已走远。他对梅等人说：这才是"受之有愧，却之不恭"呢！原来欧战结束后，美国回来不少残废军人，政府诸般抚恤，难免有不周之处，多年后仍偶有残废军人在公共场所乞讨。"光旦独腿吃亏无算，这一回倒占了个小便宜。当时地道车五分，咖啡五分，一份三不吃大概一角五分足矣。"（梅贻宝《清华与我》）

不管倾向文学的可能有多大，独腿的潘光旦还是成了一位著名的优生学家，不管美国留给他的印象有多么好，年轻的潘光旦还是在1926年夏天回到了中国，回到了上海，就任了国立政治大学的教职。

住址在上海施高塔路恒丰里。大概就在回国后的这一年，与表亲赵瑞云成婚。他们是光旦留美前就订了婚的。

上苍把他安顿得这么好，是让他稍事休息。

二

1927年，在中国的政治史上，是个风云际会的年头，在中国的新文化运动史上，也是个风云际会的年头。

好似一场大战即将发生，新文化运动的精英人物，或主动或被动，或悄然或公开，纷纷往上海这个主战场运动。8月间，茅盾经庐山潜回上海，在景云里家中闭门写作。10月间，鲁迅偕许广平来到上海，也在景云里一处寓所安下新居。徐志摩前一年冬天逃难来到上海，先在朋友家小住一段，最迟4月间已住进环龙路的花园别墅。胡适欧游归来，在日本观望月余，6月间在极司菲尔路（今万航渡路）定居下来。

主帅就位，裨将们也纷纷投奔麾下（他们自己并不知道这一使命）。9月开学，叶公超南下就任暨南大学外文系主任兼图书馆馆长。梁实秋和余上沅，原在东南大学任教，北伐军攻陷南京前仓促逃到上海，暂住在潘光旦家中。闻一多和饶孟侃（子离），原想在南京就任中山大学的教职，开学遥遥无期，也在9月底来到上海，暂住在潘光旦家中；此时梁余二人大概已搬出去了。张禹九和刘英士，前一年从美国回来，此刻也卜居沪上。家资丰厚的邵洵美，年初与表姐盛佩玉结婚，此时也正思有一番作为。

就在这年7月间，经过一番奔走，由徐志摩挑头，胡适支持，创办了新月书店，转年3月，又创办了《新月》杂志。从此新月派，这个以留学欧美知识分子为主体的文化团体，开始了它的后期也是最为鼎盛的时期。如果说胡适、徐志摩是新月派的头目的话，叶公超、梁实秋、余上沅、闻一多、饶孟侃、邵洵美则可称为小弟兄，而潘光旦，越看越像这些小弟兄们的头儿。不是说梁、余、闻、饶诸人初来上海，都在他家住过，那是朋友的情谊，而是说，他的智慧，他的魄力，还有那种调和鼎鼐的本领，都足以使他成为众望所归的角色。

在书店与杂志的创办中，不光有合作，也有斗争。且看梁实秋的记述：

> 两个人（按：指胡适和徐志摩）办不了一个杂志，于是徐志摩四出访友，约集了潘光旦、闻一多、饶子离、刘英士和我。那时候杂志还没有名称。热心奔走此事的是志摩和上沅，一个负责编辑，一个负责经理。此外我们几个人对于此事并无成见，以潘光旦寓所为中心，我们经常聚首，与其群居终日言不及义，倒不如大家拼拼凑凑来办一个刊物，所以我们同意了参加这个刊物的编辑。上沅传出了消息，杂志定名为"新月"，显然这是志摩的意思……不过我们还是接受了这个名称，因为这名称，至少在上海还是新鲜的，并不带有任何色彩。后来上沅又传出了消息，说是刊物决定由胡适之任社长，徐志摩任编辑，我们在光旦家里集议提出了异议，觉得事情不应该这样由一二人独断独行，应该更民主化，由大家商定，我们把这意见告诉了上沅。志摩是何等

明达的人，他立刻接受了我们的意见。《新月》创刊时，编辑是由五人共同负责，胡先生不列名。志摩是一团热心，不大讲究什么办事手续，可是他一团和气，没有人能对他发脾气。胡先生事实上是领袖人物，但是他从不以领袖自居。（梁实秋《忆"新月"》）

年代久远，梁先生的记忆出了偏差，将办书店和办杂志混为一谈。书店是1927年7月办起的，刊物是第二年元旦动议，3月出版创刊号的。从上沅"负责经理"也能看出，起初办的只是书店，只有书店才需要经理，刊物是不需要的。也就是说，胡适要当的是书店的社长，而不是刊物的社长。书店相当于出版社，刊物只是个编辑部。

《新月》创刊时，并不是五个人编辑，而是由徐志摩、闻一多、饶孟侃三人编辑。直到1929年3月出版了二卷一期之后，从二卷二期开始，才改由梁实秋、潘光旦、叶公超、饶孟侃、徐志摩五人编辑，二卷六七期合刊号起，又由梁实秋一人编辑。

于此可知，小弟兄们不是闹了一次事，而是两次，一次在新月书店创办之初，一次是《新月》杂志创办之后。

事情也不像梁先生说的这么简单，你一言，我一语，在"一团和气"中了结了。小伙计们的"造反"，徐志摩或许真的不在意，胡适可就不然了，不光生了气，还是大气。第一次闹事后，1928年1月28日，胡适给徐志摩写了一封措辞极为严厉的信，向书店董事会提出几项要求，一是辞职，二是撤股，三是撤稿。新月书店是集股办的，胡适除自己一股外，介绍来的还有妻子、儿子和张慰慈的三股，每股一百元。"我已仔细想过，我是一个穷书生，一百块钱是件大事，代人

投资三百元更是大事,我不敢把这点钱托付给素不相识的人的手里,所以早点脱离。"(《胡适来住书信选》上册)

"素不相识的人",定然是指梁实秋、潘光旦之流了。这伙小弟兄中,就他俩可说得上"素不相识"。而这次事情,是在潘家议定的,胡适不会不知,说它是专指潘光旦也不为过。据说这封信在徐志摩的劝说下没有提到董事会上,这也是胡适的明达之处。不管怎样呼风唤雨,扭转乾坤,也得承认潘光旦、梁实秋做法是正确的。大家都是留美学生,刚在一起共事,不能连这么点民主作风都不要了。

或许正是这种民主作风,当年沪上各文化团体中,新月派是最为融洽的。也就难怪,数十年之后,贾植芳先生曾感慨:"我们左翼文艺,从创造社、太阳社到左联,一直好斗。五四时代知识分子没有纠纷,譬如新月派就没有个人间的矛盾。李大钊的墓是胡适、刘半农他们帮忙修的……左派文人差不多都好斗,像钱杏邨、郭沫若、成仿吾,还有周扬。大家斗来斗去,几乎都是左派文人在斗。"(陈明远《四条汉子的个性分析》)

仍说梁实秋的回忆。《新月》是1928年3月10日出版的,编辑是徐志摩、闻一多、饶孟侃三人,此时闻已去了南京,就任中山大学的教职,饶孟侃是徐志摩在北京办《诗镌》时的小弟兄。大约这时,梁实秋、潘光旦等人又闹起来了。胡适在4月4日的日记中说:"我们这个民族是个纯粹个人主义的民族,只能人自为战,人自为谋,而不能组织大规模的事业……岂但不能组织大公司而已?简直不能组织小团体。前几天汪孟邹来谈东亚的事,便是一例。新月书店与云裳公司便是二例。"此时书店的事已平息了,胡适在这里谈的,只能是《新月》杂志的事。书店和杂志本是一身。到第二年春天,实在维持不下去了,只好起用梁实秋、潘光旦、叶公超,再加上原来的饶孟侃、徐志摩五人共同编辑。

潘光旦参与《新月》的编辑,且名列第二。这是个偏重文学的文化刊物,既然担任了这个职务,就不能不显示一下自己的文采了。有没有露一手给胡适之看看的意思,不好妄测,在其位而谋其事的志气,则是敢肯定的。

三

在《新月》上,潘光旦发表的文章不算多,这是因为此时他还在编辑《时事新报》的副刊《学灯》。即便这样,在《新月》上发表的文章,仍显示了他的文采。

且看这篇《说"才丁两旺"》,载《新月》二卷四期,正是"造反"成功之后不久。

这是一篇论文,也可以说是篇学术随笔,甚至不妨说是一篇散文。一反往日平实缜密的文风,开篇先是一段景物描写:

> 前几天坐了长途汽车到乡间去,倚窗眺望,田野间只有两种有颜色的东西有力量在你心上留下一些深刻的痕迹,打动你一些思潮:一是绿色的稻田和花田,极目数里皆是;一是白色的长方形的小殡舍,星罗棋布似的散在田里,几乎没有一块田是向隅的。稻田和棉花田的绿色以绵续性制胜,教人不由得不留下一些印象;殡舍的白色却以重复性制胜,也不由人不留下一些印象。

接下来，说江南"浮厝"的风俗，即人死后，一时无力埋葬或不便立即埋葬，暂且在田间垒一小砖舍，将棺木存放在里面。地面潮湿，为了通气，这些小殡舍除了提空一些之外，还要在殡舍前后两头，留出两三块砖的空隙，这便是浮厝人家用眼光的所在，也便是作者本篇谈话的缘起。这两三块砖的空隙，不外取三种形式，比较简单的是一个十字，前后一样。在皖北也有圆形的，也有作金钱式的。而在松江、太湖一带，通常都是，前头是一个"才"字，后头是一个"丁"字。才通财，这两个字合在一起便是财丁两旺。

三句话不离本行，他要说的还是他的优生学。这财丁两旺，可说是中国中等社会的一种信仰，一种处世守身的哲学。财是保障个人生活安全的最大权威，广义言之，乃是代表个人安全的一个符号，而一家人丁兴旺，至少可以教这家的血统不至于中断，也就可以教种族永久绵延。换言之，丁字就是代表种族生命安全的一个符号。人是生物的一种，任他有挟山超海、换斗移星的大本领，也逃不了生物的根性，免不了生物原则的支配，而生物原则更有大于个人与种族的安全么？

然而，财丁两旺，在近现代的社会里是不可能兼顾的。文中列举了西方的人口理论，并列表说明在巴黎、柏林、维也纳、伦敦，每千名女子所生的子女中，很穷、穷、下等小康、上等小康、富、很富的子女的人数，得出的结论是财丁很难两旺。用一位著作家的话说则是：大房子里住小家庭，小房子里住大家庭。财丁虽不能"两旺"，却是可以"相旺"的。所谓的相旺，便是彼此能不能通力合作，相互调剂。在某种经济能力之下，应当有多大的人口；已有了某种数量的人口，应当有多大的经济能力才可以使人人享受相当的幸福。"能够在这问题上通盘筹算、因地制宜的人，便是未来的大政治家，便是人类的真正救星。已往的政治家未尝不能富民、庶民，但是富与庶之间，谈不上什么调剂的功夫，所以民生问题之未解决如故！"

你要以为作者说到这里这篇文章就该结束了，那就小看了潘先生的文采了。他的用意深着呢。在此文的下半部分，又将"才"回归到才的本意，即人才或人的品质，做了一通论述。作"财"讲，财丁不能两旺，作"才"讲，才丁也不能两旺。这是为什么呢？

以论述的畅达论，仍属"文采"的范畴，论其深刻，似已走题。不过，既要认识潘先生的文采，就不能不兼顾其内容的深刻。限于篇幅，不能一一引证，简述一下还是有必要的。

潘先生的论述，基于一个基本事实，即"今日的世界，一般讲来，可说是一个丁旺而才不旺的世界"。英国有一位大统计学家，曾根据英国、丹麦和澳大利亚新南威尔士的人口统计，算出一个公式，道是：大凡一代里的人口，对于下一代有子女的贡献的，就是能够留下子息的，百人中只有三四十人。这三四十人的贡献也不一致，有的很少，有的平常，有的很多；这子女很多的人家却了不得，一起若有一百人家，他们只要有二十五家就可以负责生产下一代人口的一半！其余是不大会生产的人家勉力凑成的。这种善于生产的父母，在全部人口里算来，百人中只有十二个半或最多不过十六个又三分之二人。几乎就等于说，下一代的人口的半数，是这一代里八分之一或六分之一的男女所贡献出来的，其余八分之七或六分之五不是没有贡献，便是没大贡献。那八分之一或六分之一是什么品性的人？那无大贡献或毫无贡献的人里面，又包含着些什么样人物？恐怕前者里面，十九谈不上一个才字，后者里面，真正的人才却占着很重要的一角。

充分论证之后，又说到中国当时优秀人才的缺乏。一个优秀人才缺乏的社会，必然难以稳定地发展，最可怕的是那些"既不能令，又不受命"的中庸之人太多。西方有个说法：一个乐队里谁都想吹第一管笛子，却又吹得不大好，这个乐队就得散了。当时的中国很像这么个乐队。最后的结论是：

> 财丁不能两旺，才丁也不能两旺。要一般的人多，又要有才的人多，是不可能的。事实上可能，也是今日世界，尤其是今日的中国所亟亟需要的，是有才的丁口要相对地加多，无才的丁口要相对地减少。这就不叫做才丁两旺，却可以叫做才丁偏旺；才与丁在这里不是两种对待的人物，却成为一种了。优生学家说：我们要提高优秀分子的生育率，要扩大优秀分子生存与发育的机会。这就是才丁偏旺四字的注脚。

文章的最后，潘先生写道："几百个小厝舍，二十分钟的出神；从死人想到活人身上；从一个通俗的信仰想到一个当代最迫切的社会问题：结果便是如此。"

任谁看了，也得承认，这是一篇结构完善、文笔洒脱、内涵深刻的好文章。

新月诸君子，能文的人不少，大多是文学之士，而身为科学家却能写得一手好文章的，潘先生该是佼佼者。

解放初，潘先生仍在清华大学任教。1952年院校调整，调中央民族学院任教。1957年被打为"右派"。1966年"文革"开始后，备受凌辱，最为可恶的是，明知潘先生是一条腿，连行走都不方便，偏要让他拔草，且不准带小板凳，只得坐在地上，以手拄地艰难前移。第二年6月,即因膀胱及前列腺发炎不治去世,享年68岁。所幸"文革"后,获得平反。近年出版了由他女儿整理编辑的《潘光旦文集》十四巨册。

2002年2月8日

胡适的败笔

胡适是个很自负的人，早就料定自己会青史留名。

约当1928年，有一天，梁实秋、徐志摩、罗隆基三人去看望胡适，其时胡在上海极司菲尔路（今万航渡路）住家，一进门，胡太太说："适之现在有客，你们先到他书房去等一下。"徐志摩领头上楼进了胡的书房，就是楼上的亭子间，三个人站在书架前浏览胡的藏书，忽然徐志摩大叫一声："快来看，我发现了胡大哥的日记！"梁罗二人忙凑过去看，一看不由得大为惊异。胡的日记，是用毛笔写的，相当工整，一笔一捺规规矩矩。除了私人记事之外，每天还剪贴报纸，包括各新闻在内，篇幅大得惊人。正看着，胡适上来了，笑着说："你们怎可偷看我的日记？"随即严肃地说："我生平不治资产，这一部日记将来是我留给我的儿子们的唯一的遗赠，当然是要在若干年后才能发表。"（梁实秋《怀念胡适先生》）

不是有绝大的自信，谁敢说这样的话？

存下了这样的心，这日记也就不是寻常的日记了。写日记如此，写信也会一例照办。写文章就更不用说了。胡适原本就是个很有理性的人。因此，我们现在能看到的胡适的文字，都当得起"公允平和"四字，就是偶尔发发脾气，说几句气话，也是另一种意义上的"公允平和"——非如此何以见出他的凛然正气？也就是说，该说什么话，该做什么事，胡先生自有他的最高价值的判断。有人或许会说，这不是虚伪吗？我不这么看。一个人这样做了一年两年，我们可以说虚伪，若他做了一辈子，我们只能说，虽不是圣人，离圣人也不远了。从中年到晚年，胡适确有圣人的雅谑与赞誉。

然而，如同孔圣人有他"见南子"的微瑕，千虑难免一失，胡圣人也有他文字上的败笔，这便是写于1928年1月间的一封信。

是写给徐志摩的。是这样写的：

志摩兄：

新月书店的事，我仔细想过。现在决定主意，对于董事会提出下列几件请求：

（1）请准我辞去董事之职。

（2）请准我辞去书稿审查委员会委员之职。

（3）我前次招来的三股——江冬秀、张慰慈、胡思杜——请退还给我，由我还给原主。

（4）我自己的一股，也请诸公准予退还，我最感激，情愿不取官利红利。

（5）我的《白话文学史》已排好三百五十页，尚未做完，故未付印，请诸公准我取回纸版，另行出版，由我算还排版与打纸版之费用。如有已登广告费或他种费用，应由我补偿的，我也愿出。

右五项，千万请你下次董事会提出。

我现在决计脱离新月书店，很觉得对不起诸位同事的朋友。但我已仔细想过，我是一个穷书生，一百块线是件大事，代人投资三百元更是大事，我不敢把这点钱付托给素不相识的人手里，所以早点脱离。这是我唯一的理由，要请诸公原谅。

胡适　十七年一月廿八日

此信收入《胡适来往书信选》，中华书局1979年出版，目录上注一"稿"字，意为信稿，不是正式誊清的信件。但也不等于说这是一封未发出的信。同书中有许多信件下也标明"稿"，紧接着就排了复信，可见稿只是存底，并非未寄出。

这本书信选，是中国社会科学院近代史所中华民国史组编的。《编辑说明》中说："胡适于1949年飞离北平时，曾留下一批书信，本书所选的是这批书信中的一部分。"近代史所的办公处，是胡适东厂胡同的旧居，所谓胡适飞离北平时留下的一批书信，就存在这里。不光是书信，还有大批图书与文件。后来整理出版的《胡适遗稿及秘藏书信》四十二巨册，也就是这个旧居的遗物。过去总说，胡适仓皇逃离大陆，书房里的重要典籍文件都未来得及运走。我过去也是这么看的，甚至觉得胡适在这点上，不像个文化人，数万册图书，怎么能说走便走，弃若敝屣。现在我才知道，这种说法是不确切的，我们低估了胡适的品质。

对这件事，陶希圣是这么说的，1948年2月初，陶奉蒋介石之命再到北平，邀胡到南京，任行政院院长，全权组阁。在东厂胡同胡家书斋长谈，胡告诉陶自己有心脏病，不能胜任繁重的职务。谈到深夜，陶告辞要回北京饭店，胡说："明天上午我拜望你。"陶说："明天我再来好了。我那里新闻记者很多，不方便。"胡说："你这次是奉命来的，我定要回看，同来舍下再谈。"第二次谈话，胡托陶把他父亲的遗稿与他自己的《水经注》稿费带到南京，交傅斯年保存，说："我不打算收拾书籍，就这样散在那里。我决意不先走，我一动学校就散了。"（陶希圣《胡适之先生二三事》）

12月14日，蒋介石派专机来北平，第二天下午胡氏夫妇飞抵南京。也就是说，胡适若要整理自己的书籍，是有时间的，重要的图书文件也是可以带走的。是他不愿意整理，不愿意带走。而这么做一个主要原因不是别的，是忠于职守，不愿意因整理图书而乱了人心，散了学校。

正是有了这批图书文件，几十年后，让大陆的出版界与学术界，在胡适研究上可以与台湾分庭抗礼。

二

为什么说这封信是胡适的败笔呢？

因为它不符合胡适一贯的做人的原则，显露了胡适人格与人性的另一面。

先看新月书店是什么成立的，又是怎样一个组织。

好些书上，都说新月书店是1927年春成立的。比如台湾出版的《徐志摩全集》所附的《徐志摩年谱》1927年条下就说："是年春，与胡适、潘光旦、闻一多、饶子离等筹设新月书店，由胡适任董事长。"

不会这么早。胡适1926年7月赴英出席中英庚款委员会会议，会后赴美，1927年4月24日到日本，勾留月余，5月底才回到上海。新月书店的酝酿或许在胡适回国以前，而筹备成立准在胡适回国以后。最早报道新月书店成立的是《时事新报》的副刊《青光》，时间是1927年6月21日。正式开张的《启事》，登在6月27日的《申报》上。于此可知，新月书店的筹备与成立都在6月间。

虽是仓促成立，其运作模式却是现代化的，可说是一个健全的股份有限公司。资金全从朋友中筹集，大股一百元，小股五十元，小股也称半股。为了节制资本，每人最多不能超过两股。筹集了多少钱呢，有两种说法，都是梁实秋说的。《谈徐志摩》中说"邀集股本不过两千元左右"，在《忆"新月"》中说，"这书店的成本只有四千元"。取个平均值，那就三千元吧。

董事会下，设运作机构，余上沅任经理，梁实秋任总编辑，余夫人陈衡粹任会计。

再看董事有哪些人。《申报》刊登的创办人名单是：胡适、徐志摩、宋春舫、徐新六、张歆海、吴德生、张禹九、余上沅。推想，这八人必是无疑。梁实秋说他认半股，只能算个小股东。当然，创办后，还会有人认股。梁在《谈徐志摩》中说，"现任台湾银行董事长张滋闿先生是一百元的大股东之一"。于此可知，一百元就算大股东了。

胡适的信写于1928年1月28日，其时新月书店已运作了半年，颇有起色，正在筹划办个刊物，名字也叫《新月》。

知道了新月书店是一个怎样的组织，知道了它的集股方式和资金总量，知道了书店的处境，就知道胡适这一招有多么狠毒了。且逐条析之。

第一条和第二条，辞职。辞去董事之职，也就辞去了董事长之职。书稿审查委员会委员的职务是连带的，肯定要辞去。

第三条和第四条，撤股。江冬秀是他太太，胡思杜是他儿子，张慰慈是他的好朋友，连上他的一股，共是四股四百元，占总资本的百分之十三。

第五条，撤稿。胡的《白话文学史》肯定是畅销书，已排好三百多页，马上就可以出版盈利。此时撤稿，等于要书店的命。

最为恶毒的是最后一句话："我不敢把这点钱付托给素不相识的人的手里"，等于说，你们这些人是不可信任的。

这是说哪些人呢？只能从"素不相识"四字上甄别。胡适1926年7月去国，1927年5月回来，凡是出国前不相识而在这期间回国的，都可说"素不相识"，那就只能是梁实秋和潘光旦了。两人都是1926年夏天回国的，潘在上海吴淞国立政治大学任教，梁在南京东南大学任教，国民军攻陷南京前，才仓皇逃到上海，最初还是住在潘家。梁在《怀念胡适先生》中说，"我认识胡先生很晚，亲炙之日不多，顶多不过十年"。1937年胡适又到美国去了，他说的十年，恰是从1927年算起。

梁也有文章，谈到他们与胡适之间的龃龉。"后来上沅又传出了消息，说是刊物决定由胡适之任社长，徐志摩任编辑。我们在光旦家里集议提出了异议，觉得事情不应该这样由一二人独断专行，应该更民主化，由大家商定。我们把这意见告诉了上沅。志摩是何等明达的人，他立刻接受了我们的意见。"（梁实秋《忆"新月"》）

梁后来与胡适成了好朋友，说此事时已不带火气了。想来当初的情绪比写出来的要大得多。可以想见，胡适写出此信，让徐志摩看了，经徐斡旋，取消了前议。此信也就没有公开——让梁潘等人看。没有公开，并不等于心里就没了气。两个多月后，4月4日在去庐山的船上，与高梦旦谈话，高说："我们只配摆小摊头，不配开大公司。"胡在当天的日记中发感慨道："岂但不能组织大公司，简直不能组织小团体。前几天汪孟邹来谈亚东的事，便是一例。新月书店与云裳公司便是二例。"

不管怎么说，胡适的这封信是过火了。一点小小的不快，竟闹到要辞职、撤股、撤稿，毁了新月书店的地步，怎么看都不像胡适这样的人做的。

三

现在要探究的是，以胡适平日处事之冷静平和，怎么会出此下策。

我认为，这与胡适当时的处境与心情有关。处境恶劣，必然影响心情，心情不悦，做出这样孟浪的事，也就不足为奇了。

1927年年中到1928年春，正是胡适处境最窘迫、心情最抑郁的一个时期。也可说是胡适一生思想的一个转变期，事业的一个转折期。

回国就不顺当。1927年4月24日，船到日本，接到丁文江的信，劝他暂时留在日本，做点研究日本国情的工作，不要匆忙回国。高梦旦4月26日的信，也劝他，"吾兄性好发表意见，处此时势，甚易招忌，如在日本有讲授机会或可研究哲学史材料，少住数月，实为最好之事"。他的学生顾颉刚，早在这年2月间给他的信上，就说了他回国后将会遇到的危险：

> 现在国民党中谈及先生，皆致惋惜，并以好政府主义之失

败,丁在君先生之为孙传芳僚属,时加讥评。民众不能宽容先生:先生首唱文学革命,提倡思想革命,他们未必记得;但先生为段政府的善后会议议员,反对没收清宫,他们却常说在口头。如果北伐军节节胜利,而先生归国之后继续发表政治主张,恐必有以"反革命"一名加罪于先生者。(《胡适来往书信选》上册)

顾颉刚4月28日的来信,说的就更彻底了:"我希望先生的事业完全在学术方面发表,政治方面就截断了罢。""天下人的成见是最不易消融的,加以许多仇雠日在伺隙觅衅之中,横逆之来必有不能逆料者。"

这就是他回国后将遇到的危险,也是他将面临的难题。何去何从,不能不深长思之。

久留日本,也不是办法。到5月底,还是回来了。此时南京国民政府已经成立,时局逐渐稳定下来。北京是去不了了,一介书生,为了生计,当年的北大教授,只得屈尊就任了光华大学的教职。为了生计,可以屈就一所二流大学的教职,为了理想和事业,他还得再做努力。胡适不是个会轻易倒下的人。

或许他的内心还有几分怨怼。他是反对动用武力,他是反对一党专政,可是,对国民党的武力统一中国,对国民党的一党专政,他是理解的,也是支持的呀。就是这次出国,1926年年底在伦敦,他在几所大学讲演,曾表示,眼下的北伐,是中国的一大转机,因为要使中国近代化,就非除掉割据的军阀,让国民党完成统一的工作。有一天在旅馆里,沈伯刚当面问他:"您这几次讲演的话是否有意宣传?"他回答说,他本来反对武力革命同一党专政,但是革命既已爆发,便只有助其早日完成,才能减少战争,从事建设。目前中国所急需的是一个近代化的政府,国民党总比北洋军阀有现代知识,只要他们真正实行三民主义,便可有利于国,一般知识分子是应该加以支持的。(沈刚伯《我所认识到的胡适之先生》)

他要表明自己的态度,他要寻求更多的理解,他要让世人,让国民党的政要们知道,他胡某人绝不是什么反动分子。

最能代表这一心态的事件,或许是这年6月下旬,与自己的老朋友,国民党中央宣传部部长胡汉民的通信。当然,胡适不会主动去信的,正好听自己的一位同乡说,胡汉民向他问起自己,便致信说:"回国以来,每想来南京,一见先生,畅谈一切。但因为布置租屋,搬取家眷,尚未就绪,不得脱身,私事稍安定后,当来新都,看看各位朋友。"胡汉民复信说:"最近在宣传部发刊《中央半月刊》,似乎近于治标之本,很望先生们帮帮做些治本的文字,更其讨论到怎样治本的方法。"

有人说这是胡适投靠国民党政权。这就言重了。若是投靠,就不会有两年后的《人权与约法》的批评,更不会有《我们什么时候才可有宪法》的质问。应当说,这是一种双向的选择。胡适并没有违背他一贯的政治理念,与做人行事的准则。不管怎样,国民党武力统一了中国,较之过去的军阀混战,总是打下了一个建设现代国家的基础。胡适认同国民党,正是出于这一理念。然而,毕竟是一个转变,也就不能不经历转变中的痛苦。

这期间,胡适的身份发生了一点变化。1927年6月,胡适当选中华教育文化基金董事会的董事,董事会下设编译委员会,胡适为该委员会主任。此前回到上海,住在沧州饭店,此时便迁入极司菲尔路四十九号甲的一幢楼房。不必说是有了这个职务才搬迁的，总是有了这个职务才做长久居住的打算。

这一职务，起初或许不太重要，越到后来越显出了他的尊贵。大笔款项可供支配，让谁出国说了就算。有人甚至认为，胡适正是凭着这一职务，才能在文化学术界广施甘霖、呼风唤雨、我予我夺。

几乎就在同时，新月书店成立了。日后的尊贵，此时并未显示出来，刚从困窘中走出的胡适，也只是光华大学的普通教授，与徐志摩、梁实秋、潘光旦等人相差无几。在这样的境况中，心高气盛的胡适，对新月同人也还能以礼相待，平心相处。

不久，又兼任了东吴法科大学的教职。在外人看来，他是要安心做一个教授了。

只在他自己知道，他心里是怎样的委屈。没办法，这样的时际，他只能做出这样苟且的样子。1927年11月16日，在家中接受《生活》周刊编者的采访时，人家问他对中国前途有何看法，他说："我不谈政治。"并表示，自己"不要做大人物"，"要做本分人物，极力发展自己的长处，避免自己的短处"。告诉采访者，他每星期在光华大学教授三小时，在东吴法科大学教授三小时，"此外都在家著书"。（曹伯言、季维龙《胡适年谱》）

人的耐力总是有限度的。对当局可以做出这样屈辱的样子，若是一班小弟兄也无理取闹，胡先生就不客气了。

梁实秋、潘光旦等年轻人，恰在这时做出了让胡适生气的事。北大的大牌教授都不当了，你们几个刚回国的年轻人，竟连《新月》的头目也不让他当，这怎能不让胡大哥火冒三丈！好了，我不干了，由你们去瞎折腾吧。

胡适所以提出辞职、撤股、撤稿，究其原委，只能是出于这样的心态。是他做事的孟浪，待人的偏颇，同时也是他人格与人性的展现。

1928年4月，胡适就任中国公学校长兼文理学院院长。此前，不管怎样有名，他不过是北大普通教授。中国公学的校长，是他获得的第一个校长职务。加上中华文化教育基金董事会董事兼秘书，可以说他具备了一个文化人所能具备的最大的荣誉。至此，他的彷徨无定的心绪释然了，与小兄弟们的纠纷也化解了。原本就不是什么了不得的大事。

胡适一生，记日记之勤之细，几乎无人能过。前面徐志摩在胡适书房看到的胡适日记，就是一个最好的例证。前些年台湾曾出版过据手稿影印的《胡适的日记》十八册，去年安徽教育出版社出版了整理的《胡适日记》八大册。按说，探讨胡适某一时期做了些什么，是什么样的心态，查查他的日记就行了。可惜的是，从1927年归国后，到1928年2月，这一时期的日记恰恰缺漏。而这一时期，又是胡适一生的一个重要时期。我以胡适一封信所做的这些钩沉，无意间竟弥补了胡适研究中的这一缺憾。

原本想写一篇关于胡适的轻松的文章，讲几个小故事，说几句俏皮话，料不到的是，写到最后，竟成了对胡适这一时期心态的考证。我这死读书的乡佬，总也改不掉这爱考证的癖好。

2002 年 4 月 12 日

老英雄的风流

一

这回说说吴虞,一位真正的老英雄。只是风流二字,先得改作淫亵。一本也还正经的书中,第一章名为《老英雄风流毁誉》,就是专写吴虞其人的。一起首便是:

公元1924年春末夏初,曾以激烈反孔非儒而名震中外的北京大学国文系教授吴虞,却因公开发表寻花问柳、冶游嫖妓的淫诗艳词,受到了人人喊打、群起攻之的讨伐,以致劣迹昭彰,名誉扫地。

称之为"老英雄",倒不是嘲讽,乃是胡适的推许。
胡适评价人物,或许有畸轻畸重的时候,对吴虞的推许,却是当得起恰切二字的。
且看此公的经历。四川新繁县人,原名永宽,字又陵。清同治十一年（1872年）生，早年受旧式教育，1892年入成都尊经学院，戊戌变法后兼求新学，曾"不顾鄙笑，搜访弃藏，博稽深览，十年如一日"，时人称之为"成都言新学之最先者"。1905年三十三岁时，留学日本，入日本法政大学，学习宪法、民法、刑法、政治学、经济学等课程。1907年回国后，先后在成都中学堂、通省法政学堂、官班法政学堂教书。1911年，因其著文反对儒教及家族制度，四川护理总督王人文，移文各省逮捕，内有"就地正法"之语。幸亏及时避匿乡下，方逃此一劫。

1911年辛亥革命后，回到成都，曾任《政进报》主笔。1913年任四川省川西道公署顾问并主编《四川政报》。是年出版诗词集《秋水集》。1914年在成都出版《醒群报》，因发表主张家庭革命与宗教革命的文章，被北洋军政府查封。1917年后，接连在北京《新青年》杂志上发表了《家庭制度为专制主义之根据论》《儒家主张阶级制度之害》《礼论》等文章，立论新锐，文辞刚健，随即名声大噪。1918重回教育界，任四川外国语专门学校、法政学校教职。五四运动高潮中，又一次向封建礼教施以猛烈的攻击。其论文《吃人与礼教》于《新青年》第六卷第六号刊出，影响极大，一时间，"吃人的礼教"成了当时进步青年反封建道德的响亮口号。就在声誉日隆之际，北京大学慕其名，请之出任国文系教授。向例要先当一年讲师再升教授，因吴的名声太大了，当教授怕还请不来，只好破此旧规，一聘便是教授。

1921年5月上旬，吴虞到达北京，学界名流竞相招待宴饮，好生热闹。与胡适的交往，也在这个时候。7日抵京，10日便与胡适在中央公园晤面，13日拜访胡适，赠《费氏遗书》一部，"谈极久"。他向胡请教国文如何讲法，胡言："总以思想及能引起多数学生研究之兴味为主。吾辈建设虽不足,捣乱总有余。"大概就是这次,吴请胡为他的《文录》作序,胡慨然应允。10月,《吴虞文录》由上海亚东图书馆出版。胡适在序中,竭力推许吴虞为中国思想界的清道夫,可与陈独秀相比并:"吴先生和我的朋友陈独秀是近年来攻击孔教最有力的两位健将。他们两人,一个在上海,一个在成都,相隔那么远,但精神上很有相同之点。"文末,胡适动情地说:

我给各位中国少年介绍这位"四川省只手打孔家店"的老英雄——吴又陵先生!

这就是"老英雄"一词的来历。后来人们把"四川省"省了,只说吴是"只手打孔家店的老英雄"。

就是这样一位老英雄,却因风流放浪,险些毁了一生的英名。

我看过有关资料,觉得老英雄的错不多,甚至难说是什么错;错多的,甚至说全错了的,反倒是其时的自命进步的青年,还有我们这些自以为更其先进的后人们。

二

上面提到的那本也还正经的书,叫《民国文坛公案》,陈雪岭编著,江苏古籍出版社1998年出版。

书中说,1924年4月间,《晨报副刊》刊出了署名"又辰"者抄录的吴吾赠妓女娇寓(娇玉)的二十七首旧体诗,说是"只手打孔家店的老英雄底近著",等于明说其作者为吴虞。在这些诗中,作者不惜笔墨，夸饰炫耀娇寓的妖娆妩媚、风流冶艳，甚至不厌其详地绘写了他与娇寓寻欢作乐的种种猥鄙情状，津津有味地大谈其姿色和自己的艳福，且一一引原诗作证。书中还说：

> 吴虞曾大声疾呼家庭革命，力倡父子、夫妻平等之说，激烈反对封建家长专制。然而，他自己却又是一个十足的封建专制家长。从他日记中那些斥骂妻子"颠倒昏乱""板滞生冷"的恶语，可以清楚地看出，他是把妻子当作取乐传后的工具的，并无夫妻平等的意识。吴虞对女儿与男同学通信，他责骂是"不守规矩，不顾名誉"；女儿同母亲发生争执，他狂怒要施于"专制之虐"；女儿私自外出看电影，归来稍晚，他竟当即宣布脱离父女关系。

又说吴曾有妾三人，1931年已届花甲之年，仍然又买了一个十六岁的女孩子为妾。也就是说，吴虞不光冶游狎妓、淫亵放浪，而且思想腐朽，道德败坏，简直是个流氓恶棍了。为了坐实这种指责，编著者还开列了这个"老流氓"在青楼的花销："仅1923年暑假中一个月，就在六名妓女处花去百元大洋的娱乐费"，"1924年1月，他几乎天天去娇玉处，一次结账就付出大洋二百三十元，差不多是他当月教授薪水的全部"。给人的感觉是，吴老先生天天沉迷在烟花丛中，放浪形骸，挥霍无度，不做学问也不理家事。

且逐一说来。

先看看这些艳诗。为了避免挑选之嫌，应将二十七首全部过录才对。但篇幅过大，碍难全录，兹选其四首。前两首是最遭人非议的，后两首是我最欣赏的——

试摩素足惹娇嗔，若使凌波胜洛神。
低语阿侬生怕痒，叫郎规矩莫撩人。

罗襦襟解肯留髡，枕臂还沾褪粉痕。
好色却能哀窈窕，不曾真个也消魂。
（余与娇寓往来十阅月，乃心理上之赏爱，非生理上之要求，故末句云云。）

上林红紫斗妖娆，止有佳人慰寂寥。
烟水千年香不断，从来名士爱南朝。
（昔人谓六朝卖菜佣，皆有烟水气，斯语良然，予性喜南花，于北花无一当意者。）

吹断人间紫玉箫，年年春恨总如潮。
英雄若是无儿女，青史河山尽寂寥。

这后两首，尤其是最后一首，若有人读了不长英雄之气，我只能感叹中国寺庙事业不虞后继乏人了。

有这么四首，也就可知吴诗的大概了。不必否认，确实是艳诗，但要说是淫诗，怕还不太够格。

诗作得怎样呢？只能说个好。

吴虞原本就是一位诗人，在成都时已有诗集问世。推重五言古诗，精通七言绝句和律诗。早期诗作，情思激越，描写圆熟，扬名海内。章士钊曾盛赞他的《辛亥杂诗》中非儒诸诗，"思想之超，非东南名士所及"。柳亚子更是称誉不已,说他"诗亦卓然成家","风格学盛唐",与龚自珍、马君武同为近代以来"诗界革命军之三人"。

是诗人,还是名诗人,独自一人到北京,教书之余逛逛妓院,作几首艳诗,怕也不是什么了不得的事。从唐朝到清朝,作艳诗的诗人何止千百,所作的艳诗何止千万。什么就是什么,不必大惊小怪。

作了就作了,为什么要发表呢?

这个问题就复杂了。约略说来,一则是文人心态使然,炫耀自己的才华,引起同侪的赞赏;二则是怜香惜玉,捧红娇玉,使之成为名妓;三则是笼络娇玉的感情,使她对自己更加温柔体贴,不说少花费些银子了,总可以使自己的花费当其所值。我这样揣度,就有点小人之心了。

这三个目的都达到了。《吴虞日记》载,1924年3月13日得柳亚子信,与余十眉两人介绍他加入新南社,3月16日便"寄柳亚子赠娇玉诗十二首",可见他写艳诗是不避人的,是希望得到同侪的赞赏的。这些诗在《晨报副刊》登载前,几乎每写出几首就要寄给《顺天日报》和《小民声报》刊布。2月23日,"步至娇玉处,今日《顺天时报》将赠娇玉诗登出四首,因持示之。"

3月间,两次印成精美的诗笺(吴称诗单),大量散发。3月26日第一次印成,当天就送给娇玉一百张。第二天请假一天,在家中给朋友分寄诗单,计有柳亚子、章渐迖、余子立等十六人,有的寄两张,有的寄一张。第三天又寄给曹湘蘅、周道生、胡仲持等人各一张。此后日记中多有记载,以致日记的整理者不胜其烦,在此日条下加注:"在以后一段时期的日记中,常有寄赠诗单的记载,一般不再录。"

这些诗单寄出后,娇玉的生意果然火爆起来。4月2日的日记载有一事：

> 晤见龚龙瞻，龚谈，昨晚在张熙午家晚餐，众人因持予诗单，欲一睹娇玉，知其班址，乃开条子叫之娇玉至熙午家，众人先声明不是何人叫条子，是因吴先生诗，我们众人要见见你，众人见娇玉皆称好。老板蒲伯英尤赞成，龚龙瞻言，说好又怎么，何不去替吴先生捧场。众人遂至娇玉处推牌九，尤以为未足。遂摆酒，叫有姑娘七八人，饮酒甚多，钱由张熙午付，皆用我之名义也，席散，龙瞻归家，已四时矣。娇玉以诗单分送诸客，当知予诗之力不小矣。

妓女不过是妓女，吴先生真就这么痴情？若是这样，那就小看了我们的老英雄。与娇玉交往温存的过程中，他一直是清醒的。1924年3月4日日记载：

> 午后二时降雪，四时过聚义诚，取银六十元正。至澄华洗澡……往娇玉处，对付尚好，而所谓给好处与我者，仍诳语骗人耳。予至是益证明窑姐之不可讲情理。袁琴南诸人对付窑姐之手段为正当应该也。遂赏娇玉洋贰元而归，付来去车钱四十六枚。自二月一日起，当专心读书，预备讲义，有钱留作自己享用，斩断葛藤，不再逛胡同矣。凡逛胡同，有二大弊病：一使人老，欧美人五六十岁，绝不言老，而窑姐唯喜少年，对于予等，每言其老，于是衰老之念，每影响于精神心理，而减去壮往之氛是也。一使人小，窑姐皆无知识，虽非常之人，彼亦以浮浪少年相

待遇，惟利是视，无高下之分。予等逛胡同徒自贬人格，同于小人而已。其荒废学业，消耗金钱，更不待言。正月既完，胡同趣味，不过如此，就此收束，不但少累而心太平，其有关经济生活正匪浅也。

当然，此后并没有停止了去看娇玉。只是说明，他对娇玉是怎样的人，怎样的品行，是清楚的。就是印了诗单给娇玉，也叮嘱她该给哪些人，不该给哪些人："娇玉取诗单一百张，予嘱娇玉择送议员、官僚、政客之通文墨者，勿送学生，勿乱送人。"（3月26日）

至于花销，陈雪岭文章中说，1924年1月，吴几乎天天去娇玉处，一次结账就付出大洋二百三十元，差不多是他当月教授薪水的全部。我不知陈雪岭是不是真的看过《吴虞日记》，也不知账是怎么算的。既说吴先生月薪为二百六十元，又说他1924年1月几乎天天去娇玉处，一次结账就付了二百三十元，等于说他把挣的钱全花在妓女身上了。细查日记，1924年春，标明与娇玉有关的结账共两次，一次是1月24日："予自今年夏历五月，认识娇玉，截至今日，仅用银八十元耳，计盘子二十六个，牌饭一次，包厢二次，共用银八十元。"也就是说，九个月才花去八十元，平均一个月仅九元。

3月18日曾去娇玉处"住局"一天。3月24日（农历二月二十日）这天，结算"去年结账后用款"，这可是个大数目。为了看看当年的青楼的名堂与花销，不妨胪列如下：

腊月二十五日，开赏洋十元、茶围洋二元。二十六日，茶围洋二元。三十日，茶围洋二元。正月初七日，果盘洋二十元、茶围洋二元。十四日，茶围洋二元。十八日，牌饭洋二十元。二十九日，茶围洋二元。二月二十一日，茶围洋二元。十四日，住局洋十二元、赏钱洋二元。十七日，摆酒洋五十一元，赏钱四元。

总上所列，住局前用去一百六十元，住局与摆酒用去六十九元，两项共计二百二十九元。（在世俗的眼里，只有住局的十二元是花在了正经地方。）这仅是娇玉处的花销，同时他还常去另一个叫婵娟的妓女处，两处共是三百三十九元零七角。不少了吧。他老先生自有他的算账办法，一算就不多了。原来，他曾给自己定了个消费标准，假期不回家，每个假期可花二百元的娱乐费，而他暑假没有娱乐。于是日记接着说："往来十余月，时间甚久，花钱亦多，真不易也。如再来顽，既无能力，花钱亦办不到，回川更无论矣……娇玉、婵娟两起，共用洋三百三十九元零七角。除洋二百元，为去年暑假中娱乐费不计外，其余一百三十九元零七角，则在暑假所除娱乐费之外者也。二处俱达目的，不过一住、一不住，不为冤矣。据此账观之，财力分散，所得效果颇不经济，此后专注一处为妙也。"

吴先生北大月薪二百六十元，在师大等处兼课，也在百余元，合计当在四百元之谱。且不说这种娱乐的性质怎样，仅以娱乐而论，每半年用半个月的薪水去娱乐，似乎说不上多么奢侈。

至于说对待女儿，按《老英雄风流毁誉》中所说，他对女儿又刻薄又专制。实际上不是这么回事。他没儿子，有好几个女儿，大点的两个，一个在美国留学，一个在法国留学，全是他供给的，这在当年可说是够开明的吧。他的前妻能诗，后娶的这位也有文化。他的朋友曾赞美说："一门学业，远迈眉山，盖苏氏闺阃，尚不知学，窃为钦叹者久之。"这评价也够高的吧。

三

现在要辩白的是，吴先生的这些艳诗发表后，是不是真的"受到了人人喊打、群起攻之的讨伐，以致劣迹昭彰，名誉扫地"。

手边有《晨报副刊》全套影印本，仔细翻看，我怎么也看不出到了这种地步。

又辰先生录有吴吾诗的文章，名叫《介绍"只手打孔家店的老英雄"底近著》，载该报1924年4月9日第四版。有此题名，等于公开说明吴吾乃吴虞。此前吴先生无论投稿也好，出诗单也好，都只署名吴吾。也就是说，他只是公诸同好，并没有借此扬名的意思。是别人把这个秘密公开的。既已公布，他也就不再隐埋。

细按全文，又辰先生对这些诗怕还是欣赏的，至少看不出有嘲讽的意思。吴虞见了，也是高兴的。在同一日的日记中说："《晨报副镌》有署名又辰者，'介绍打孔家店的老英雄底近著'，即将赠娇玉诗单，全行登录。自此赠娇玉诗，学界尽知之矣，其名将益大，其客将益多，真要红矣。"

文章登出后，大概是有人指责该刊"不应该提倡这类淫靡的旧诗"，4月12日，该刊又登出记者（编辑）的文章《浅陋的读者》，予以辩证，说该文是一"暗讽"，"他们也不想想，本刊平日连规矩的古诗也不登，为什么今日登起淫靡的古诗来了"。"第一篇是明刺，第二篇是暗刺……本刊都不以为然，都放在必攻之列"。这等于告诉读者，且来攻击吧。

"群起攻之"的第一篇文章叫《孔家店里的老伙计》,署名XY,4月29日刊出。这是一篇措辞激烈、等同谩骂的文字。说这是些"臭肉麻的歪诗",狎妓,狎优,本是孔家店里的伙计们最爱做的"风流韵事","你们看《赠娇寓》'英雄若是无儿女,青史河山尽寂寥','惹得狂奴欲放颠,黄金甘买美人怜',你们再看什么诗集里附录的什么词:'笑我寻芳嫌晚','尽东山丝竹,中年堪遣。'这些都是什么话!什么'打孔家店的老英雄',简直是孔家店里的老伙计!'孔家店里的伙计们,只配被打',他们若自认为打孔家店者,便是'恶奴欺主',别人若认他们为打孔家店者,便是'认贼作子'了!"

吴虞看了,忍不下这口气,遂致信该刊编辑,5月2日以《吴虞先生的来信》刊出。口气也还平和。先说他的《文录》,本系一无系统之作,"来京时友人为录成一册,胡适之先生为撰序,介绍付印。时适之先生方阅水浒,故有打孔家店之戏言,其实我并未尝自居于打孔家店者。浅陋昏乱,我原不必辞。不过蔡子民、陈独秀、胡适之、吴稚晖他们称许我皆谬矣。""至于吴吾之诗,自有吴吾负责,不必牵扯吴虞,犹之西滢之文,自有西滢负责,不必牵扯陈源也。若定指吴吾即吴虞,我也不推辞",听之而已。

对他的艳诗,吴先生是这样说:"我非讲理学的,素无两庑肉之望。若曰'痰迷',则中国人诗词戏曲,痰迷者真汗牛之充栋,足下能一一举证乎?则梁〇〇于王凌波,蔡松坡于小凤仙,固彰彰在人耳目。陈独秀、黄季刚诸先生之遗韵正多,足下亦能一一举而正之乎?袁简斋曰:士各有志,毋容相强。不必曰各行其是,各行其非可耳。"(按:梁〇〇,原文如此,该是指梁启超。想为编辑所改。)

吴先生还是太老实了，因XY先生说他是一个思想不清楚者，便在文末附上一句：此启曾示周作人、马叙伦诸先生思想清楚者。

正是这些反驳，激起了批评者更大的兴致。《晨报副刊》5月6日登出XY的《〈吴虞先生的来信〉的"读后感"》，5月10日登出薛玲的《吴虞先生休矣!》，5月12日登出王基的《答XY先生的疑问》，5月20日同期登出湨生的《浅陋的话》和XY的《答湨生君》。这些文章都很短小，说是论战，莫若说是讽刺挖苦。我们可以感受到当时年轻人对吴虞这样的老名士的鄙薄，也可以感受到年轻人的思想多么进步，却难说有多少令人信服的道理。比如说，吴诗在《顺天时报》以吴吾的笔名发表时，没有人批评，到了《晨报副刊》上，有人说是吴虞所作，就招来这么刻薄的批评，先就不能让他服气。再就是，这些诗不是他拿到《晨报副刊》发表的，是别人专为批评而发表的。若说有传播之责，似乎也不该由吴先生负。而吴先生说的"不必曰各行其是，各行其非可耳"，却是符合民主社会的做事原则的。在不妨害社会的前提下，各行其非，该是对个人自由的尊重吧。

所谓的人人喊打，群起攻之，不过是这样一场闹剧而已。其中最不能让人信服的是，批评吴先生最厉害的XY先生，三篇文章都没有露出真名。而第三次的答辩文章，竟与所答辩的文章在同一期上刊出的。这来路就让人觉得不地道。

这里还有个小插曲。5月1日这天，吴虞写好答辩信，正好朋友约游园，在公园见到郁达夫等人。郁达夫说"《晨报》稿系钱玄同之作，未知确否"。别的朋友也劝他"此后凡对人皆宜圆滑慎防，勿说落边际之语。对于娇玉处亦须收敛，勿再动笔墨辩论"。后来郁达夫还表示，可为吴虞打探消息。

此事前前后后就是这样。吴虞要回四川,这念头早就有了,并非是受此刺激才逃回老家。1925年春,因已决计暑假回川后不再北来,3月31日特预先为自己住过的亮果厂寓所撰写了一副对联:

煮酒对名花,此地曾为栖凤宅;
读书依老树,旁人休拟卧龙居。

他自己解释说:"予暑假将归,特撰此联,以作纪念。且为此间增一掌故。名花、栖凤,谓娇玉曾于此住数日也。"

于此可知,年轻人对他的批评,他是不服气的。他认为自己没有什么错处。

当然了,最受人攻击的,还是狎妓。这要看怎么说。一种婚姻制度的长久维系,必然有相应的缓冲机制伴之而行。旧的婚姻制度,必然伴之以狎妓嫖娼。如今婚恋自由,离异两便。再有此举,便是罪不可赦了。只是对于彼时之人,当有一种设身处地的理解。一种先进的道德,若失去宽容与同情,其褊狭与危害往往较旧道德更甚。只要不危害社会,各行其是固好,各行其非亦无不可。

2002年3月12日

近处看胡适

感谢山西省图书馆文源讲坛的邀请。

我不是研究胡适的,只是喜欢这个人,喜欢他的文章,喜欢他的风度,当然也喜欢他的名声——一种不经意间就来了的大名声。不是研究,只是喜欢的好处是,看自己愿意看的,不愿意看的,就略过去了。

喜欢胡适,更喜欢那个时代,就是中国历史上称为民国的那个时期,从1912年中华民国成立,到1949年国民党政府跑到台湾那三十几年。喜欢的不是政客间的钩心斗角,军阀间的打打杀杀,喜欢的是那个时代的人与事,爱是真爱,恨是真恨,好人是真的好,坏人也是真的坏,都那么坦坦荡荡,不遮不掩,显露的是真本事,真性情。我相信,我们现在对那个时代的认识,还是很浮浅的。看到的只是表象,还没有看到更为真实的一面。平常没事了,就喜欢看这方面的书。凡是涉及民国人与事的书,都愿意买,都喜欢看。

这次讲演之前,又把胡适日记看了一遍。不是为了准备讲稿,纯粹是前一段时间闲下没事,拿起一本看看,忍不住就全看了。一共八册,前两册是留学日记,我不看,只看回国后到去世前的六册。

我看胡适日记,有个历史了。最早看的是台湾远流版的,它不叫《胡适日记》,叫《胡适的日记》。1997年为写《徐志摩传》,在外文书店订购了远流版的《胡适的日记》,一时到不了,便从山西大学图书馆借了一套,影印的,十八册。等我看完,外文书店的货还没有到,就退掉了。过后我就知道自己做了蠢事,该买下的,记得是三千六百元。还是小气了。现在两个三千六也买不下了。远流版的《胡适的日记》,通常叫手稿本,在胡适的日记里是个很贵相的版本。

这次看的八册本的《胡适日记全编》,安徽教育出版社出的。后来他们出了《胡适全集》,四十多册,也买了。平常看,还是看单独的日记。

我喜欢看什么呢?喜欢看他的感情生活、日常生活、待人接物、风度品格,再就是如何读书,如何写文章、做学问。看他的日记,就像是跟他生活在一起,就在他身边,围着他转圈圈,前后左右都看到了。我说的"近处看胡适",就是这个意思。

胡适日记的特色

胡适是个喜欢记日记的人。留学时就记了几本,后来出版了,叫《藏晖室日记》。1917年回国,从1919年起,虽不是说天天记,月月记,但他基本上坚持下来,记了几十年。

胡适的日记,有个特点,就是真实、细致,相关的材料也记(有的不是记,是贴在上面)。不是说真的有什么记什么,"事无不可对人言"——他不会这么傻。会记说错了的话,做错了的事,不会记那些玷污自己人格的话和事。这并不是说他的日记不真实。他的办法是回避,该记的记,不该记的不记,再就是隐喻。徐志摩说过,凡胡适写的诗,前面有序的,都可疑。就是说,他用前面的序来掩盖什么。日记里也常用这个办法。

胡适对他的日记很看重。在上海办《新月》的时候,有次梁实秋和徐志摩、罗隆基去看他,他当时住在极司菲尔路(现在叫万航渡路)。三人到了,恰逢胡适在会客,胡太太让他们先去楼上书房等一会儿。三人到了楼上,东看看西看看,徐志摩见书架下面有一沓稿纸,拿出一看,大叫起来:"快来看,我发现了胡大哥的日记!"他们刚看了几页,胡适会完客上了楼,见他们正在看自己的日记,笑着说:"你们怎可偷看我的日记?"随后神色严肃地说:"我生平不治资产,这一部日记将是我留给我的儿子们唯一的遗赠,当然是要在若干年后才能发表。"(梁实秋《怀念胡适先生》)

胡适认为,他的日记将来可以补官书之阙。1930年1月30日的日记里说:"前天中华文化基金董事会的第四次报告寄到我处,其中有记去年一月西湖的常会的事,附粘在此,作一种官样记载的史事的绝好例子,百年之后的读者固然不能了解此会的意义,即今日局外之人试读此几页记事,若不读我前年十二月和去年一月的日记,那能了解其中的意义?于此可见官书之不可信。"

看胡适的日记,确实让人长见识,有许多东西,若不是他记下来,后世就不一定知道。举个例子。九一八事变后一两年,日本人就占领了热河。现在的有些历史书上,只说国民党政府怎样不抵抗,守卫部队怎样艰苦卓绝，敌强我弱，终于不支，致使国土沦陷。肯定不错，怕不全是这么回事。

据胡适日记里记载：1933年3月2日晚上，张学良请胡适吃饭，张学良说，南凌已失了。人民痛恨汤玉麟的虐政，不肯与军队合作，甚至危害军队。此次他派出的丁旅，行入热河境内，即有二营长不知下落，大概是被人民"做"了。他要后援会派人去做点宣传工作。3月4日载：今天下午三时，在后援会得知日兵已入承德，汤玉麟不知下落，人民欢迎敌军。（按：南凌这个地名，我在地图上找不见，疑心是凌南。）

不到一年，察哈尔失守。据1934年1月24日的日记：第三十二军（商震）的一个秘书李遇之来谈，他说察哈尔"已非吾有"。人人皆望日本来统治，许多百姓把田契贴在门上，挈家逃往热河。牧羊的人，把羊赶到张家口，每只要纳税一元，还保不住能卖掉不。养五百羊，就须纳五百，谁还能牧羊呢？商震的军队驻在通县。此次刘桂堂叛变，他的两千多人横行直撞，如入无人之境。商震近来学外国文，有一天，他的外国教员问他：华北有几十万大兵，怎么刘桂堂能这样横行无忌呢？商震红了脸，无话可答。

知道了什么样的政府，什么样的军队，又是什么样的民众，就知道为何日本人那么快就占领了华北。

不过，今天我们不谈这些，只谈他的感情生活，他的日常行事，风度风仪，怎样写文章，怎样做学问。

未说这些以前，先说个算卦的故事吧。

算卦的故事

1924年1月21日，胡适在北京一家酒店跟几个朋友吃饭，席间有人给他算了一卦。当天胡适在日记里写道：

> 与梦麟、钧任、尔和、刘松生、卢毅安在宝华楼吃饭。卢君给我们看相，说我的最不灵……他说我父死而母在，一不灵。说我记性好，二不灵。说我少时很顺适，三不灵。说我干政治，做过生意，四不灵。十五六岁时遭大变故，五不灵。说我性急，六不灵。说我肠胃不好，七不灵。他说中的有几点，二十岁一转机，一也；廿五六岁名誉更大，二也；记性虽好，而用创作力时居多，三也；聪明，四也；廿六七岁须穿孝，五也。此皆不足奇，推理而已。他说我的将来：卅四岁生活有大变；卅四五岁须远行；风波很多，寿约七十岁。
>
> 他先问我年岁，故可推知许多。我若告诉他今年卅八或四十，他定又闹许多笑话。我在席上曾说，上海汉口开徽馆，都是我家创始的，故他说我做过生意！卅二岁的人父母俱亡的不多，故他说我父死而母在。

这卢毅安，能与胡适等人在一起聚会，定然不是什么江湖术士，倒是个学问路上过来的面相研究者。1月初，胡适跟蒋梦麟一起去看望罗钧任（文干）时，在罗家见过他，他还给蒋算过一卦。日记上有记载：钧任有友人卢毅安先生，本治法律之学，后从法医学方面引起他研究看相的书。他颇研究生理学与心理学，尤喜变态心理与关于性欲的书，故他看相颇多奇验。钧任请他给梦麟看相，他说的话有"多在黑幕中掌大权，在黑幕中操的权比独当一面时大得多"。这话颇奇中。又说他卅一岁到卅五岁时进步最慢；此即他在商务时。又说他卅五岁到卅九岁时进步较快，此即他来大学时。又说他嗜好甚多，但没有一样可说是沉溺的嗜好；这也像梦麟，我们都很诧异。（1924年1月5日）

且看此人给胡适算的准不准。我们一条一条地说。先说不对的。

第一条，父死母在。胡适的父亲叫胡传，字铁花。生于1841年，先后娶过三个老婆，胡适母亲是第三个，叫冯顺弟，1873年生，比他父亲小32岁。1889年十六岁时嫁过去，他父亲已四十八岁。冯顺弟1891年生下胡适。二十三岁守寡，跟丈夫只生活了五六年，在1918年——胡适留学回国的第二年去世，活了四十六岁。算卦的时候，去世刚六年。只能说胡适母亲死得太早，难说卦有什么不对。

第二条，记性好。胡适认为卢毅安算得对的，有一条是记性虽好，而用创作力时居多；还有一条是聪明。前一条等于承认了记性好，后一条更能说明记性好——聪明的人，没有记性不好的。

第三条，少时很顺适。这要看怎么说。小时候，跟母亲生活在绩溪老家，没受什么罪。十四岁去上海上学，也没受什么罪。1910年十九岁时，考上庚款留美名额，去美国留学，能说少年时不顺适吗？

第四条，干政治，做过生意。这是看相，看他是个能干得了政治的人，也没什么不对。做过生意，也是看他聪明才这么说的。事实上，胡适十三四岁时，确实曾跟着舅舅学过生意，时间不长，他二哥看他是个念书的材料，把他带到上海上学去了。再就是，与胡适自己的误导也有关。他先说过,上海汉口开徽馆,都是他家创始的。也就是说,他家是个生意人家,看相的才说这个话。

第五条,十五六岁时遭大变故。胡适1891年生,十五六岁是1906、1907年。胡适后来在《四十自述》中说,1907年5月,他得了脚气病,回家休养,住了两个多月后离开,"从此以后,十年不归家(1907—1917),那是母亲和我都没有料到的"。一走就是十年,能说不是大变故吗?

第六条,性子急。这个就不好说了。怎么也不能说胡适是个火烧眉毛都不急的人吧。

第七条,肠胃不好。这一条肯定不对。胡适成名后,多少年间,几乎天天有饭局,有时一天两顿,有时一顿跑两处,确实是好胃口。这也是人家看他一副清秀文弱的样子,才这么说的。

再看说对了的。

第一点,二十岁一转机。二十岁是1911年。这年是庚款留美招生考试的第二年,他考上了。共有70名,他是第55名。这确实是胡适一生的一大转机。

第二点,廿五六名誉更大。就说廿六,1917年,获哥伦比亚大学博士学位,同时被聘为北大教授。名誉够大的了。

第三点,记性虽好,而用创作力时居多。此前三四年,《尝试集》刚出版,还热心作诗。知道自己"提倡有心,创作无力",转而专注于学术是后来的事。

第五点,廿六七岁须穿孝。他母亲1918年死的,他正是二十七岁。

再看对将来的测算。

一、卅四岁生活有大变。三十四岁,是1925年。从1923年起的两三年间，胡适跟表妹曹诚英有一段恋情，只是没有闹到离婚的程度，该说是大变吧。

二、卅四五岁须远行。三十五岁，是1926年7月去英国，直到第二年才回来。这年是他留美归来多年后第一次出国，先去英国又去美国，该说是远行了。

三、风波很多。真的，胡适一生风波很多，直到出任"中央研究院"院长，仍在风波中。

四、寿约七十岁。1891年12月17日生，1962年2月24日去世，说是七十一岁，实际也就七十岁零一个多月。

用这个办法，把胡适的生平大致都说到了。

胡适的日记，是他一生的全面记录，也是一部最好的胡适传记。看了他的日记，就像是看到了活着的胡适。

这主要是因为，胡适的日记不光真实，而且详细。真实，前面说了；详细，是他一贯秉持的记日记的理念。"日记必须详细，否则没有多大用处。过略的日记，往往别人不能懂，有时候自己也看不懂。"（1948年1月1日）

整体评价

想想，还得说说对胡适的整体评价，要不那下面说的那些普通的事情，就没有比衬，减弱了应有的价值。

今年是胡适诞辰120周年，鲁迅诞辰130周年。对鲁迅，北京举办了大型的纪念活动，中宣部部长到会讲了话。对胡适，好像没有什么大型的纪念活动。胡适的生日是1891年12月17日，省图的这个活动定在12月25日，也许是无意的，但也可以看作是山西人对胡适的一个纪念——才过去八天。

对胡适的看法，长期以来，大陆与台湾地区是不同的。胡适去世后，蒋介石先送了一副对联：新文化中旧道德的楷模，旧伦理中新思想的师表。过了几天，又送来一幅挽额，四个大字：智德兼隆。

毛泽东没有这样现成的概括，他是做事的，做的事有三件：一是1949年1月，公布的战犯名单里有胡适。二是中华人民共和国成立后，20世纪50年代前期，在全国范围内开展了一次批判胡适的运动。三是过后说过一句话：批判嘛，总没有好话。新文化运动他是有功的，到21世纪再替他恢复名誉吧。

可以说，改革开放前，大陆对胡适的评价一直不高。现在好多了，但也不能说多好。只能说，没什么禁忌了，可以写文章了。多高还谈不上。一般人还是认为，他是个反动文人，跟上国民党走的，提倡白话文或许有功，也就是那么回事，跟鲁迅没法比。

这些年，中国台湾、香港地区以及海外，对胡适的评价，越来越高。

胡适诞辰前夕，上海一家报纸采访海外学者余英时，余说，他不是要捧胡适，只是讲客观的历史。他的结论是：胡适是20世纪影响力最大也最长久的学者和思想家。如果有人说胡适"学问简陋""思想浅薄"，他也不想为胡适辩护。但是有一个客观事实是否认不了的：正是这种"简陋的学问""浅薄的思想"，才使胡适成为至今仍受注视的人物。

我同意余先生的这个看法，胡适是20世纪影响力最大也最长久的学者和思想家，但不同意说胡适学问简陋、思想浅薄。须知，某些人认为的简陋和浅薄，也不是寻常人能达到的。比如胡适的《红楼梦》研究，就有开创性的贡献。总的来说，他是个"但开风气不为师"的人物。这一点，很像孔子。要说思想的深刻，孔子不如老子，也不如庄子，但是孔子能成为"万世师表"，老子、庄子不能。能成为师表的人，不一定学问多深，重要的是要有一种胸怀，有一种境界，还有一种长期的坚持不懈的努力，循循善诱诲人不倦的耐心。这些，胡适都有。

访谈中，余先生讲了个故事。

大概在20世纪80年代初，中国社科院院长胡绳领队到美国开一个学术讨论会。会后访问了耶鲁大学，由他代表校方接待。宴席上，胡绳说："我们对胡适，政治上反对他，但在学术上还是尊敬他的。"余英时忍不住笑着说，胡先生，你的看法，和海外的看法恰恰相反。我们都认为胡适的学术研究早已被后来的人超过了，因为后浪推前浪，这是无可避免的。但胡适的政治主张因为自"五四"以来在中国根本未曾落实过，因此还是新鲜的，并没有发生"过了时"的问题。余先生说，他的原话当然比较委婉，但意思是很清楚的。胡绳先生很有风度，并未露出半点不快的样子，以下便转变话题了。余先生说，他之所以讲这个故事，是因为他觉得，今天大陆已有不少知识人也接受了当时他所谓的"海外看法"。

大处就这些，看不出什么，只能说各有各的道理。

顺便说个笑话，玩笑话。前面我说胡适有点像孔子，我只是说像，港台地区，乃至海外，确实有人说胡适是中国现代的孔子。我的看法是，是不是现代的孔子可另说，只是胡适的出生跟孔子颇有相似之处。孔子的父亲叔梁纥，也是娶过三个老婆，孔子就是第三个老婆生的。据《史记》记载，孔子出生时父亲七十，母亲十八。三岁上父亲死了，二十二岁上母亲也死了。胡适是父亲五十,母亲十八岁时生下的,四岁上父亲死了,二十七岁上母亲死了。都是父母年龄差距大,都是幼年父亲死了,母亲抚养大,不久母亲也死了。这样的孩子,要么特别笨,要么特别聪明,胡适应当属于特别聪明的那种。

先说他的感情生活。

关于江冬秀

胡适的父亲死后,家计还可以。胡适的两个哥哥,一个比他母亲还要大,一个只是小四五岁。哥哥毕竟是男人,读书人,对这个继母还说得过去,对胡适也还不错。胡适去上海念书,就是二哥领去的。二哥的媳妇不怎么敬重这个小婆婆,不免给些脸色看,有时还要欺负。每逢这个时候,胡适母亲总是百般忍耐,只求家庭和睦,平安无事。胡适晚年有一个观点,叫"容忍比自由更重要",极有可能是少年时从母亲这儿得来的教训。

母亲对胡适的影响很大。胡适在《四十自述》里回忆母亲时说:"我在母亲的教训之下住了九年,受了她的极大极深的影响。我十四岁(其实只有十二岁零三个月)便离开她了,在这广漠的人海里独自混了二十多年,没有一个人管束过我。如果我学得了一丝一毫的好脾气,如果我学得了一点点待人接物的和气,如果说我能宽恕人,体谅人,——我都得感谢我的母亲。"

胡适很孝顺,十四岁上,母亲给他订下个媳妇,叫江冬秀,1890年出生,比胡适还要大一岁。两人是远亲,胡适的姑婆是江冬秀的舅妈。订婚时两人没有见过面。1917年,胡适留美回来,结婚前才见了一面。两人一起生活了四十几年，1962年胡适去世，1975年江冬秀去世，活了八十五岁。

江冬秀是小脚，文化圈里的人都知道。唐德刚有个调侃的说法，"胡适大名垂宇宙，夫人小脚亦随之"。蒋介石送给胡适的挽联的前半句，"新文化中旧道德的楷模"，细细品味，也有这个意思。当然是赞扬，不是调侃。

好多人都说，江冬秀配不上胡适。配得上配不上，不能以小脚下结论；也不能说胡适有过婚外恋情，就一定厌恶江冬秀。我认为，这种事情要看夫妻两人感情究竟如何。对这个婚姻，在日记里，胡有过辩证的认识。

1921年8月30日，高梦旦邀胡适在消闲别墅吃饭，两人畅谈，高说起胡的婚事，说许多旧文人都恭维胡不背旧婚约，是一件最可佩服的事。并说，他敬重胡，这也是一个条件。

胡问：这一件事有什么难能可贵的？

高说：这是一件大牺牲。

胡说：我生平做的事，没有一件比这件事最讨便宜的了，有什么大牺牲？

高问：何以最讨便宜？

胡说：当初我并不曾准备什么牺牲，我不过心里不忍伤几个人的心罢了。假如我那时忍心毁约，使这几个人终身痛苦，我的良心上的责备，必然比什么痛苦都难受。其实我家庭并没有什么大过不去的地方。这已是占便宜了。最占便宜的，是社会上对于此事的过分赞许；这种精神上的反应，真是意外的便宜。我是不怕人骂的，我也不曾求人赞许，我不过是行吾心之所安罢了，而竟得这种意外的过分报酬，岂不是最便宜的事吗？若此事可算牺牲，谁不肯牺牲呢？

高梦旦还是不相信此事是容易做得到的。这也难怪，当时好些留洋回来的人，都跟原来订了婚的解除了婚约，跟原配离了婚另娶。

胡说：我对于我的旧婚约，始终没有存毁约的念头，但有一次"危机一发"。（按：这个发字，原文该写作髪，不是危机发了一次，是危机到了"千钧一发"的程度。）我回国之后，回到家中，说明年假时结婚，但我只要求一见冬秀，为最低限度的条件。这一个要求，各方面都赞成了。我亲自到江村，她家请我吃酒，席散后，我要求一见冬秀。她的哥哥耘圃陪我到她卧房外，他先进房去说，我坐在房外翻书等着。我觉得楼上楼下暗中都挤满了人，都是要"看戏"的！耘圃出来，面上很为难，叫七都的姑婆进去劝冬秀。姑婆（吾母之姑，冬秀之舅母）出来，招我进房去。我进房去，冬秀躲入床上，床帐都下；姑婆要去强拉开帐子，我摇手阻住她，便退了出来。耘圃招呼我坐，我仍翻书与他乱谈，稍坐一会儿，我便起身与他出来。这时候，我若招呼打轿走了，或搬出到客店去歇，那事便僵了。我那时一想，此必非冬秀之过，乃旧家庭与旧习惯之过。我又何必争此一点最低限度的面子？我若闹起来，他们固然可强迫她见我，但我的面子有了，人家面子何在？我因此回到子隽叔家，绝口不再提此事。子隽婶与姑婆都来陪我谈，谈到夜分，我就睡了。第二天早起，我借纸笔写了一封信给冬秀，说我本不应该来强迫她见我，是我一时错了。她的不见我，是我意中的事。我劝她千万不可因为她不见我之故心里不安。我决不介意，她也不可把此事放在心上。我叫耘圃拿去给她，并请他读给她听。吃了早饭，我就走了。姑婆要我再去见她，我说不必了。回到家里，人家问我新人如何，我只说，见过了，很好。我告诉我母亲，母亲大生气，我反劝她不要错怪冬秀。但轿夫都知道此事，传说出去，人家来问我，我也只一笑不答。后来冬秀于秋间来看我母亲，诉说此事，果然是旧家庭作梗，她家长辈一面答应我，一面并不告诉她，直到我到她家，他们方才告诉她且表示不赞成之意，冬秀自然不肯见我了。他没有父母，故此种事无人主持。那天晚上，我若一任性，必至闹翻。我至今回想，那时确是危机一发之时。我这十几年的婚姻旧约，只有这几点钟是我自己有意矜持的。我自信那一晚与第二天早上的行为也不过是一个gentleman（绅士）应该做的。我受了半世的教育，若不能应付这样一点小境地，我就该惭愧终身了。

高梦旦听了，也说这事办得不错。

以上这些，全写在当天的日记里。那时他她不分，都写作他。

江冬秀是个传统女子，也有刚强的一面，婚后对胡适的朋友的一些事是看不惯的。1935年，梁宗岱要与原配离婚，与女作家沉樱结合，江看不过眼，出面替梁的原配打官司，为女方争回不少利益。更早些，高一涵一度住在胡家，娶了个妓女。胡在上海，得知此事，知道江冬秀的性格，怕江怠慢了朋友夫妇，特意写信劝告。1923年5月30日的日记中说：

> 昨日洛声信上说，一涵接了一个妓女来家做老婆。洛声的口气似不以为然。故我今旦写信与冬秀，请他千万不要看不起一涵所娶的女子，劝他善待此女。"他也是一个女同胞，也是一个人。他不幸堕落做了妓女，我们应该可怜他，决不可因此就看不起他。天下事全靠机会。比如我的机会好，能出洋留学，我决不敢因此就看不起那些没机会出洋的男女同胞……"一涵住在我家的一院，我怕冬秀不肯招呼他们，故作此信。

对妻子可谓忠诚，对朋友可谓宽容，这样的品质与涵养，不是谁都有的。胡适后来能成大事，与他的这些优秀品质不会没有关系。

江冬秀之外的爱情

胡适跟江冬秀过了一辈子，这没说的。

有没有情人呢？有，还不止一个。

胡适二十六岁，就是北大的名教授，他的学生，有的比他年龄还大。可以说，当时中国的年轻学者，没有比胡适名气更大的。

胡适长得很好。眉清目秀，皮肤白净。个子不高，风度翩翩。有多高呢，没有具体数字，我估计，也就一米六的样子。关键是清瘦，文雅，秀气。日记里说了他多年来的体重："在身体方面，人人都说我胖了。其实我去年九月在纽约的Radio City磅过，已有百三十磅；今年十一月在上海的新亚磅时，也不过百三十五磅。二十年不曾添一磅，前年到今年合计添的不过五磅，算不得胖子。"（《一九三四的回忆》，1935年1月2日写）

130磅是118市斤，135磅是122市斤。二十年即1912年到1932年这二十年，也就是二十一岁到四十一岁，胡适体重118市斤；四十二三岁，已是中年了，才122市斤。这样的身高，这样的体重，不说是玉树临风了，也可称得上匀匀称称。

风度之好，更是没得说的。山西大学的高健先生见过胡适，当时胡已五十多岁了。高先生说，那真是国士风度。五十多岁尚且如此，三十几岁时风度多好，可以想见了。

胡适还有一样过人之处，就是会体贴人，尤其是会体贴女人。这是欧美绅士风度，留学归来的大都会这一手，只能说胡适用起来更为娴熟自如。还得看人，有的人用起来，会让女人讨嫌，有的人用起来，只让女人觉得受用。胡适属于后一类。

长相好，风度好，会体贴人，再加上学问好，名声大，有女人缘那是必定的。

1923年夏天，胡适在杭州烟霞洞养病时，与他的表妹曹诚英（也叫曹佩声）有一段情缘。两人爱得如胶似漆，难舍难分。过后胡适在日记上写了好些白话诗，有的一看就是写曹的。当年8月17日写了首《怨歌》。整个诗中全是打比方，把曹比作一株移栽到别人家的梅树。

诗里说，那一年他回到山中，无意间寻着了一株梅花树。可他不能久住山中，匆匆见了，又匆匆离去。这回他又回到山中，那株梅树已移到别人家里去了。他好容易寻到那户人家，可怜他已全不似当年的风度。诗中用的是"他"，那时还不时兴用"她"。他种在墙边的大松树下，他有好几年受不着雨露和日光，害虫布满了叶上，已憔悴得不成模样。他们说，等得真心焦，要是今年还不开花，他家要砍掉他当柴烧。胡适说自己不是个轻易伤心的人，听了这话，也不禁滴了几滴眼泪：一半是哀念梅花，一半是怜悯人们的愚昧。最后几乎是喊道：

拆掉那高墙，
砍倒那松树！
不爱花的莫栽花，
不爱树的莫种树！

这感情，只能是对曹诚英处境的同情与抗议。这里面的"还不开花",隐喻曹结婚多年没有生孩子。那一年他回到山中,无意间寻着了一株梅花树,可能是隐喻他跟江冬秀结婚时,曹佩声做江冬秀的伴娘,那时他就看上了曹。

如果说上一首诗,能看出胡对曹的爱情有多深,同年12月22日在北京,日记里还有了一首,叫《秘魔崖月夜》,可看出胡的情意有多么绵长:

依旧是月圆时,
依旧是空山,静夜;
我独自踏月沉思,——
这凄凉如何能解!

翠微山上的一阵松涛,
惊破了空山的寂静。
山风吹乱了窗纸上的松痕,
吹不散我心头的人影。

后面两句,此后很多年,胡适给人写毛笔字时经常写。

后来曹佩声跟丈夫离了婚,她的哥哥资助她去美国留学,也是胡适安排的。曹后来成了一位农学家,留在国内,"文化大革命"期间去世。曹未再婚,死后遵其遗嘱被葬在绩溪上庄村外。上庄是胡适的家乡,她又不是上庄人,只可说是生不能当胡家的人,死了也要当胡家的鬼。

下面的问题是,胡与曹有没有友情以外的关系呢?

有，肯定有。

最值得注意与玩味的，是日记里1926年7月24日的一句话：

> 今日为十五日，下午骤冷，有云，竟不见月光。几年来，每年六月十五夜的月是我最不能忘记的。今天待至十时，尚不见月，惆怅而卧。

此前，对胡适来说，与月亮有关的，与感情有关的，最重要的事，是与江冬秀结婚。结婚这天，他写了一副对联：三十夜大月亮，廿七岁老新郎。结婚的日子是1917年12月30日，阴历是十一月十七日。都跟这天对不上号。必另有所指。只能是指1923年夏天他去杭州养病，跟曹佩声的感情交往。这年的农历六月十五，是公历7月28日。

1923年的日记，时间相近的篇目到6月8日就止住了，再记已是9月9日。幸喜同年附有《山中杂记》，留下了痕迹。

《杂记》载有一首长诗，题为《七月二十九晨在南高峰上看日出》。全诗激情澎湃，难以按捺。"我们"一词有七处。最后一处"我们"，出现在全诗的后三句：

> 我们不自由地低下头去，
> 只见一江的江水都变成灿烂的金波了，——
> 朝日已升的很高了！

台湾远流出版公司出版有《尝试后集》，系《胡适作品集》中的一册，这一册与胡适的其他作品不同，是从《胡适手稿》中辑出，名字是胡适早就起好的。《尝试后集》中收有《南高峰看日出》一诗，与日记中的《七月二十九晨在南高峰看日出》为同一首诗。只是诗前有小序："七月二十九日晨，与任百涛先生、曹佩声女士在西湖南高峰看日出。后二日，奇景壮观犹在心目，遂写成此篇。"于此可知，前一天晚上同住在烟霞洞的还有任百涛。这个诗序极有可能是后来加上的，有没有任百涛难说，有曹佩声是肯定的。

于此可知，前一天晚上，曹佩声在烟霞洞留宿。否则不会那么早就跟上胡适一起上南高峰看日出。

胡适来6月上旬去杭州养病，先是住西湖边上的新新旅馆，7月24日搬到南高峰下的烟霞洞去住。那时学校已放假，曹佩声便以侍疾为名上山跟胡适同住。以常情推测，不会是同一天搬去的，只会迟上些日子。再细推一下，曹佩声是学生，头一次上山看望，不会是说去就去的。此前二人已多有接触，一同游湖，一同用饭。7月28日是星期六，正是该去看望表哥的日子。当晚留下未走，29日是星期天，一早上山去看日出。此后便正式搬来，住了一段时间，理由堂皇得很——侍候病中的表哥。烟霞洞并不是个山洞，是个小寺庙。记得见过一篇文章，是一个当年上山看望过胡适的人写的，说禅房分里外间，胡住里间，曹住外间。后来胡适还多次去杭州，曹总要陪伴游玩。有时"太晚了，娟不能回校，遂和我同回旅馆"。（1923年10月22日）娟是曹佩声的小名。

据沈卫威先生考证，胡曹关系一开始就很热烈，后来曹有了身孕，胡曾有过与江冬秀离婚的举动。只是慑于冬秀的刚烈与恐吓，说是胡若要离婚，她就杀了胡的两个儿子再自杀（详见《再谈胡适与曹佩声的关系》）。纵然这是真的，我们也只能以成败论英雄，毕竟他还是成了，没有离得成，毕竟两口子还是平平安安白头偕了老。这种事情，只能看结果，不能看风波。

在美国留学时，胡适还有个洋情人，是他老师的女儿，叫韦莲司。日记里有与韦莲司的交往，看不出感情有多深。美籍华人学者周质平，写过一本书叫《胡适的情缘与晚境》，披露了当年韦莲司写给胡适的情书，真叫个大胆热烈。有这样的话："我整好了我们那个小得可怜的床……我想念你的身体，更想念你在此的点点滴滴。"两人的关系到了什么程度，可想而知。韦莲司终生未嫁。

还有个女孩——不能说是情人——对胡适的爱，到了要死要活的地步。

这个女孩叫朱毅农，是胡适一个朋友的妹妹。这个朋友叫朱经农，是胡上中国公学时的同学。朱毅农曾在胡适家里当过家庭教师，教胡适的儿子，后来结了婚，没几年又离了，爱胡爱到了发疯的地步，后来真的疯了，家里在别处租了两间房子，让她单独住着养病。1930年10月20日日记载，胡到朱家，朱毅农的嫂嫂（另一个哥哥的妻子）领上胡去看毅农，去了，嫂嫂避开，毅农对胡说："我是为了想你发疯的。"胡适当时还住在上海，很快就要移家北平。再三安慰毅农，劝她静心养病，说将来他来到北平，一定可以常常见她。毅农说："我别无指望，只望可以常常见你一面。"

隔了一天，又去看毅农，日记载：去看毅农，仍未能起床。我看她似不能久活了。此正古人所谓"我虽不杀伯仁，伯仁由我而死"，念之黯然。

朱毅农爱恋胡适甚早。早在1921年的日记里就有关于朱毅农的记载。

4月28日载：饭后访朱我农夫妇，谈及□□的事，为之长叹。

我农是经农的弟弟、毅农的哥哥，就是上面说的那个嫂嫂的丈夫。两个□，日记编者有注："手稿本"原文如此。

5月2日载：得经农一信（朱经），转送与他的妹子一看。

虽说只有这么一行字，可以揣度，此中必有某种缘由，或许是朱经农让胡适亲自劝说妹妹，不可执迷不悟。"朱经"不知何意。查中华书局《胡适的日记》，也是这么两个字。"转送……一看"，显然不是给朱毅农的信，只是胡适觉得应当让毅农看才让毅农看了。

日记里还有些隐晦的记载，稍一思索，不难看出是异性感情关系。

1933夏天，胡适在上海上船，经日本去美国，船开不久，便收到一封"船信"，推想该是上船前，有人托船上侍役明早开船后转交他。日记中的原话是："早八点半起来，船已开了三点半钟了。船上尚少熟人，故上午颇能享受一点孤寂的幸福。读A.Y.寄的'船信'，他说我有意逃避人世所谓的幸福，此亦不尽然。"（1936年6月19日）

胡适出行，历来送行的朋友众多，这个A.Y.必是送他上船的众多人士中的一位女性，是某位朋友的夫人都说不定。

1937年4月21日条下有这样一首诗：

每日飞来两朵花，
不知来自阿谁家。
就是那个痴孩子，
见得他时问问他。

这个时期，"他""她"已有分别。这里仍用"他"，可说是沿袭旧习，也难说没有遮掩的意思。此信没有落款。不说他的用法，即一个"痴孩子"，就不会是男孩子。胡适把这件事记下来，又说了句"痴孩子"，全然一副长辈的口气。据我的推测，这个"痴孩子"极有可能是他的学生徐芳。

能得到女人的欢心与爱慕，是一个男人成功的标志。以自己的风度才华，引起女人的欢心与爱慕，也是男人潜意识里的追求。从这个意义上说，胡适的人生是成功的。

当年留洋归来的文化人圈子里，有女人缘的，一个是胡适，一个是徐志摩。跟徐志摩打交道，让女人不放心，不定什么时候会传出绯闻；跟胡适打交道，女人放心，什么时候胡大哥都会爱惜他也爱惜你的。

那一代文化人中，处理与异性朋友的关系，胡某人不说是最好的，也是最好的之一。胡是个爱惜羽毛的人，有过绯闻，但从来没有酿成事端。

日常生活

看日记会发现，胡适这个人，一天到晚忙得不得了。

最多的事情，一是会客多，在家里会，去外面会。二是饭局多，应酬多。三是讲演多，多到根本应付不了。

先说会客多。会客多主要是因为朋友多。民国时代，知识界有个流传甚广的说法，多少也带点戏谑的意味，就是"我的朋友胡适之"，不管关系远近，只要沾点边儿，都爱说"我的朋友胡适之"。是一种时尚，也是一种荣耀。一个文化人，怎么会不认识胡适之，怎么会不是胡适之的朋友？

再一个是想结识的人多。只有结识了，才能说"我的朋友胡适之"。

认识的要登门拜访，不认识的要上门结识，太多了也会烦的，没办法，早在上海当中国公学校长的时候，胡就定了个会客时间，主要是会生客，就是那些想通过拜访结识他的人。后来到了北平，仍沿用此法。时间定在星期天上午，正是信教的人做礼拜的日子，他夫人说这是"胡适之做礼拜"。

1928年7月1日：今天是星期天，我家中来客最多，终日会客。这是冬秀所谓"做礼拜"也。

1933年1月7日：今天来客甚少。我五年来，每星期日上午九点到十二点，为公开见客时期，无论什么客来都见。冬秀戏称为"胡适之做礼拜！"有时候一个早晨见二三十客。今天只有三位。平日客多，谈笑风生，心情舒畅，今天客少，反而有些失落了。

前一则是在上海，后一则是在北平。

除了在家里会客，也常到外面拜访、看望。

1934年6月9日：因Mr.Roger S.Greene（罗杰·S.顾临先生）今天下午往美国，我去看他，小谈。看翁咏霓的病，又去看张奚若的儿子（患腹膜炎，加肺炎，甚危急）的病。

再说饭局多。十几年前，为写《徐志摩传》，我从山西大学借了《胡适的日记》手稿本，就是影印的原件。看的过程中发现，20世纪30年代在北平，胡适的应酬真叫个多，几乎天天有饭局。写完《徐志摩传》，闲下来没事，曾做过一个统计，想看看胡适在一个较长的时间内究竟有多少饭局。以20世纪30年代某年为例，统计了两个月，竟有五十几次，差不多天天有，有时一天有两次，有时一次要赶两个场子。

梁实秋说过："胡先生交游广，应酬多，几乎天天都有人邀饮，家里可以无须开伙。"(《胡适先生二三事》)

1935年12月7日：与叶公超回家吃午饭。二十天来，今天第一次在家吃午饭。

有时是喝了白酒喝啤酒，这儿喝了那儿喝。

1934年3月28日：唐桂梁（蟒）邀吃饭，有张远伯、危道丰、陈博生诸人，都能喝酒，我也喝了不少，颇有醉意。又同到美仙园喝了不少啤酒。同席有湖南杨昭隽，字潜庵，近校注《淮南子》，席上与我谈，他颇不满意于刘叔雅的《集解》。

平日会客多，应酬多，大都高兴，有时也会反感的。1921年7月9日：我近来做了许多很无谓的社交生活，真没有道理。我的时间，以后若不经济，都要糟蹋在社交上了！

三是演讲多。胡适会讲演，爱讲演，名声大，请的人多，有时凑到一起，根本应付不过来。

1922年10月18日：上午会客。工业专门学校、矿业专门、正谊中学、育英中学、第一女师邀请我讲演；因时间不够分配，一一辞了。

抗战期间当驻美大使，四年里头，去美国各地讲演一百多次。对宣传中国抗战，争取美国上下的同情与援助，当然是有作用的。后来被免，主要是因为时局变了。珍珠港事件后，美日开战了，与他到处讲演，难免影响本职业务，也不能说没有一点关系。

想给大家说说胡适的讲演风格。这种事，不能空说，空说了等于没说。我也听过好多人的演讲，总的感觉是，不会演讲的人多，会演讲的人少。能达到胡适这样演讲水平的人更是少之又少。坊间出有《胡适演讲集》，多是长篇文章，不好分析。1958年的日记里，贴了一篇他人的报道，较为简洁，不妨作为例子看看。

这年12月25日，台湾《新生报》上发表了一篇文章，报道前一天一个会议的情况。在这个会上，胡适有个讲演。陈诚也在座，官是主任委员，当然他还有个更高的职务。前面有些套话，不引了，只引胡适的讲演：

胡适站起来说话时，满脸笑容地说："我是一个逃兵，本会成立了四年，除了去年夏天参加一次综合研究组会议外，昨天才第一次出席会议。这几年来，各位已经研拟了三百多个方案，其中有两百多个方案已经整理好，我曾看过一部分；知道各位如此的努力，我这逃兵很感惭愧，对各位很感钦佩。"

他说："听陈主任委员说，四年多以来，本会居然没有吵架、打架的事发生，这是很好的事，讨论和研究时，因主张与见解的不同，而发生激烈的争辩是有的。但是始终没有吵架，没有打架，这是同仁们和衷共济，尊重别人意见，搜求事实的精神的表现，很值得佩服。"

他说："陈（诚）主任委员告诉我一个故事，我觉得很好，我应当为他宣传宣传。这个故事，是正当本会第一任秘书长邱昌渭就职时，陈主任委员告诉邱昌渭一句话：'不要同别人比聪明，不要同大家比聪明。'"

胡适说："我觉得陈主任委员说这句话有做总统的资格。有聪明而不与别人比聪明，这是做领袖的智慧，这是最高最高的聪明。我觉得这个故事是本会也是将来历史上的一个重要掌故。"

胡适又说了另一个故事。他说："我有个同乡圣人，名字叫朱熹。他是一个绝顶聪明而做笨工夫的人,他提出'宁详毋略,宁下毋高,宁浅毋深,宁拙毋巧'的十六个字,这是了不得的。由此可知刚才陈主任委员的那个故事,就是一个绝顶聪明的人,所走的一条笨干的路。"

他又引述龟兔竞跑的一个寓言说:"凡是历史上有大成就的人,都是有兔子的天才,加上乌龟的工夫的。能够如此,无论做什么学问,做什么事情,就都可以无敌于天下。"

他说:"我曾告诉我的学生们,如果没有兔子的天才,应该学习乌龟的功夫。万不得已学乌龟的功夫,总比学睡觉的兔子好得多。"

他说:"绝顶聪明的人,多数都是走乌龟的路。"

他说:"朱夫子的十六个字,也许可以加在陈主任委员的名言之后,为我们做光复大陆前,和光复大陆后设计工作的一个参考。这十六个字中的前面的四个字,本会已经做到了;所研究的方案,都很详细。后面的十二个字,也可以供我们茶余饭后参考。"

这是个即兴讲演,最见真本事。从中可以看出:一、放低身份,说自己是个"逃兵";二、不说空话,什么时局啦意义啦,都没说;三、主要内容是一个一个生动的事例,稍加诠释;四、得体。对陈诚的讲话,有赞赏也有补充。

胡适的讲演艺术,是篇大文章,这里只能讲这么些。

怎样写文章

怎样写文章，是我看胡适日记时特别留意的一个问题。

我经常把胡适和鲁迅两个人比较。没有别的意思，是我对这两个人都很熟悉，看他们的书多，知道他们的事多。有个问题总是困扰着我。鲁迅说，他是把别人喝咖啡的时间用于写作，看前面胡适的日常生活，可说是把别人写作的时间用来喝咖啡。可是，胡适留下的著作上千万字，安徽教育出版社出的《胡适全集》四十四卷，每册按四十万字计，有一千六百万字。《鲁迅全集》倒是有十几卷，那是注释本，像人民文学出版社新出的版本，注释文字比正文还要多些。真正鲁迅本人的著作，也就三百万字。

有人会说，胡适活的时间长，鲁迅活的时间短。鲁迅只活了五十五岁，胡适是活了七十一岁。可是胡适1949年春离开大陆后，基本没有写什么东西，先是在美国做寓公，后来去台湾做了"中研院"院长。在美国，心情与环境都不好，没写什么；在台湾，忙，生病，也没写什么。以1949年划线，也就是五十八岁，跟鲁迅差不了多少。

何以胡适的写作量是鲁迅的几倍呢？

我觉得，不能用勤惰来评判，肯定有方法上的差异。

看胡适日记，多少解开了这个谜：一、手快；二、有了想法，先写在日记上；三、有抄手。再一个是，两人的文风不一样，鲁迅基本上还是旧文人"炼字"的写法，一个字一个词都要斟酌，胡适是新文人"写意"的写法，求的是流畅自然，尽情达意，不在一字一词上下功夫。

出手快。1929年12月19日：作《顿悟无生般若颂》跋，约二千字。神会遗著四种的四篇跋都齐了。生日以来，每日作一文，成绩颇不坏。以后若能如此，今年的成绩定有可观。

胡适生日为12月17日，也就是说，到19日，一连三天每天一文。

快的一个办法是，灵感一来就写下。

1930年10月23日：早起试作《中国科学社社歌》，写成三节，请赵元任兄来商榷。后日（廿五）为科学社十五周年纪念庆祝会，北平社友会议决要我和元任试作《社歌》。这几日太忙，不曾有作歌机会。今早偶有一点意思，写出仅费半点钟。

同一天的日记，说了上面的话之后又记了些别的事。将《社歌》抄录后，又说："这是初稿，匆匆写成，仅需半点钟。后来我和元任斟酌了两次，改定稿附后。"附的改定稿连谱子都有，显然是印出后补贴上去的。

也不是说胡适就不勤奋。白天应酬多，常是晚上写文章，有时一写就写到天亮。

1928年7月3日：昨夜做完《名教》一文，到今天早上四点十五分才完。此文做的殊不满意。

夏天的四点十五分，差不多就天亮了。

这个是歌词，不长，可一挥而就。长文也有这种情形。

1926年9月30日：十点将睡了，忽然想起《词选》将出版，应有小序。就赶作一序，共写了十三页，校毕已是两点钟了。近年作文，此文要算最快的了。客中无书，竟不能作好文字。

还得说，胡适是个很会写文章的人。当然，鲁迅也是写文章的高手。胡适常教人写文章，教的办法，也是自己的办法，要不就是骗人了。1923年4月8日：清华学校学生吴景超（歙县人）来谈。他问求学与作文之法，我说，只有"小题大做"四字，切不可"大题小做"。

题目最重要。1934年3月1日：想为《大公报》作星期论文，试作两题，均不满意。演说作文不难，难在得题；题目想定时，文已大半成了。

平日有了想法，便写在日记里，一则日记，常常就是一篇文章，要发表了，拿去就是了。

1921年6月20日：这一天的《日记》，因为有一篇《楚辞》的讲演，被我抽出修改付印在《读书杂志》的第一期上了，原稿割裂不能收回，故将印出的本子附在这里。（十一，九，十九，胡适。）

有时，也可以抽出几页，送朋友看。

1922年4月22日条下，附有21日给蔡元培的信，信上说：今送上《日记》六页，记有刻本未收的材料，阅后请掷还。

这就要说到胡适的日记本了。20世纪20年代初有两年，他的日记不是记在本子上，而是写在稿纸上。过一个时期，攒得多了，再装订成册。只有这样的日记，才能随时拿出几页送去发表，也才能拿出几页送朋友看。

中华书局1985年出过上下两册《胡适的日记》，当时还是限国内发行，《编辑说明》说："一九二一——一九二二年日记：胡适自题《胡适的日记》。一九二一年分五册，起四月二十七日，讫十一月十四日；一九二二年分六册，起二月四日，讫十一月二十三日，均略有残缺。这一部分日记系用散页稿纸所记，并分年硬面精装，汇订成两厚册。"

至于抄手，不是专门雇的。他有两个孩子，常是以教孩子的名义，聘请一两个抄手住在家里，早年有章希吕，后来有罗尔纲。抄手的任务，一是将他的草稿抄写成文，再就是将他的信抄下留底。借书、查资料就不用说了。这一点是鲁迅想不到的，如果说鲁迅还是个体手工业者的话，胡适这儿已是小型作坊了，生产效率要高得多。

再说说胡适的文风。

自然流畅不用说了，还有个特点是活泼幽默。遇上不理解的人，会惹出事来。

1923年4月初，梁漱溟（当时用"冥"）与胡适之间有一段文字纠葛，日记中留下了记载。

胡适看过梁漱溟的《东西文化及其哲学》，写了篇文章发在《读书杂志》上，送给梁看。梁看了不太高兴，觉得胡的语气不怎么厚道。胡看的书，是梁送上请教的。4月1日，梁写了封信，一面表示感谢一面发出责问："尊文间或语近刻薄，颇失雅度，原无嫌怨，曷为如此？愿复省之。"

胡适本来没有什么恶意，只是想让行文的笔调活泼些，幽默些。现在惹下了梁，只得"复省"一番。4月2日回信里说：

"嫌怨"一语，未免言重，使人当不起。至于刻薄之教，则深中适作文之病。然亦非有意为刻薄也。适每谓吾国散文中最缺乏诙谐风味，而最多板板面孔说规矩话。因此，适作文往往喜欢在极庄重的题目上说一两句滑稽话，有时不觉流为轻薄，有时不觉流于刻薄。在辩论文之中，虽有时亦因此而增加效力，然亦往往因此挑起反感。如此文自信对于先生毫无恶意，而笔锋所至，竟蹈刻薄之习，至惹起先生"嫌怨"之疑，敢不自省乎？

下面还有具体的说辞，说哪几句确有刻薄之嫌，哪几句是对方神经过敏了。并说两人为文所取的态度不同，才会有这样的分歧。末后还说，像梁先生这样凡事太较真儿的，书中也有对他人刻薄的地方。后来将他的评论文章收入文集时，将这两封信稍作删节，做了附录。

怎样做学问

胡适是个学问中人，较之创作，还是学问上的本事大些。只是他的做学问，不像我们平日说的，要成为什么家，实现自己的人生理想，为学术为社会做出贡献。他的境界更高些。

他认为，一个文化人，要经常选个题目，研究学问。这样做，是人生的乐趣，也是人生的必需，要不活着就没有意义。

1923年7月在杭州游山，遇见简又文，27日在日记里补记了当时的情形和过后的感想：

前几天在山上忽然遇见Cornell（康奈耳）的旧同学简又文君，他是学神学的，那天谈起，他这几年来正在收集关于太平天国的史料，想作一本太平天国小史。他这一次来杭，也是为收集史料来的。他的"参考书目"——中有许多欧洲人的著作——竟是随身带着走！旧同学中竟有此人还在做一种学问上的研究，使我心里喜欢。（他住上海青年会。）

我屡次在公众演说内指出我们做学问的人，必须常常有一个——或几个——研究的问题，方能有长进。有了问题在脑中，我们自然要去搜集材料，材料也自然有个附丽的中心，学问自然一天天有进无退。没有研究的问题的人，便没有读书的真动机；即使他肯读书，因为材料无所附丽，至多也不过成一只两脚书橱！何况没有问题的人决不肯真读书呢！我常说，留学生回国之后，若没有研究的问题，便可说在学问方面他已死了！今日想起简君，有感而记此。

简又文后来成了著名的太平天国史专家。

1930年10月23日：一个人的生命全靠兴致。兴致一衰，便无生趣了。

1943年2月13日：做学问，不光是为了救国，建国，等等；学问是给我们一生一点愉快的享受。

胡适认为，做学问没有别的方法，只有一个，就是科学的方法。"科学方法只是不苟且，不懒惰，肯虚心的人做学问的方法。说破了不值半文钱，学起来可要毕生的努力。"（1934年3月8日）另一处说：我讲科学方法只是常识的方法，只是受制裁的常识。所谓"受制裁"者（controlled），只是处处注重证据。我举三类例：（1）折狱，（2）考证，（3）科学思考。（1934年2月21日）

举个做学问的例子。

1929年11月19日条下有这样一段文字，且有题目，叫《隋代有刻版书吗？》：

> 前人有主张隋朝已有刻书的，引开皇十三年敕"废像遗经悉令雕撰"为证。（眉批：此据《历代三宝记》十二，文帝《忏悔文》。《隋文》三。）

今天读隋炀帝《宝台经藏愿文》,中云:

宝台四藏,将十万轴,因发弘誓,永事流通。仍书愿文,悉连卷后。……长存法本,远布达摩。必欲传文,来寺书写,勿使零落。

此可见当时还不曾有刻经的事。

由这一段小文,可知怎样做学问。一、要博览,要多看。二、一些重要的观点和材料,还能记住,需要用时能找出来。三、见了相关的资料,能联想起来。四、联想起来还不行,还要敢下判断。学问就出来了。

这只是一个例子。真正做某种考证释疑的文章,要比这复杂得多。例子简单的好处是,看得分明,道理说得清。

再举一个做学问的小例子。

1925年日记里附的《南行杂记》里,有这样的记载:

我前读范仲淹的集子,中说吴越钱氏兴水利,故一石米直五十钱,今人或不信此事的可能。今人(天)读张九成《横浦日新》一诗,得一旁证。九成引徽宗朝唐子西的《内前行》,末云:
周公礼乐未要作,致身姚宋亦不恶。
我闻二公拜相年,民间斗米三四钱。

斗米三四钱,是一石三四十钱了。此虽不同时,亦可供参考互证。

这个办法,就是后来学界赞誉的"以诗证史"。陈寅恪最会这一手。

胡适认为，一个有心人，随时都可以进行做学问的训练。

1926年10月，在伦敦查看敦煌卷子，10月23日晚乘火车离开伦敦，渡海峡去欧洲大陆。一个叫元龙的朋友送他上火车。当天的日记上写了在火车上遇到的一件事。

刚上车，时间还早，与元龙谈天。来了个人，坐在他们坐的包厢里，坐了一会儿跟他们攀谈，说他是去柏林。一会儿又说：刚才在车站想换五镑钱，竟换不出来。胡适说："你到饭车上问问看，也许有法子；若实在没有法子，我也许能换给你。"他下车去了。胡很后悔不该说可以换钱的话，因告元龙，此间五镑票常有假的，不可不防。元龙说，此人似是上等人，大概不要紧。

一会儿，元龙走了，那人又回来。手上拿一张折叠起的纸，说："不行！跑了三个窗口竟换不着。"胡见他的行李始终没有来，有点疑心，因为只消花一个铜子就可以进站。胡问他："你的车票已在cook（饭车）买了，要钱干什么？"对方说："欠了朋友三十五个先令，他在车站上候我还他。你能先借我两镑钱，等会在车上还你？"胡想，"不妙，他要骗钱了。"疑心那张折叠的纸不像钱票，问道："你把五镑票给我，我换给你。"对方说："不是五镑，是十镑。"胡想，算了罢，不换更省事。

一会儿那人又说："Can't you oblige me?（借点钱给我，如何？）"胡说："怎样？"对方说："借我两镑？"胡不说不借，偏说："你把十镑的票子给我，我可以勉强凑给你。"对方也不说不换，只不拿出钱票来。一会儿他向窗外微笑点头，做打招呼的样子，开了门，下车去了。以后上车的多了，没有再回来。

写完上面的情形，胡写道：此是伎俩很笨的骗子，但以后更宜小心。出门作客如同考证古史,宁可过而疑之,不可过而信之。

这等于是将他信奉的疑古的治学方法,在这儿用了一次。

这是一个成功的例子。还有一个例子,就完全失败了。

1928年在上海,8月7日条下记了这样一件事:

> 今日有一小事,可为思想步骤之例。
>
> 向来《字林西报》送到最早,约七点以前可到。今早我起来时已近七点。《字林报》还不曾到。八点半,中国报都到了,《字林》仍不见到。我遍寻楼下各房间,皆不见此报。
>
> 于是我们都猜何以不见此报:
>
> (1)送报的人遗漏了。
>
> (2)我的报费满期了。
>
> (3)今日本无报。
>
> 但(1)是极少可能的。
>
> (2)我没有接到通知。
>
> (3)今天或昨天是假期,我想起去年八月初到伦敦正逢"银行假期",此报是英国报,故守英国例假。细检日历及大字典,"银行假期"果在八月第一个月曜日,即昨日。于是"昨日放假,今日无报"的假设遂战胜了。
>
> 但中饭时,王妈忽把《字林西报》送上楼了!原来送报人把报隔篱笆抛进来,落在篱边的小树底下,故我们都没有瞧见。于是一个已证实的假设又被更强的新证据推翻了!
>
> 记此以自警。

爱买书

胡适学问好，与他买书多有极大的关系。刚回国那几年，他买的书，多是线装书，旧书。这类书，大都是北京琉璃厂的书店卖给他的。当年这类书店，对老客户采用赊账的办法。来了好书，让伙计送到顾客家里，看中了什么留下就是了。什么时候结账呢，有三个节气是结账的时候。一是端午，一是中秋，一是年底。

1922年5月31日日记载：今天是旧端午节，放假一天。连日书店讨债的人很多。学校四个半月不得钱了，节前本说有两个月钱可发，昨日下午，蔡先生与周子廙都还说有一个月的钱。今天竟分文无着。我近来买的书不少，竟欠书债六百多元。昨天向文伯处借了三百元，今天早晨我还没有起来，已有四五家书店伙计坐在门房里等候了。三百元一早都发完了。

1922年10月5日：今天为旧历中秋，来客甚多……这一个节上，开销了四百元的书账。南阳山房最多，共二百七十余元，我开了他一百六十元。

在国内买，在国外照样买。

1926年12月23日：元龙与章洪楣来，谈甚久。我把不需的书籍一百四十册交赫卫特公司输运回中国去。来时不曾带书，几个月之中已积了不少书了。

胡适有多少书呢，没有什么统计数字。有的回忆文章里，说他当年在米粮库、东厂胡同居住时，有个房子全是书。1926年12月在英国，手边没有书，无法写正经文章，12月17日的日记上说：自从去年九月出京后,和我的"书城"分手太久了,真有点想念他。这一年多,东奔西走,竟不曾做一篇规规矩矩的作品。

去年是1925年。他是1917年回国的,到1925年不过八年,就可以"坐拥书城"了,可知买书数量之巨。

爱不爱买书,是判断一个人是不是真正爱读书的标志。

真正文章写得好的,学问做得好的,没有不爱买书的。尤其是做学问的人,不买书肯定做不好学问。套用一句古话,可说:世有谓学问好而不爱买书者,吾未之闻也。

有人会说,钱锺书就不藏书,家里就字典多。

钱氏是奇人不假,但也逃不脱这个定则。有人说,钱有照相式的记忆,看了什么就能记住。就算是真的,但著书时,敢仅仅凭记忆吗?苏东坡说过,他凡是引文,都要查原书。"文革"后期,钱锺书因为与同住的一位同事起了纠纷,搬到单位会议室住。要整理《管锥编》,自己不便回去,让年轻同事回去,一次就搬来两麻袋的笔记本。可见,他是个看书记笔记的人。书是借图书馆的,抄了就要还,不能随时翻检体味,也就难以融会贯通,多方属联,做成学问。这正是他的学问的缺陷,是大毛病不是小毛病。

谢泳有篇文章叫《从两部前辈日记看钱锺书的个性》,引用了词学大家夏承焘《天风阁学词日记》里的两句话:"阅钱锺书《谈艺录》,博览强记,殊堪爱佩。但疑其书乃积卡片而成,取证稠叠,无优游不迫之致。(第七册,2页)"夏老还是太厚道。若真是"积卡片",反倒没有这个毛病了——卡片是可以互相调配的,相关的卡片摆在一起,学问就出来了。钱是用笔记本,想来且是分类记之,只能叠加,不能调配,于是便出现了一引便是二三十条佐证这样可怕的现象。用自己的书就不会有这个毛病,只要记性好,重要材料大致知道在什么地方,随时翻检,相互属联,细细体味,不难做成学问。

人格修炼

日记,不光是胡适人格修炼的记录,也是他人格修炼的方法。方法,一是自责自励,一是及时总结。

胡适是个很注重人格修炼的人。他的风度好,声望高,多得自于这上头的功夫。

在好些人的印象里,胡适是个一团和气的人。不会的,若真是个一团和气的人,人气就不会那么旺,也不会那么受人敬重。

他的修身,不是把自己修成个谦逊谨慎、戒骄戒躁的君子,而是把自己修成一个既善良又正直,既和气又威严的人。

早在美国留学时,胡适就注意到这个问题了。他一直坚持不徇情面,不说违心的应酬话,这个品格,留学时就养成了。

1921年5月19日载:我从前也不肯十分破除情面。在Cornell(康奈耳)时,听我的朋友Prof. M. W. Sampson(M. W. 桑普森教授)说一件故事,使我终身不忘。他说,有一年,他在英国,住在一个大学教授家里。有一天,那个大学的校友会开辩论会,请一位大政客来演说,演说完后,大家加入辩论,演说者须逐一答辩。那位演说者实在不高明。会散后,主人问他以为今晚的演说如何,他不便贬斥主人国家的一位名人,只好随口说:"我认为这相当有意思。"这句话在美国是一句不置可否的话。但英国人却把"有意思"这个英文词当作褒词,他的朋友当即放下面孔,很诧异地喊道:"有意思!我认为那简直糟透了！"他非常惭愧。从此以后，立誓不作这种敷衍人的话；无论什么人拿一首诗或是一出戏来请他批评（他是英国文学教授），他一总是老实告诉对方：好的，他就说是好；不好的，他就说是不好的，——从不欺人。（按：以上是撮述，非原文。）

记述了上面这个故事，胡适写道："他的话，让我深信不疑。因为我第一次做成一篇《易卜生主义》时，我拿去请教他，我并不是他的学生，而且我们已做了一年多的朋友，他竟全不客气，说我不应该强作'什么主义''什么主义'的分别；他替我改了好几处，直到后半篇，他才说了一两句赞辞。这种态度，使我敬畏。我自从听他那番话以后，也立誓不徇情面，不说违心的应酬话。我有时或不能完全做到这步地位，但我希望总不致十分对不住我这位师友。"

事实上，回国后的多年，他确实是这样做的。

对一种叫作"用无礼表现的粗鲁"的做事风格或者说是品格，胡适是很反感的。

罗文干（钧任），是胡适的朋友，1933年时任国民政府外交部部长，是那种作风强悍的外交官。6月14日，胡适在南京，这一天罗文干邀胡去官邸，参加他的一次外交会晤。会晤的是英国大使馆参赞应歌兰（Ingram）。汪精卫也去了，比胡迟，比参赞早。胡适在日记里记下了这次会晤的过程。说罗文干："他太rude（无礼），又太crude（粗鲁），皆似有意学李鸿章与伍廷芳，亦足以此起不必有的反感。如他今日见精卫，短衣赤脚；见Ingram时，也短衣赤脚。精卫甚不以为然，颇劝他。他似有意示我们他瞧不起外国人；此则是他用rudeness来表现他的crudity了。他与Ingram谈时，对方说，中国政策新颁新税则，星期六决定，下星期一已施行，殊不便于商人，宜有较长时间的预告，使商人有准备，钧仁悍然问：这是条文规定的吗？对方说：条文虽未规定，人情应当如此，他又说：那么我们岂不是完全合法？此种答话，似强项而实失同情，无补于国家，只挑起反感耳。我见他们口角神气，真使我不安，因为我深信钧仁的 rudeness（无礼）是做给我看的。我只好站起来告辞走了。

这种以无礼表现粗鲁的做人做事的风格，今天许多人身上都还有。有些人以此自豪是没有道理的，这是一种教养不足的表现。

1928年12月1日的日记上有句话，最能说明胡适的品格。他对一个朋友说："我的毛病很多，但从不曾犯过客气的毛病。"

看书的过程中，我忽然产生了一个感觉，或许是由这句话来的，更多是看了许多事情之后悟出来的：胡适是一个客气的不客气的人。用客气的态度，表达不客气的看法。

分几个方面说说，各举一例。

对学生。1937年2月21日日记载：读罗尔纲《太平天国史纲》一册。下午尔纲与吴春晗同来，我对他们说："做书不可学时髦。此书的毛病在于不免时髦。"又说，"我们直到近几年史料发现多了，始知道太平天国时代有一些社会改革。当初谁也不知道这些事，如何能有深重的影响呢？"

对同事。1921年6月5日日记载：沈兼士自首善医院来，报告今天军警围守医院，不许人入内看视受伤教职员……院中医药与饮食都不周全。我听了急请孟和打电话寻严季约（首善的副院长），请他照料。沈君后来告诉我说，他这番是故意过甚其辞，要耸动人的。这种手段，我很不赞成。

这里没说当时说了些什么，又是怎样说的，以胡适的个性和沈的身份，应当是说了什么话的，只会是客气地说出。沈比他年长，地位也比他高。

对朋友。1929年5月11日的日记上，附有两封给《中国评论报》编辑刘大钧的信。第一封信上说：

能否将我的名字从《中国评论报》首页的名誉编辑名单中取消？身为名誉编辑，却从未做过实际工作，实在令人惭愧。

落款是：你的忠实的朋友胡适。

第二封信上说：

当日《评论报》之发起，我本不预闻；后见报纸登出我的姓名，我本欲抗议。后来所以不抗议者，只以深信吾兄是个学者，必不至于有什么意外的动机或作用。但《评论报》出版以来，颇多使我大失望之处。我觉得这个报已不是一个"评论报"，已成了一个官办的"辩护报"了。官办的辩护报并不是不可办，但用不着我们来捧场。即以最近一期（Vol II, 19）为例，社评中论《字林西报》的事，有云：

As a matter of general principle, the government has always recognized the freedom of speech.

（在总的原则上，政府一直是承认言论自由的。）

季陶兄，我读了这样的话以后，还有脸做《评论报》的名誉编辑吗？君子绝交不出恶声，故前函只是很客气的辞职。今得来书，不许我辞，故不得不说几句老实话，千万请原谅。

落款：胡适。

对尊长。1922年6月8日日记载：今天报载蔡先生们要发电催促黎元洪来京，我不赞成此举，下午写信给蔡先生，劝他勿发此电。晚间他回信如下……

蔡先生者，蔡元培也。其时蔡是北大校长，胡仅是哲学系教授。即便跟蒋介石这样的人谈话，也是这个态度。

1948年10月28日：

今夜总统蒋先生约吃饭，我很质直地谈了一点多钟的话，都是很逆耳的话，但他很和气地听受。

1. 局势很艰难，有很大的危险。
2. 决不是一个人所能对付，必须建立一个真正可靠的参谋部。
3. 必须认错，必须虚心。
4. 美国援助不是容易运用的，也须有虚心作基础。
5. 黄埔嫡系军人失败在没有根底。必须承认这失败。
6. 国军纪律之坏是我回国后最伤心的事。
7. 必须信赖傅作义，真诚地支持他。
8. 北方的重要千万不可忽视。
9. "经济财政改革"案实有大错误，不可不早早救正。
10. 我在南方北方，所见所闻，实在应该令人警惕！例如人们说，"放弃大城市若继续在别处作战，那是战略。试问放弃石家庄后，在何处作战？放弃济南后，在何处作战？放弃郑州开封后，在何处作战？"

这种责备，不可不深思反省。

也不是说就不发脾气,该发的时候还是发的。

1937年10月1日日记载:下午Pardee Lowe(帕迪·洛厄)来说,广播电台嫌我的讲词太厉害,要我修改。我大生气,告诉电台中人,宁可取消广播,不愿修改。后来他们倒更客气了。

胡经常帮助年轻人,对那些不守诚信的,也会当面给以颜色,给以教训。1921年7月15日,离开北京去上海,当天的日记上载:

前不多时,有一个少年来借钱,我因为他尚有可取,故借了三十元给他。此人约昨日送还,我答应了。昨日他并未送来,今天他也在车上,我很冷淡地对他,告诉他不应该辜(辜)负了我们以诚信待少年人的好意。我记此以观后效。

还有一点,也是常人难及的。就是,不管写文章,还是给人题字,都工工整整,清清爽爽。他的毛笔字不是很好,但是谁看了都喜欢。写字,最见一个人的品格。这一点,本来是放在"怎样写文章"那一节里的,想想还是放在这更合适。

1934年4月份1□日(按:处在11日与15日之间,只此一则,底本不清,编者不知该定为何日),有个叫申尚贤的年轻人,给胡适办的《独立评论》送稿子,有才华,就是书写太潦草。日记上说:"今天我劝他写稿子要写的清楚,不可潦草。他的稿子很难读;若不是我用心看,几乎看不下去。我对他说,程明道说:'吾作字时甚敬,非欲字好,即此是学。'此言甚有理。"

书写绝不是什么工具,表达,这样简单的事。你看不清,认真看就行了。这是一种不负责的态度,不是对别人不负责,是对自己不负责。我当过多年编辑，看见持这种书写态度的投稿者，觉得很是悲伤。不是悲伤他写稿登不了，是持这样的做事态度，到了社会上，能做成什么事？程明道的这个说法，就更进一步了，这不是写字，这就是"学"，做学问的"学"，学做人的"学"。

胡适一生有大成就，与这种"作字时甚敬"的态度绝不是没有关系的。

说了这么多，也不是说胡适就没有缺点。

最大的缺点是，有察人之明，无任事之能。听他品藻人物，分析事理还行，一搭在做事上就不行了。他说这是因为他"长于妇人之手"，从小没父亲，是母亲抚养大的，有妇人之仁，没有男子汉气派。早在三十二岁时，他就说过："我在这两个大分化里，可惜都只有从容慢步，一方面不能有独秀那样狠干，一方面又没有漱溟那样蛮干！所以我是很惭愧的。"（1923年12月19日）

再一个是，得意了也爱吹。看书的过程中，我有个感觉，他的"中国文艺复兴之父"的声誉，多半是自己吹出来的。据何炳棣的《读史阅世六十年》，何到了美国跟胡适说，他的儿子胡祖望上中学，国文不及格。胡笑了，说："中国20世纪文艺复兴之父的儿子居然国文不及格！"是开玩笑，也不能说就不是真情。

日记中有他讲这个话题的记载。"二点三刻，赴此间大学公开讲演，题为'Chinese Renaissance'（《中国文艺复兴》），讲不到三点四十分，即匆匆停止，赶上船去。"（1933年6月29日）

讲中国的文艺复兴，能不讲他自己的功劳吗？

胡适还有个大缺点，就是没有恒心。感情脆弱，容易受诱惑，陷入男女之情，抹不开朋友的情面。男女之情前面说了，说一下抹不开朋友的情面。

1921年夏，高梦旦请他出任商务印书馆的编译所所长，他明明知道不合适，还是去了，一待就是差不多两个月。最后还是推荐王云五了事。成名后，几次有做官的机会，还是动心的，只是碍于时局，没有答应。出任驻美大使不算，那是战时政府征调，理应服从。

没有恒心，最明显的表现是记日记。可能有人会说《胡适日记全编》八册近四百万字，从留学记到去世前三天，还不是有恒心的表现吗？不能这么说，胡适日记字数多，是因为多数情况下，一则日记的字数多，合起来字数就多了。我说的有恒心，是指坚持一天挨一天地记下来。胡不是这样。有时一年不记，比如现存日记里没有1918年的。1919年11月开始记日记后，到1920年9月停止，再开始就到了1921年4月。1921、1922两年记得很勤。1923、1924两年，也还说得过去。到1925年就不像话了，整整一年，只有1月17、18、19、25日及2月1日五则，外加一篇《南行杂记》。20世纪30年代记得又比较勤，也有几次，一隔就是两三个月，或是二三十天。

胡适的过人之处，是能随时自责自励，知道错了，就赶紧改正。他在某一个较长时间不记日记，有时是懒散，有时是情绪消沉，有时是有意回避。不管怎么说，从留学起，大致还是坚持记下来了。

可以说，记日记是他自责自励、自强不息、修炼品格的一种方式。用这种方法，不时地校正自己没有恒心的天性，最终使自己成为一个有恒心的人。这又是一种有恒心的表示。就像他容易受感情诱惑，又能及时摆正，不偏邪下去，最终还得说是个君子。

对山西的看法

最后谈谈胡适对山西的看法。

胡适对山西印象不怎么好，但还是很关心的。

1921年5月11日日记载：

> 敬斋又谈山西事，我觉得我前年不曾多考察山西的实在情形，实是我对不住山西人的地方。我们对于山西，不该下消极的谩骂，应该给他一些建设的意见。现在山西第一要事在于人才。山西大学便是第一步应改良之事。我当为阎百川一说。

这是因为，1919年10月，胡适曾陪他的老师杜威去过山西。后来在给朋友的信上说，他在太原的街上，看见路灯柱上都贴着白底黑字的格言，如"公道为社会精神、国家元气""天下具万能之力者，其唯秩序乎"。有许多都剥落模糊了。他认为，这种"圣谕广训"式的道德教育是不会有良好的效果的，人人嘴上能说许多好听的抽象名词，如"公道""秩序"之类，是道德教育的一大障碍。还说，"山西大患在一贫字。年来新政不能不用本省人，不能招用客卿，也是因此。客卿远来，很不能与本地人争生计上的优胜。但是山西现在的发展计划决不能全靠本地人才，本地人才决不够用……这个困难问题将来正不知如何能够解决。"

应当说，胡适对山西的看法还是对的，山西的第一要事在于人才，这个看法现在也不过时。这次来山西，跟山西的政要有交往，后来有了事,还给阎锡山写过信。

1922年9月16日:

夜归得牟震西君信,知他为《努力》(18)的文章,竟连累他的哥哥,——兴县知事,——被赵次陇把他的知事取消了!我无法,只能写一长信与阎锡山,责备他不应该如此狭陋。

赵次陇就是赵戴文,当时的职务大概是都督府秘书长。

时间长了,对山西的看法更不好了。

1934年1月25日:

沈昆三从山西来,谈山西近况。他说,太原的商店多受鸦片勒销的困苦,故往往关门,引起恐慌。阎锡山近来不但贪财,并且荒淫。我回想民国八年游山西时所见"自省堂""洗心社"的情形,不胜慨叹。

抗战期间,胡适出任驻美大使,对山西的战事也还是关心的。

1939年3月26日:

冀朝鼎来谈,他新近从国内来。他是冀贡泉先生(育堂)的儿子。他父亲也和他同来美国,现住纽约。山西老阎的一部分人,至今还在苦战,但(冀君说)晋南现在差不多全成焦土了。

对某些山西人,他的印象还是很好的。

1933年5月28日的日记里,记了一个忠义的山西人。有个叫赵敬时的年轻人,刺伤了一个日本兵,一名日本宪兵带着翻译,到胡适家调查取证。说是赵敬时的日记上有这样的话:"四月十五日到米粮库四号访问胡适之先生,当承接见,所谈约分下列各点……"胡说他毫不记得有此人过访。宪兵走后,他检查来客名片,有赵的,上面写着"《河南晨报》社新闻记者赵敬时""晋南猗氏"等字样。

说不记得,当然是假的。没有很深的关系,也是真的。从口气上看,对这位年轻人,还是尊重的。说起来,这个抗日义士还是我的老乡。猗氏,就是现在的临猗县。

印象最好的是傅作义。1937年1月25日日记载:

傅作义将军为他的先父子馀公建纪念堂,来函征文,说"所求不过十数人"。其附来的行状历叙他年少时种菜、挑担、赶马车、卖煤,颇能纪实。今夜为小诗:

拿得起鞭子,挑得起重担子,
靠自己的气力起家,这是个有担当的汉子。

老子不做自了汉,儿子能尽忠报国,
这儿来来往往的人,认得他爷儿两个。

要记住胡适的话,不要做自了汉。所谓自了汉,就是只知道顾自己,不知道国家民族为何物。

今天就讲到这儿。不是让你们学习胡适的什么,只是要大家知道,中国现代文化史上，众多杰出人物里，还有一个叫胡适的。能起到这个作用，我就满足了。若说有什么需要叮嘱的，有两点：一是不要做自了汉，要有担当；二是像胡适那样，做一个客气的不客气的人。

本文系在山西省图书馆文源讲坛演讲的讲稿
2011年12月25日讲
2012年2月29日改定

傅斯年：人间一个最稀有的天才

傅斯年的样子

说一个人，最好能弄清他是个什么样子。知道了样子，他的性格品质，为人行事，才能落到实处。不知道样子，说起来总有点玄，像个鬼魂似的飘来飘去，落不下来。知道了样子，就是一个实实在在的人。纵然有些出乎预料，也可以让你产生别一种感慨。比如一个建立了不世之功的人，瘦小猥琐，全无伟丈夫的气概，会让你平添人生的信心：彼能如此，我何不能？

也有的人，一看样子，就让人敬重不起来，比如我，黄面无须，三角眼吊梢眉，一看就是个穷作家。有的人不用说，样子早在人们心里固化了，比如林徽因，谁都知道又漂亮又干练，怎么个漂亮怎么个干练，各人都有各人的判定。有的人，不说样子，你决然想象不出来的。傅斯年就是样的人。

傅斯年的样子，可说高大肥胖。怎么个高大怎么个肥胖，还是想象不出。

说个故事吧。

抗战时期在重庆,有一次傅斯年、李济,还有一个名叫裘善元的,同去参加一个宴会。宴会结束,主人为他们雇好了滑竿。那时候,重庆大概没有出租车,滑竿就是最好的代步工具。六个抬滑竿的工人守在饭店门前,等着客人出来。第一个出来的是裘善元,工人们见是个大胖子,都不愿意抬,互相推让,总得有人抬,两个自认倒霉的抬上走了。第二个出来的是李济,剩下的四个工人一看,比先出来的那个还胖一些,又是一番推让,两个自认倒霉的抬上走了。等到傅斯年最后出来的时候,剩下的两个自认为逮了便宜的工人一看,吓了一大跳,这个比刚才那两个还要胖,两个工人抬起滑竿扭头就跑。

在我的印象里——当然是读书得来的——民国时期的名人,高个子的不多,军人里头,冯玉祥是高个子,当在一米九。文人里头,创办南开大学的张伯苓是高个子,也在一米九。清华教授杨振声是高个子,当在一米八。傅斯年的个子,跟普通人比起来,算是高的,跟高个子的人比起来,不会很高,也就一米七五吧。主要是胖。当时就有人叫他"傅大胖子"。

大胖子是大胖子,不黑,可说是个大白胖子。据他的秘书那廉君回忆,抗战期间,社会学家陶孟和曾说:"傅孟真要是唱平剧,扮曹阿瞒,不必穿厚底靴子,也不需要穿棉坎肩,更不必在脸上搽白粉。"平剧就是京剧,曹阿瞒就是曹操,舞台上的曹操都是白脸的。(《傅斯年的故事》)孟真是傅的字,那个时代,朋友间通常是叫字的,亲切,也敬重。

傅斯年的胖,不是后来饱食终日、无所用心吃胖的,年轻时就胖。蒋梦麟是1919年五四运动之后,去北大代蔡元培处理校务的,当时傅斯年已经毕业,还没有去英国留学,于是见了傅。这是两人首次见面。蒋看到的是学生时代的傅,"他肥胖的身材,穿了一件蓝布大褂,高谈阔论了一番五四运动的来踪去迹"。(《忆孟真》)

有的人太胖了,忌讳别人说他胖,傅没这个毛病。

罗家伦是他大学同学,又一起留洋。在国外,有一次,罗笑傅,"有时把伏台尔(Voltaire)的精神,装在赛缪·约翰生(Samuel Johnson)的躯壳里面,约翰生是个大胖子。……至于说到孟真像约翰生,他倒不以为侮的;有时他拍拍肚子,还以他自己是胖子自豪"。(《元气淋漓的傅孟真》)

这样说来,傅是个高高大大、肥肥胖胖、白白净净,看去也还儒雅和善的人。

就这么个样子,好看不好看,得看什么人看,有人看了格外敬重,有人看了说不定就厌恶。

历史学家唐振常,年轻时见过傅。1947年夏天,唐在《大公报》当记者,听说傅从美国回到上海,住在枫林桥中研院驻沪办事处,便去探访。唐是个进步青年,当时只有二十四五岁,"本来在政治上就对他很有看法,见他肥胖不堪,穿一件其时上海未曾见的极花的夏威夷衫,说不出是一种什么味道,就颇不喜欢……这一面之晤,增加了我对傅斯年的坏印象"。(《关于傅斯年》)

实际上,唐看到的傅,已是在美国治病回来,瘦多了。没办法,政治上先把一个人当成了反动派,怎么看都是个丑陋不堪。

人光是个大胖子不是本事,不在乎别人说,也不能说就是宽容,也可能是无奈。

傅不是这样,他是肚子里有真货的人。唐朝的安禄山,也是个大胖子。据说跳起胡舞，肚子能甩起来。早有反意，未反之前，在皇上面前还要装作一副忠君爱国的样子。一次皇宫宴会上，唐明皇问他，你这么大个肚子，里面都是些什么东西，他说，唯有对皇上的忠心一颗。回去不久，就"渔阳鼙鼓动地来"了。傅斯年的肚子大，是有真学问真本事，有对国家民族的担当，当然，也有对国民党政权、对蒋介石的忠诚，要不，中华人民共和国成立前不会去了台湾。

在中国现代文化史上，傅斯年是个重要人物，不是说官多大，是品质好，有担当，做的事情影响大。

要说官，也不能算小。当过中山大学的文科学长（相当于文学院长）、历史语言研究所所长、中央研究院干事长、北京大学代理校长、台湾大学校长。那个年代，学术机构里的职务，不算是官。抗战时期，当过国民参政会的参政员，相当于战时议会的议员，就更不能说是官了。应当说，台湾大学的校长，还是个官的。

光看这些，只能说是个文化人或者文化官员。一个文化人、文化官员，在那么一个时代，能做出什么事情，搁在现在是无法想象的。傅一生做的事很多，三个小时内说不完，只能挑重要的说，还得有个线索。

按照评价，分几个方面说是个办法。我说了不算，得找个大名人。

他死后不久，台湾出过一本《傅孟真先生集》，序是胡适写的。序里说："孟真是人间一个最稀有的天才。他的记忆力最强，理解力也最强。他能做最细密的绣花针功夫，他又有最大胆的大刀阔斧本领。他是最能做学问的学人，同时他又是最能办事、最有组织才干的天生领袖人物。他的情感是最有热力，往往带有爆炸性的；同时，他又是最温柔、最富于理智、最有条理的一个可爱可亲的人。这都是人世最难得合并在一个人身上的才性，而我们的孟真确能一身兼有这些最难兼有的品性与才能。"

这评价很切实，没有什么大话，却不能说低。胡适本人就是个天分极高的人，轻易不会说谁是天才。胡适也是个学问品行都很好的人，轻易不会在这上头这么夸奖人。这样夸傅斯年，可说是个例外。这么夸奖，与两人的关系有关。胡是傅的老师，也是傅的兄长，两人的关系不一般。这不是主要的，主要的还是傅这个人，让胡服气。

这些话，不是胡适要给傅斯年的文集写序才说的。那样就不免溢美了。在给毛子水的信中，也说过相似的话："孟真真是稀有的天才。记忆力最强，而判断力又最高，一不可及；是第一流做学问的好手，而又最能组织，能治事，二不可及；能做领袖人物，而又能细心办琐事，三不可及。今日国内领袖人才缺乏，世间领袖人才也缺乏；像孟真的大胆小心，真有眼中人物谁与比数的感叹！"（1951年1月7日致毛子水函）到了傅斯年逝世九周年的时候，胡适写了篇《关于傅孟真先生生平的报告》，又说了几乎一样的话。（《傅斯年文物资料选辑》）

我们还是以前一段话作为依凭。品味胡适的这段话，有三层意思。头一句是总的评价。第二句、第三句，又是一层，是说傅的根基好，方法好。记忆力、理解力，是做学问做事的根基。第三层，是说傅的本领与建树是多方面的，常人难以做到的。

胡适说傅斯年，能做最细密的绣花针功夫，又有最大胆的大刀阔斧本领。看胡适书多的人会知道，这是胡适常说的做学问的方法。看字面，容易理解为大处着眼，小处着手，这不对，其实是说两个方面，两种本领。

还是看看胡适是怎么说的。1922年2月26日，商务印书馆给他寄来《章实斋年谱》四十册。他在当天的日记上写道："此书是我的一个玩意儿，但也可见对一个人做详细研究的不容易。我费了半年的工夫，方才真正了解一个章学诚。作学史真不容易！若我对于人人都要用这样一番功夫，我的《哲学史》真没有付印的日子了！我现在只希望开山辟地，大刀阔斧的砍去，让后来的能者来做细致的功夫。但用大刀阔斧的人也须要有拿起绣花针儿的本领。我这本《年谱》虽是一时高兴之作，他却也给了我一点拿绣花针的训练。"（《胡适日记》第三册）

把上面说的三层意思归纳一下，胡适的这段话给我们的线索是：

一、记忆力强，理解力强，学业优异；

二、学问好，有大刀阔斧的本领，又有绣花针的功夫；

三、有办事能力，有组织才干，是天生的领袖型的人；

四、情感有热力，往往带有爆炸性；

五、温柔，理智，有条理，可爱可亲。

可能有人注意到了，我把那几个"最"字全去掉了。什么事情，都不要轻易说"最"。

我们就顺着这个线索往下讲。按胡适的说法，这四个方面，二和三，四和五，在常人身上难以兼有，甚至是对立的，有了这个难有那个，顾了这头顾不了那头。这几个方面讲清了，就知道傅斯年是怎样一个人间最稀有的天才了。

记忆力强，理解力强，学业优异

20世纪初期，中国最好的学校，一个是北大，一个是清华。清华起初还不是大学，改为大学是后来的事。学校好，不光是设备好，主要是老师好,学生好。学生好的原因,除了老师教得好之外,还有一个原因是学生的质地本来就好。那个时候,好多学生都是名门世家子弟,从小受到很好的文化教育,做学问,写文章,是他们家的事。有个故事,很有代表性。潘光旦和罗隆基,都是清华辛酉级(1921年毕业)的学生,都有才子之名。尤其是罗隆基,逞才使性,目中无人。有一次罗写了篇文章让潘看,潘看了说不通,罗很是气愤,说:"我的文章怎么会不通?我父亲是举人!"料不到的是,潘当下反唇相讥:"是举人算得了什么?我父亲是翰林!"翰林是什么,是进士里头的优秀者。当了进士,只能说是中了进士,考中了;当了进士再当翰林,叫点翰林。谁点的?皇上点的。举人和翰林,从功名上说,不在一个档次上。潘这样说了,罗肯定没有脾气。

傅斯年跟这两个人年龄差不了多少,跟罗隆基同岁,都是1896年生人。潘光旦比他们小点儿,1899年生人。傅与这两人也不同校,傅是北大的。假若傅斯年也是清华,潘和罗争论时,恰好也在跟前,傅会说什么呢?傅说的话大概会让潘光旦也哑口无声。傅会说:我家祖上是清代第一科的状元。

如果潘光旦和罗隆基脑子转得快,或许会反问一句:不说祖上了,光说你父亲。傅斯年的回答也不丢人,会说:家父也是个举人。

傅斯年是山东聊城人,祖上很荣耀。六世祖傅以渐,是顺治初年开科取士的一甲第一名,就是状元,官至武英殿大学士。傅斯年家在聊城城内,住的就是当年的状元府第。二门上的对联是"传胪姓名无双士,开代文章第一家"。传胪就是在朝廷上呼叫考上的人的名字,状元只有一个,不会一下子叫两个人的名字。开代,是说顺治初年的那次科举考试,是满清入关后的第一次,开启了一个时代。曾祖傅继勋，进士出身，当过安徽布政使。到了祖父这一辈，家道就中落了。祖父是拔贡，父亲是举人。不幸的是，九岁上父亲就死了。家庭给了他良好教育的，除了私塾里先生的教育，还有祖父的训导，再就是父亲的一个学生的资助，把他带到天津读中学。

傅这个人，很聪明是不用说的。这样，到1913年夏天，就考上了北大预科。三年预科读完，又考上北大本科，读了四年。1919年夏天毕业，考上山东官费生的名额，去欧洲留学，先在英国后到德国，1926年回国。北大七年，留学七年，这十四年，是傅斯年打基础的时期，也是他初显才华才干的时期。

上北大预科时，傅斯年才十七岁。一入学，就显出了他的出类拔萃、非同凡响。据同班同学，后来也成了文史大家的毛子水说："民国二年，傅先生进了北京大学预科。那时大学预科分甲乙两部：甲部偏重数学及自然科学，乙部偏重文史。傅先生入乙部，虽身体羸弱，时常闹病，但成绩仍是全部的第一。就笔者所记到而言，当时全校学生中，似乎没有比他天资更好的。"(《傅孟真先生传略》)

第二年，两人闲谈时的一句话，让毛子水很是吃惊。提到一个叫张皋文的清代学者，傅说："张皋文在清代学者中，什么学问都是第一流，而都不是第一。"(《我与孟真的交往》)这时傅不过十八岁。毛子水也是书香门第，饱读诗书，听了这话，未必十分赞同，却不能不惊异他的这个同学，读书的广博，识见的高超。

这个事，可说是一得之见，不足为凭。再一件事，就不能说是一得之见了。

上了本科，教他们《文心雕龙》课的是一位叫朱蓬仙的先生，是章太炎的弟子，学问很好，只是这门课非其所长，讲得不怎么样，出了好些错误。那时候，学生狂得很，见哪个教授不行，就要他"下课"，当时叫"赶教授"。可是要举发这些错误，光凭课堂笔记难以为凭。正好一个同学借到了朱教授的讲义全稿，交给傅斯年看。傅一夜看完，摘出三十几条错误，由全班签名，上书校长蔡元培，请求补救，说白了就是让这个教授走人。蔡元培是清代的翰林出身，旧学根底没说的，看了自然明白。可是他不信这些错误是学生自己发觉的，疑心是某个教授背后捣鬼，借学生之名攻击朱先生。他想鉴别一下真假，突然宣布召见签名的全部学生。这一下同学们慌了，害怕蔡校长要考，又怕傅斯年一个人担负全部责任，未免太重。于是大家在见蔡校长之前，每人担负几条，那时候，一个班也就十个八个学生。预备好了才进去。果然蔡先生当面口试起来，分担的同学答的头头是道。考过，蔡先生一句话不说，同学们也一声不响，鞠躬后鱼贯退出。退出后，你看我，我看你，都笑了。过了不多久，朱先生果然下课了，走人了。（罗家伦《元气淋漓的傅孟真》）

　　胡适是1917年夏天到北大哲学系教书的。一去就发现，这儿的学生里有几个旧学根底比他还要好，常常提心吊胆，怕出什么漏子，同时也加倍用功，别真的出了漏子。他说的这几个学生，一个是傅斯年，一个是顾颉刚，一个是毛子水。

　　没有傅斯年暗中保驾，胡适差点儿做了哲学系的朱蓬仙。

　　顾颉刚跟傅斯年是好朋友，不是一个系的。傅是国文系，顾是哲学系，都是二年级。住在一个宿舍，北大西斋丙字十二号。顾后来成了著名的历史学家，中国"古史辨"学派的领军人物。

　　一天，顾跟傅说，他们系这一学期来了一位新教授，叫胡适，是美国留学生，原先的教授从三皇五帝讲起，讲了两年才讲到商朝，这位新教授却抛开唐虞夏商，直接从周宣王讲起。同学们都说这是割断中国哲学史，是思想造反，这样的人怎么配来北大讲哲学史。同学们想把这位教授赶走，他自己倒是觉得胡先生讲课还有新意，只是拿不定主意，希望傅去听听课，看这个姓胡的究竟怎么样。大概是顾觉得傅有赶走朱蓬仙的经验，真要不行，就帮他们把胡适也赶走。

傅旁听了几次课，对顾说："这个人书虽然读得不多，但他走的这一条路是对的。你们不能闹。"于是胡适留在了北大哲学系。当然了，胡适留在北大教书，不能说全是此事起了作用，但是对于一个刚刚回国的留学生来说，一上课就遇上"赶教授"，灰头土脸的，总不好看。这事儿，傅从未跟胡提起，傅去世后，胡适在纪念文章里说："我这个二十几岁的留学生，在北京大学教书，面对着一班思想成熟的学生，没有引起风波；过了十几年之后才晓得是孟真暗地里做了我的保护人。"（胡适《傅孟真先生的思想》）

傅斯年在北大真正的出名，是五四运动前，办《新潮》杂志。当时新文化运动已经起来了，教授们办的杂志是《新青年》，学生们办的是《新潮》。《新青年》偏重政治，《新潮》偏重文艺，影响不相上下，若论在青年中的影响，《新潮》还要大些。一起办这个杂志的，有傅斯年、罗家伦、徐彦之、康白情等十几个人。傅是编辑主任，等于主编。在《新潮》上，傅发表了多篇见解透辟、言辞犀利的文章。

他还是五四运动的组织者。1919年5月4日这天，上午开会，他是会议的两主席之一，另一个是段锡朋；下午游行，他是总指挥，扛着大旗走在队伍的最前面。火烧赵家楼，殴打章宗祥，他就在跟前。当时他是四年级学生，夏天就毕业了，秋天考取山东的官费名额，去英国留学。

在北大，念的是国文系，按一般的理解，到了英国，应当是主攻汉学。实际上，去了英国，入伦敦大学研究院，先修的是实验心理学，进而治物理、化学及高等数学。三年后，转入德国，进柏林大学研究院，课程有"相对论""比较语言学"等，在德国一待又是四年。不管在英国还是在德国，只管读书、听课，钻研学问，不在乎学位，连个硕士也没有拿到。不是拿不到，是他觉得没这个必要。

金子放在哪儿都放光。在国内，是拔尖儿的，在国外也是拔尖的。从他人的评价上能看得出来。傅先在英国，后来到了德国，在德国期间，认识了陈寅恪和俞大维。陈对傅有什么评价，不知道，俞对傅的评价很高。

先看看俞大维是个什么人。祖籍浙江绍兴，在湖南长大。俞大维从小就聪明绝顶。十六岁进上海复旦中学，跳级毕业。十九岁以第一名考上南洋公学（即交通大学）电机科，半年后因病休学，跟着表哥学微积分，做化学实验。病愈后考进圣约翰大学三年级，学哲学。1918年去美国哈佛大学学哲学，三年拿到博士学位，十二门课程全部是A，获得谢尔顿旅行奖学金，去德国柏林大学留学。就是在柏林，结识了傅斯年。俞大维学的是哲学，原打算在文史上下功夫，认识了傅之后，不攻文史了，改攻理科。说："搞文史的人当中出了个傅胖子，我们就永无出头之日了。"他后来成了著名的弹道学专家，抗战期间是兵工署署长。国民党败退台湾后，当了十年的"国防部部长"。

我想提个醒，不知诸位注意到了没有。改革开放以来，我们对那些"非革命"的民国时期的优秀知识分子的接受和认知，是分步走的。第一步是，徐志摩、梁实秋一类的较为纯粹的知识分子，再下来才是胡适、傅斯年这些倾向明显的知识分子。对科学技术人才，一直是比较宽容的，比如对丁文江、翁文灏这样的地质学家，很少说道他们的政治倾向。我想说的是，国民党的军政界有为数不少的优秀知识分子，还没有引起我们足够的重视。像俞大维这样的人，绝对是时代骄子，超一流人才。可能是因为政治的原因，还有忌讳，不便多说，我相信，再过上多少年，这批人肯定会引起更大的关注。有学问兴趣的朋友，不妨及早动手，收集资料，预为研究。只在后面赶，总也赶不上趟的。

俞大维这个家族，是非常了不起的。可说是清末民初中国最显赫的名门望族，史称绍兴俞氏。父亲俞明寰，母亲曾广珊是曾国藩的孙女，也就是说，俞大维是曾国藩的曾外孙。中国的文化传承有个特色，就是仰仗家族文化。各地都有这样的名门望族，也可以说是文化家族。江南多些，江北也不是没有。山西就有个两渡何家，最近三晋出版社出版了一本《何澄》，就是介绍这个家族的。何澄本人是民国元老，曾经买下苏州的网师园，修葺一新，中华人民共和国成立后捐献给国家。他的几个儿女都很优秀，其中一位何泽慧是"中国三钱"之一的钱三强的夫人，她本人也是著名的物理学家。

俞大维本来就跟陈寅恪是表兄弟，陈大，是表兄，俞小，是表弟。后来又亲上加亲，俞娶了陈的妹妹陈新午，新午大点儿，是俞大维的表姐。

俞大维后来跟傅斯年也成了亲戚。傅斯年原来有妻室，后来离了，1935年跟俞大维的八妹俞大綵结婚，是俞大维把妹妹介绍给傅的。这样，傅斯年又成了陈寅恪的表妹夫了。

这只是说聪明，学业优异。有哪些学术成就呢？

学问好，有大刀阔斧的本领，又有绣花针的功夫

台湾出版过《傅斯年全集》（七册）（1980年），湖南教育出版社也出版过《傅斯年全集》（七卷），时间在2003年。七卷不能算多，但对一个主要精力放在文化教育行政工作的学者来说，也不少了。学问上的事，不能说出了多少本书，还得看达到什么层面。厦门大学教授谢泳说过一句话，"作为学者，傅斯年本人的学问，在他同时代的学人中不是最好的，但他是有真学问的"。（《学术之外的傅斯年》）这话是不错的，再补充一句就更完整了：他不是那种博大精深的学者，但他是那种有创见的学者，其创见每每为通常学者所不及。

前两年，湖南学者朱正为花城出版社编过一本《傅斯年集》，在《编者的话》里，对傅的学术成就有较为公允的评价。他是这样说的："在新潮社同人中，后来他是学术成就最大的一人。因为他不很注意保存自己的文稿，特别是一些大学的讲义没有能够完整地保存下来，以致数量上说比某些学者要少些。但是可以说的是，凡留下的都是精品。他治史学特别重视史料，更难得的是史料一到他的手上就活了。他以过人的史识，能够从别人也见到的史料中发现别人没有看出来的内容。他可以说是集历史学家与思想家于一身。"

空说不顶用，举个小例子。

《论语》这本书，千百年来，不知有多少人诠释过，注解过，别说有整套的发现，就是个别的发现也是难而又难的。在这上头，傅就有惊人的创见。

《论语·先进篇》第一章的原文是："子曰：'先进于礼乐，野人

也；后进于礼乐，君子也。如用之，则吾从先进。'"

这句话，在《论语》里，是有名的难以理解的话。尤其是"先进""后进"两词，历来释者众，多难令人称意。杨伯峻《论语译注》的翻译是："孔子说：'先学习礼乐而后做官的是未曾有过爵禄的一般人，先有了官位而后学习礼乐的是卿大夫的子弟。如果要我选用人才，我主张选用先学习礼乐的人。'"似乎通了，还是不通，太拗口了。别的不说，把"野人"解释为一般人，把"君子"解释为卿大夫的子弟，就没有多少道理。君子就是君子，绝不会是君子的子弟，野人就是在野之人、低贱之人，绝不会是什么一般人。

看看傅斯年是怎么解决这些问题的。

在《周东封与殷遗民》这篇文章里，他说，周室东征，整个灭了殷商之后，殷商之民，大批迁往东部，即如今山东、安徽一带。此后七百年间，周室虽统治中国，老百姓多为殷之遗民，仍奉行殷商的礼仪。这样，上边统治阶级与下边人民的习俗就不尽相同。孔子说自己："丘也，殷人也。"他是尊崇殷商的礼制的。用这样的历史观点来解释《先进篇》里的那句话，一说就明白了。

傅说，野人即是农夫，非如后人用之以对"斯文"而言。君子指卿大夫阶级，即统治阶级。先进后进，自是先到后到之义。礼乐是泛指文化，不专就玉帛钟鼓而言，名词既定，试翻译作现在的话如下："那些先到了开化的程度的，是乡下人；那些后到了开化程度的，是'上等人'。如问我何所取，则我是站在先开化的乡下人一边的。"又说，先开化的乡下人自然是殷遗，后开化的上等人自然是周宗姓婚姻了。

胡适在《傅孟真先生的思想》一文里，引用了上面这个例子后，说现在有许多人提倡读经,对这几句话解释得通才配读经;如果解释不通,不配读经。又说:"孟真有绝顶天才,他替我解决了中国哲学史上不能解决的问题。我接受了他的观念,写了一篇五万字的文章,叫作《说儒》,从这个观念来讲古代思想,根本推翻了我过去对于中国古代思想史的见解。"

更绝的是,考古学家董作宾写了本书,叫《新获卜辞写本后记》,傅斯年给写了个《跋》,这个跋有两万七八千字。董作宾是有名的"甲骨四堂"之一,号彦堂(其他"三堂"是雪堂罗振玉、观堂王国维、鼎堂郭沫若),胡适看了傅的这篇跋,非常赞赏,说:"他看了董彦堂先生新得的两块卜辞,两片一共只有五个字,他就能推想到两个古史大问题——楚之先世,殷周之关系——都可以从这两片五个残字上得到重要证实。"(《傅孟真先生遗著序》)

真正的学术发现,是振聋发聩的,也是惊世骇俗的。不在乎多,有那么几个就行了。

这就要说到怎么做学问了。我的看法是,学问之道,在于三力:一是记忆力,二是联想力,三是判断力。记住了,又能从一个记忆点想到另一个记忆点,三下两下,就有了新的见解。有了新的见识还不行,还得敢于判断。这一判断,就是学问,就是发现。傅斯年的记忆力是惊人的,像《尚书》这类书,都能背下来。他的勤奋也是公认的,公务繁忙,军书旁午,只要有空儿,总是手不释卷。

对勤奋,我的理解跟别人有点不同。好多人都说,做学问要勤奋,勤奋读书,勤奋钻研。最近我看到一篇文章,说勤奋是天才的标志。想想确实有道理。不说天才了,只说天分高。只有天分高的人,才知道要勤奋以及怎样勤奋。笨人,你叫他勤奋,是勤奋不起来的,拿起书就头疼，再使劲都看不进去，再要他"恒兀兀以穷年"，不是要他的命吗？天分高的人，读书研究，是乐趣，是幸福。不让他勤奋，浑身都难受。

傅斯年在学术上的功就，乃至品德的高尚，更多的不是勤奋与修持，还是天分的因素多些。

有办事能力，有组织才干，天生的领袖型的人

一般来说，学问好、爱读书的人，办事能力、组织才干总要差些。又读书又办事，常人难兼顾。傅斯年不是这样，不光兼顾了，还两全其美。相比较而言，他的办事能力，比做学问的能力还要强些。

现在大学里，科研机构里，有些握有经费的教授专家被叫作"老板"，人们多说这是不良社会风气对学术界的侵蚀，是从企业界学来的。这话也对也不对。不对的是，在学术界有老板之称，在20世纪二三十年代就有了；对的是，好多人不一定知道过去的事，连专家教授们也不一定知道，这样称呼确实是从企业界学来的。

20世纪30年代直到抗战期间，中国学术界有三个叫"老板"的人：一个是胡老板胡适，一个是傅老板傅斯年，一个是顾老板顾颉刚。这三个老板的状况，跟眼下握有科研经费的教授、博导确有相似之处，就是手里有权，有钱。

都是老板，情形各有不同。胡适有钱，顾颉刚是有阵地，傅斯年是有机构。这三个人是师生，胡是老师，顾、傅是学生，真学生。

胡适是中华教育文化基金会的董事。这个基金会是用美国退还的庚款余额办的，下面有个编译委员会，胡适是主任。可以说，基金

会的钱有一部分掌握在他手里,怎么花要经过他的批准,当然是有规矩的,不能胡花。比如北大跟基金会共同出资,在北大设立研究教授,一次就给了二十万。基金会有多少钱呢?《胡适日记》里有记载:"中基会每年收庚款五十三万九千金元,金价高时可得二百五十万元,今估计金价两元五,则仅得一百三十五万元而已。故甚不够分配。"(1934年6月21日条)

如果说基金还有规矩的话,基金会下面的编译委员会,胡适是主任,就是他一个人说了算。只要是相宜的人,提个申请,就给会你一笔钱。李健吾刚回国,没有工作,通过他的老师朱自清求助于胡。李的项目是写《福楼拜评传》,胡同意了,一个月给一百五十元的稿费补助。实际就是薪水。二三十年代,胡适的声望如日中天,学问好德行好人缘好,是肯定的,与手握大把资金也不会没有关系。

顾颉刚的本事,是会办刊物。在北大上学时就编刊物,到燕京大学编《燕京学报》,到中山大学编《语言历史学研究所周刊》,创办《民间文艺》(后改名《民俗》周刊)。三十年代编《禹贡》杂志,又编《史学集刊》《大众知识》。抗战期间,编《边疆周刊》,创办《责善半月刊》《文史杂志》《风物志集刊》。光复后到中华人民共和国成立前,编《文讯》《民众周刊》。影响最大的还要数《禹贡》半月刊,培养了一大批历史地理学人才,形成了一个史学流派。跟上顾老板,不一定能发了财,出名是敢肯定的,当然你得有真本事。

傅老板最牛。他是有职位有高薪,能出成果能出名。不为别的,就因为他是史语所的所长,一个时期还是中研院的干事长。史语所的全名是历史语言研究所。这个名字怪怪的。这还是中央研究院办的,早先他在广州中山大学办的,叫语言历史研究所,更怪。

去中山大学，是朱家骅聘他去的。1926年夏天回国，傅斯年先回老家省亲，秋天便到了广州，起初任文科学长兼历史系主任，教务主任兼国文系主任是鲁迅。第二年春天，鲁迅辞职，傅又兼了国文系主任。文科学长相当于文学院院长。有一个说法是他一去就是文学院院长兼国文、历史两系主任，大致不错，只是时序上有不同。也就在这期间，办起语言历史研究所。之所以办这么个机构，是因为他在德国留学时接受了德国洪保尔德（威廉·洪保）一派学者的理论，认为语言学与历史学有不可分割的关联。当时所内主事的，是他的同学，在国内已有史学家声名的顾颉刚。

1928年春天，中央研究院成立，内设历史语言研究所，聘傅斯年任所长。所址仍在广州。这是因为朱家骅的职务变了。朱负责筹办中山大学时，聘傅斯年当中大的文科学长，北伐成功，国民政府建立，朱家骅协助蔡元培办中央研究院，要有个历史所，就把傅斯年的那个语言历史研究所接了过来。只是将语言与历史颠倒过来，叫历史语言研究所，简称史语所。仍由傅办，仍在广州。第二年就迁到北平了。

傅办史语所，很有魄力。一是大量买书，二是延揽人才。看看史语所各组组长就知道了：历史组组长陈寅恪，语言组组长赵元任，考古组组长李济，可说把当年清华国学研究院的班底全端过来了。这是学术领头人。同时，还大量选拔优秀的年轻学人，就是"拔尖子"。在这上头，傅斯年是苛刻的，几乎可以说只看重北大出来的，别的学校的，来了也不要，除非你真的显示了大本事。一个年轻人，又能显示怎样的大本事呢，只能是个不要。王世襄先生当年就碰过这个钉子。

抗战期间，史语所先迁到昆明，后来又迁到四川宜宾李庄。1943年冬天，王世襄从北京来到重庆，一心想去李庄的史语所工作，按他的说法，是当时很多著名学者都在这儿，有请教学习的机会，实际上也还是有信心的，他是燕京大学研究院出来的，英文中文都好，又雅好历史，觉得进史语所不会有问题。不是贸然上门自荐的，是梁思成先生引见的。史语所在重庆有办公处，地点在聚贤新村。梁思成亲自领着他去了傅的办公室，只说了两句话，就灰溜溜地出来了，梁思成也没办法。

第一句问："你是哪个学校毕业的？"

王答："燕京大学国文系本科及研究院。"

第二句是："燕京大学毕业的不配到史语所来。"

王世襄脸一红，出来了。还是梁思成心好，留他进了营造学社，当时营造学社名分上归史语所管，机构上是两回事。

王世襄在营造学社干得很好，抗战胜利后，回北京负责清理战时损失文物的工作，做出很大贡献，后来就留在故宫工作。1946年底去南京，参加胜利后第一届文物展览，又要将派他去日本交涉索还战时损失文物，一次会上，又见了傅斯年。傅还记得他，又跟他说了两句话。

第一句是："你去日本工作，追索文物应当和在平津区一样，要非常非常aggressive。"（英文一词是傅的原话。）

第二句是："那年在重庆你来见我，我不知道你还能办事，如果知道，我就把你留下了。"

听了这话，王世襄是怎样一个感觉呢？他说，当时他真是受宠若惊，十分感激。但心里是清醒的。他知道，傅先生所谓会留下他，是派他做一些办公室总务处的跑腿联系工作，而不是学术研究。傅对燕京大学毕业人员不配进史语所的信念是根深蒂固、坚定不移的。因为

燕京大学确实没有请到王国维、陈寅恪那样的国学大师担任教学。(王世襄《傅斯年先生的四句话》)

中华人民共和国成立后，王世襄的经历很坎坷，当了二十多年的"右派"。改革开放后，才重见天日。近二三十年出了大名，是著名的明清家具专家、鸽哨专家、葫芦专家，出版过《锦灰堆》四卷。

这是不是说，傅斯年看走了眼呢？

不能这么说。恰恰证明傅斯年当初的判断是对的。一个燕京大学本科毕业，研究院出来的学人，最后做成的是这样一些事，有让人敬重之处，也有让人感叹之处。

史语所出了大批人才。中华人民共和国成立前夕，史语所迁到台湾。留在大陆的，只要一说是史语所出来的，人们都很敬重。可以说，史语所出来的，就没有差的，个个都是他那个领域里的重要人物。

办史语所，最能体现傅斯年的办事能力。

再一个体现他的办事能力的，是办台湾大学。这个事情，后面还会讲到。先讲讲他当北京大学代理校长的事。

抗战胜利后，让胡适当北大校长，胡在美国，有病，一时回不来，傅做了代理校长。

还有个说法是原来让傅斯年做校长的，他说还是胡适做好，推辞了，主动提出愿意代理一段时间，为胡适做好前期工作。这个说法有问题：让他做他不做是可能的，主动代理就不合情理了。朱家骅当时是教育部部长，在纪念傅斯年的文章里说，"各校复员，北京大学地位重要，我和他商量，想请胡适之先生担任校长，他也竭力主张，不过胡先生不能立即回国，结果，又把代理校长推在他的身上。他当时虽表示不愿，但北大是他的母校，而胡先生又是他的老师，我以大义相劝，也不得不勉强答应"。（朱家骅《悼亡友傅孟真先生》）可见不是他主动要代理，是情势所至，无法推辞。

傅在代理任上干得有声有色。现在常说的最著名的事件是，日据时期，对于在日本人办的北京大学教过书的教授，他一个也不聘，说是"伪教授"。在日本人办的北京大学上过学的，也不准进北大，要集中起来"补习"一段时间，才准进来。当时有的教授，比如周作人，在报上写文章骂他。他的态度是，冰炭不相容，忠奸不两立，在这上头，绝不能调和。

当了代理校长之后，一时脱不开身，1945年10月，先派陈雪屏回北平接收校产，半路上陈又奉教育部之命办"北平临时大学补习班"的，辛辛苦苦干了一个月，初见成效。11月中旬，傅到北平，陈去接，傅下了飞机第一句便问陈跟伪大学中的先生们有无交往。陈说有，仅限于一些必要的场合。傅颇表不满，说："'汉贼不两立'，连握手都不应该。"陈后来解释说，这是不可能的，他一个人接收十二个伪大专学校，并未停一天课，而中央又没有送大批教授来帮忙。傅这边，听是听了，心里还是不以为然的。补习班情况特殊，或许可以这样，但北大是绝不会聘伪教授的。（陈雪屏《北大与台大的两段往事》）

古文字学家容庚，日据期间在伪北大教书，就是这样一个"伪教授"。

12月下旬，傅回到重庆办事，北平教育界的"伪教人员"，又派代表到重庆活动。容庚也去了，仗着还有点声望，与傅也有交情，去找傅看能不能通融办理。傅当面斥责："你这民族败类，无耻汉奸，快滚，不用见我！"后来容又去，表示认罪改过，傅才接见了他，态度还是原来的态度，绝不聘用。

我的看法是，对学生也许有点过了头，对教授，不能说过头。因为，抗战初起，学校南迁，学校是对教授是有要求的——要求南下。你不去，还在敌伪办的学校教书，当然是伪教授，就不应当聘。学校的教职就那么些，把这些人全聘了，势必就会影响复元回来的教授的位子，怎么对得起那些他们？就是不存在位子问题，也不能聘。学校不比工厂，教授不是工人，学校是教育人的地方，让当过汉奸的人上课，还有什么忠孝节义可言？

我一直弄不通的是，当年学校让教授南下，是给了路费，还是就那么一句话——南下吧。若是后者，有的人可以说"我没钱，走不了"，也不能说不是个理由。此前，我一直在找这方面的材料，没有找到——比如学校的正式通知，或是某位教授领了钱的记述，没有。但是，我一直相信，学校说了这话，一定是负责的。这回为写这篇讲稿，又细细看了几篇文章，还是找到了。

傅乐成的《傅孟真先生年谱》里说，为了避免伪教人员纠缠，傅斯年于1945年12月发表的声明说："北大原先是请全体教员内迁的，事实上，除开周作人等一二人之外，没有内迁的少数教员，也转入辅仁、燕京任教。"

全体教员？可能吗？

王大鹏编的《百年国士》里，收有邓广铭的一篇《回忆我的老师傅斯年先生》。这篇文章，以前在别的地方看过，不细，这次细看了，里面说："抗日战争开始后，史语所南迁，北大也南迁，因为迁徙的最终地点定不下来，所以当时北大当局规定，只有教授、副教授可以去，讲师、助教不去。"邓是北大史学系的学生，1936年毕业后，胡适留他在北大文科研究所任助理员并兼史学系助教。胡是文学院院长兼文科研究所的所长。从时间、职务，和所接触的人上说，邓的话是可信的。

也就是说，对教授、副教授是有南迁要求的。

从这些话里可以看出，北大当局对南下的教员是负责的。既然如此，不南下就是自己的责任了。不南下还在日本人办的北大教书，当然是汉奸，是伪教授了。

这样做，也有为胡适将来当校长扫平障碍的意思。在1946年1月给夫人的信中，傅斯年说："北平方面，又弄得很糟，大批伪教职员进来，这是暑假后北大开办的大障碍，但我决心扫荡之，决不为北大留此劣迹。实在说在这样局面之下，胡先生办远不如我，我在这几个月里给他打平天下，他好办下去。"

傅斯年代理北大校长期间，做的最重要的一件事，是扩大了北大的规模，由原来的文理法三个学院，扩展为文理法农工医六个学院。可以说，现在北大的规模是在傅斯年手里形成的。不仅是增加了三个名目，还有地盘校舍。"接收北平西郊新社区为农学院院舍，旧北平医学院院舍及参谋本部房舍为医学院及附属医院，旧北平工学院院舍为工学院，旧国会房舍为法学院之一部分。"（吴相湘《傅斯年学行并茂》）

这些事，都是陈雪屏协助傅办理的。傅对陈说："关于行政上的业务，我们应先替胡先生办好，将来不劳他操心，即以校产而言，他是断不愿和别人抢东西的。"

也可以说，北大能趁抗战胜利复元之际，一下子增加这么多的校产，多半是凭了傅斯年的关系"抢"来的。这个抢，可不是拍桌子瞪眼就能办成事的，都是要一一交涉，并一一批准才能给了北大的。这是多大的本事。

1950年年底,在台湾开会纪念北大建校五十二周年时,傅斯年有个发言,说梦麟先生学问不如蔡子民先生,办事却比蔡先生高明,他自己的学问比不上胡适之先生,但他办事却比胡先生高明。最后他笑着批评蔡胡两位说:"这两位先生的办事,真不敢恭维。"(蒋梦麟《忆孟真》)

梦麟是蒋梦麟,子民是蔡元培。蒋曾长期代蔡处理校务。

蒋梦麟等傅斯年走下讲台,便笑着对他说:"孟真,你这话对极了。所以他们两位是北大的功臣,我们两位不过是北大的功狗。"

傅斯年的这句话,过去我一直认为说的是他当代理校长时,为胡适处理校务。

这样理解有问题。蒋梦麟确实替蔡元培处理过校务。处理校务时,有时蔡在,有时蔡不在,可以做这样的比较。傅的情况不同。傅当代理校长时,胡适在美国,胡回国一到北平,傅就走了,没有同时在校共事,也就不应当有这样的比较。前面给夫人的信里,说胡办事远不如他,是推测判断,并不是当时实际有什么比较。

这样说,肯定另有所指。

史语所1929年迁到北平,胡适1930年回到北大任文学院院长,后来兼了国文系的主任。大约从这时候起,傅斯年在历史系兼任教授。这一段时间,为了对付文学院的一批守旧的老教授,傅是出了大力的,傅当年给蒋梦麟的信可以为证。1931年5月8日,傅给蒋的信中说:"数年来国文系之不进步,及为北大进步三障碍者,又马幼渔也。林妄人耳,其言诚不足论深论,马乃以新旧为号,颠倒是非,若不一齐扫除,后来必为患害。此在先生之当机立断,似不宜留一祸根,且为秉公之处置作一曲也。马丑恶贯满盈久矣,乘此除之,斯年敢保其无事。如有事，斯年自任与之恶斗之工作。"信是写给蒋梦麟的，事情却是为胡适做的，也可以说是为北大做的。以胡适之性格，是不会跟马幼渔来这一手。

此信收入《近代史资料》总九十一号，我是在2009年出版的《近代史资料文库》第九卷上看到的。

情感有热力，往往带有爆炸性

说一件小事，一件大事。都是抗战期间，傅当国民参政会参议员时的事。

一次国民参政会上，关于中医问题，赞成中医的孔庚先生有个提案，要求政府立法保护中医。傅是反对中医的。两人辩起来，孔辩不过，动粗口辱骂傅。傅气急了说："你侮辱我，会散之后我要和你决斗。"等到会散之后，傅真的在门口拦住孔要决斗。傅方才坐得远，没看清，这会儿看清了，见孔年事高迈（七十多岁了）又瘦弱异常，立刻将双手垂下说道："你这样老，这样瘦，不和你决斗了，让你骂了罢！"过后，罗家伦问他："你这个大胖子，怎么能和人打架？"傅斯年说："我以质量乘速度，产生一种伟大的动量，可以压倒一切！"

再说大事。

大体说来，抗战初期，国民党政府还是比较廉洁的，到了抗战后期，就开始腐败了。最有名的案子是行政院院长孔祥熙的美金公债案。孔当时还是财政部部长、中央银行总裁。太平洋战争爆发后，美国政府为了帮助中国抗战，同意借给中国政府五亿美元贷款。孔祥熙决定拿出一亿美元用作发行美元储蓄券的准备金，规定二十元法币可购一美元储蓄券，抗战结束后以此券兑换美元。最初社会上不知道这项公债有美元做准备金，还本还息时期又长，买的人不是很多，到了1943年秋天，售出还不到一半。后来通货膨胀，官价已到四十元法币换一元美金，黑市高达一百元换一美元。孔祥熙见有利可图，便下令停止兑换，剩余部分由中央银行购进。又由中央银行国库局局长拟具签呈，说所剩不多，拟请特准所属职员照官价购进，还说这样做符合政府收购游资的宗旨，还可以调剂财政部职员的战时生活。说得头头是道，孔祥熙就批准了。事后有人说，那个国库局局长取得合法手续后，第一批购买三百五十多万美元，折合七千多万法币，全部送给了孔祥熙一个人。大致就是这么回事。

傅斯年知道了这件事后，决定在参政会上提议案揭发。他觉得在全民族抗战期间，出这样的事太不应该了。真要做起来，他是很认真很细致的：收集了许多资料，装在一个小箱子里，开会期间，回到房间就藏在枕头底下，出去就带上，寸步不离。

在国民参政会上，他说了自己的看法，表示要在正式会议上提出。说的这番话，不但在会场以内负责，在会场以外也负责，愿意对簿公堂。会后罗家伦去看他，问他为什么敢说这个话。傅说："我没有根据，哪能说这话。"还取出两张照片给罗看。

这事闹大了。好朋友王世杰劝他不要提这个提案，他说证据确凿，不必代为担忧。

蒋介石知道了，让陈布雷跟傅斯年谈谈，说这样做对中国的形象不利，会影响美英将来对中国的援助。傅听从了陈的劝告，表示不提出提案，但一定要在参政会上提出质询。说到做到，果然1944年9月7日，张群向国民参政会提出施政报告后，傅斯年就提出质询。主要有这么几条：第一条是国家规定政府官员不准做买卖，孔祥熙以前办有祥记公司，近来又成立了广茂新商号，请政府查一下这些公司有没有囤积居奇一类事，查一下孔祥熙的裕华银行跟国家银行的往来账目。第二条，中央银行可以说是个谜，因为许多情形我们不知道，不过里面山西同乡很多。这个银行究竟是一个国家的机关，还是一个私人的结合？是国家的组织，何必一定要用山西人，这是怎么一回事？我们希望中央银行国家化，机关化。第三是黄金问题。第四就是黄金储蓄券问题了。

对傅的质询，财政部答复时，有的敷衍塞责，有的含混不清，有些坚决否认。

蒋介石怕事情闹大，亲自出面宴请傅斯年为孔祥熙说情。蒋傅二人的对话是这样的：

蒋问："你信任我吗？"

傅答："绝对信任。"

蒋说："你既然信任我，那么就应当信任我所任用的人。"

傅说："委员长我是信任的，至于说因为信任你也就该信任你所任用的人，砍掉我的脑袋我也不能这样说。"

说到这里，傅有些激动，在座的人都不免为他担心，怕蒋介石发了火对傅斯年不利。不料这次蒋介石听了不光没有发火，还很感动，没想到傅斯年是这样一个正直的人。过后不得不另行设法，派财政部部长俞鸿钧等人查办，一查肯定有问题。抗战期间，部长常有更换，孔祥熙不兼财政部部长了，还是行政院院长、中央银行行长。蒋介石没办法，只得免了孔祥熙的行政院院长和中央银行行长。事情过后，傅斯年在给胡适的信上，说了他做这件事的动机。信上说：

我一读书人，既不能上阵，则读圣贤书所学何事哉？我于此事，行之至今，自思无惭于前贤典型，大难不在后来参政会中，而在最出（初）一人批逆鳞也。若说有无效力，诚然可惭，然非绝无影响，去年几几干掉了，因南宁一役而停顿耳，故维持之者实倭寇也。至少可以说，他（指孔祥熙）以前是个taboo（禁忌），无人敢指名，今则……人人加以触（浊）物耳。士人之节，在中国以此维持纲常也。

到抗战胜利后，又以一篇文章——《这个样子的宋子文非走开不可》，把另一个行政院院长宋子文赶下了台。

也简单说一下。

孔祥熙下台后，接任的是宋子文。1945年6月接的，很快抗战就胜利了，国民政府又回到南京。一开始傅斯年还是支持宋子文的。过了一段时间，看见宋实在太差劲，就开始反对了。《世纪评论》是宋子文系统的一个社会评论刊物，傅斯年的一位朋友当主编，问他要稿子，他说若是一字不改就给。朋友说可以，他就给了一篇文章，叫《这个样子的宋子文非走开不可》，这位朋友也就原文照发。

文章里说："我真愤慨极了，一如当年我在参政会要与孔祥熙在法院见面一样，国家吃不消他了，人民吃不消他了，他真该走了，不走一切垮了。当然有人欢迎他或孔祥熙在位，以便政府快垮。我们是救火的人，不是趁火打劫的人，我们要求他快走。"

有趣的是，这篇文章发表的第二天，傅斯年正好去国防部找陈诚，在楼梯上碰见了宋子文。他上楼，宋子文下楼，两人互相不理睬，擦肩而过，事后傅斯年对人说："我们两个人都把头偏过两旁，装作互相没有看见的样子。"

傅斯年的这篇文章一发表，各地报刊纷纷转载。用这样激烈的言辞批评政府大员，痛快淋漓，无所顾忌，实在是惊世骇俗。事情闹大了，蒋介石也不好再袒护这个大舅子，宋子文只好辞去行政院院长之职。

对傅斯年的动机，不光当时，就是现在，也有不同的看法。我的看法是，这样的事只看结果就行了。你说他动机不纯，你也来上这么一下，敢吗？

温柔，理智，有条理，可爱可亲

优秀人物的品质往往是多方面的，全看你怎么看，从哪一个方面看。越是优秀人物，个性越明显，非议也越多。

平庸人物的品质往往是单一的。坏的就是一个劲儿的坏，坏了还要再坏，不知好之为何物。好，也只是个平面的好，和善就是一味的和善，对谁都和善，没有是非，没有原则。老实，也是一样，不是一脚踢不出个屁来，是几脚都踢不出个屁来。说到底，还是个智商的问题。一根筋，脑子里全是固化纤维，连个空儿都没有。这种人，当好人不是什么真好人，当坏人肯定是真坏人。

世上有没有坏人，天生的那种坏人？对这个问题，季羡林先生晚年有过深入的思考。他说自己活了快一百岁了，去过世界上四十多个国家，从来没见过一个坏人变成好人，也从来没见过一个好人变成坏人，坏人都是"下生的"。下生的，大概是他山东老家的土话，意思是天生的。无法解释,只能说是天生的。

唯一能解释得通的,只有智商。一个人从小到大,无论是父母,还是学校里的老师、单位里的领导,没有不说让你做个好人的,可为什么到头来有的成了好人,有的却成了坏人?有人说,这是环境造成。季羡林也就这个问题说过话,他说,大的环境对每个人来说都一样,怎么你就成了坏人,人家就成了好人。有的人,环境越艰辛,越是能成才,品质越优秀。可见"环境说"是难以让人心服的。

起作用的,怕还是智商。智商高的人,没有品质不好的。有人说,某某品质不好,可是聪明极了。我认为,世上不会有这样的人。真正聪明极了的人,怎么会让你看出品质不好呢?别说他不会品质不好,就是真的做上两件坏事,也不会让人看出,且得出品质不好的评价。我多次说过,品质是智商的表现。前面说过,勤奋是天才的标志,这两句连起来说就是:勤奋是天才的标志,品质是智商的表现。

傅斯年是个天分很高的人,又受过良好的教育,处在那样一个重要的变革时代,他身上的许多优秀品质,也就得到了充分的展现。就说中央研究院迁台这件事。中研院下面,十几个所,图书、仪器、资料,全部完整迁到台湾的,社会科学方面的,差不多就史语所一家。人员大多数都去了。这,除了傅的能力外,人格魅力是主要的影响因素。人们知道,跟上傅大胖子尽管放心,有他的就有你的。

傅斯年的脾气不好,也是有名的。跟他多年的秘书那廉君,说过这样一件事。抗战初期,"八一三"上海战起,南京考试院被炸,傅把母亲和两个侄子安置在安徽和县。后来南京沦陷,傅到了长沙,史语所的一位同事把两个侄子护送到长沙。那秘书记得很清楚,那天,他们一到长沙,便到韭菜园圣经学院去见傅,傅很高兴,也很感谢这位同事。后来傅问起他们祖母的下落后，两个侄子说："没有逃出来!"傅一听，勃然大怒，上去就打了几个耳光，护送两个侄子的同事站在一边，有些不大受用。

这件事关乎傅母的生死，责斥的又是侄子，不足为凭。感受最深的是他的下属，有的人常常无端受一通训斥而莫名其妙。据那秘书说，多是这样一种情形。傅有时对某一人刚刚发完一通脾气，第二个人不知这个"前因"，跟着来找他，结果碰了一鼻子灰，随后第三第四个人相继而来，相继被斥而退。傅过后常跟那秘书说："叫我不贰过可以，叫我不迁怒，我实在做不到!"

"不迁怒，不贰过"是《论语》里的话，哀公问孔子："弟子孰为好学？"孔子回答说："有颜回者好学，不迁怒，不贰过。"过去的读书人，拿这两条作为品质好、修养好的标准。

傅斯年待人之诚，也是有名的。也是抗战期间，傅斯年和陈寅恪都住在昆明靛花巷一栋楼上，傅住一楼，陈住三楼。院里有防空洞，每次听到警报响，傅必爬上三楼，通知陈，把陈搀扶下来进入防空洞。陈眼睛不好，有时候在睡早觉或午觉。那秘书说："以孟真先生胖胖的身躯，爬楼梯已够吃力，而他对朋友能够如此关怀，从上面所说的小事，便可以得到一个证明。"

若说陈是名人，与傅斯年又是姻亲，傅这么做是应当的，是本分，那么从与丁文江的关系上，最能看出傅斯年待人之诚。丁是中国早期的留学生，先在日本，后来去英国学生物学、地质学，回国后曾创办地质调查所，是中国地质学的奠基人。丁一度从政，1926年，出任孙传芳主持的淞沪商埠督办公署的总办，就是上海市的市长，只有八个月的时间。当时傅还在欧洲留学，听了这个消息很是愤慨，觉得一个留学生，怎么能当反动军阀的走狗呢？在巴黎见了胡适，对胡说："回国后，第一件事就是杀丁文江！"傅回国之初，两人并无交往，直到1929年夏天相见之后，经过一年的交往，知道丁是一个有学识有才干的人，对丁很是佩服，与他成了极好的朋友。1935年年底，丁在湖南做地质考察时，因煤气中毒病倒，住在长沙的湘雅医院，昏迷不醒，生命垂危。傅得知消息后，马上赶到长沙，组织抢救，丁的病情一度好转，傅一连几天待在病房陪丁聊天说笑话。丁的病太重，最终还是不治去世。傅给朋友发唁电，料理后事，尽心尽力，还写了两篇文章悼念。

这是对大人物，对小人物也一样。

李亦园1948年9月考入台湾大学历史系，当时傅斯年还没有去台大。转年1月，傅出任校长。史语所的许多著名学者，如李济、董作宾等来台，一时无法安置，傅便设立考古人类学系，让他们先教书。1950年李亦园读完历史系二年级，决心转到考古人类学系念书。当时考古人类学系只有二年级，要转系，只有降一级。李亦园一心要学这门学科，降一级也愿意，麻烦的是，他这一"降转"，原来一入学就得到的奖学金也就没有了。1950年以前有台大有规定，考取的学生成绩在每班前百分之五者，可以得到全额奖学金。李亦园是从大陆赴台的，家里经济支援中断，在台无亲无故，上学全靠奖学金，可是转降相当于留级，奖学金是不给留级生的。他与教务处长钱思亮先生争辩，说不是他要留级，是考古人类学系没有三年级。钱先生说，规定如此，爱莫能助。不过钱先生告诉他，这种有关规则的事，如要改变，恐怕要校长批准才行，最好是写个报告去见傅校长。

没办法，李亦园只好硬着头皮去找傅，傅看了报告，没有立刻表示可否，却是先问了三个问题。第一个是，为什么要转考古人类学系？他答了。第二个是，知道不知道读人类学的人经常要去做田野工作，那是很苦而且要离家很久的事，估量过自己能忍受得了吗？他答了。第三个问题是，是否知道读这一行"冷门"，将来只有教书或研究的路，是不能赚钱的行业。他说，自己来自一个教书的家庭，对教书和研究有兴趣。傅听完之后，没有再说别的，立刻在他的报告上批了几个字：准予保留奖学金。于是李亦园高高兴兴地离开了校长室。

李亦园毕业后留校任教，经过多年努力，成为著名的人类学家，台湾"中央研究院"院士，台湾清华大学社会人类学研究所教授。无论什么时候想起傅斯年校长，李亦园都充满着感念之情。若不是傅的破例处置，以诚相待，他可能不会走上这条学术之路，取得这么大的成就。

傅斯年最终死在台湾大学校长任上。1949年1月接任，1950年12月20日，在台湾省"议会"上答辩时，因脑溢血猝死，主持校政不足两年。死时只有五十四岁。

台大的校长，规格之高，是我们现在不可想象的。

这与日本人占据几十年有关系。台大的前身是台北帝国大学，校长叫总长，总长的身价跟台湾总督的身价相等。日据时代，人们走过总督府门前要行礼，走过校长门前，也要行礼。这个风气，一直延续到傅接任校长时。那廉君回忆："听说日据时代，人们走经总督府门前都要行礼，我没有亲眼看到，不敢确信，但我在一九四九年一月到台湾大学以后，却发现有人走经校长室门前，尽管屋里没有人，也要双手抚膝，向大门鞠了九十度的一躬，这样隆重的敬礼，当时我每天可以看到很多次数，但很快地便又消失了这种尊敬的表示。"（《傅斯年

的故事》)

当时国民党退守台湾，台湾大学无论管理还是教学，都亟待尽快走上正轨。光有魄力不行，还得有办法。这就见出傅的是本事了。他主要做了三方面的工作：一是制定规则，并全力实施；二是聘用新人，辞退不称职者；三是多方购置图书，充实图书馆。

制定规则方面，举个例子。考试印题的"入闱"制度，是在傅手里建立起来的，至今还是这样。"入闱"，是科举时代的说法，就是考生和监考人员，进入考场后再也不准出来。那廉君回忆说："孟真先生接掌台大后，首创考试印题'入闱'制度，1949年台大新用考试'入闱'印题，和现在大不相同，实在有些不好受，所以当时主持闱场的林耀堂教授，不得不带氧气进去。但从1950年开始，便逐渐改进。所以1949年、1950年的时候，大家都不愿意参加这项'入闱'工作，和现在的情形，自然截然不同。今日大专以及其他各项新生入学考试'入闱'印题之成功，不能不归功于当时创始者。"（《傅孟真先生轶事》）

援引新人，辞退旧人，在这上头，北大有优良传统。蒋梦麟当北大校长时，对手下的三个院长说："辞退旧人，我去做；选聘新人，你们去做。"傅当过北大代理校长，自然知晓；当了台大校长，也就如法炮制。傅比蒋的魄力更大，办法也更好，特别成立了一个"教员聘任资格委员会"，专司其事。也有几位名家，没有经过这个委员会研究、讨论，而由傅一句话就定了，这是因为那些人是大名家，没有研究的必要。

援引新人好办，难办的是辞退旧人。蒋梦麟的办法是，三个院长要辞退什么人，报到他那儿，由他出面辞退。傅不是这样，是自己亲自考查，不行的就让他走人。他一当上校长，就给各位教授、副教授发去一信，大意是：不定在哪一天，我也许跟教务长，跟贵院的院长，贵系的系主任，到你的课室来旁听，请你不要见怪。不是这么说说，是真的去——第一年寒假，就"听"掉了好几位。由于经常听课，哪一位先生的学力如何，教书能力如何，他心里都有一个水准。两年之内，不续聘的教授、副教授、讲师，共有七十多人。

对那些特别穷的教师，辞是辞了，该管还是要管的。有七个教师，教不了书，又穷，傅于心不忍，就跟教育厅厅长说好，给他们一个编纂的名义，放在台大的图书馆，给一年的聘约，有的还续聘了。（屈万里《回忆傅先生在台大的往事》）

在研读傅斯年的资料时，我发现，无论是办史语所，还是办台大，傅最重视的是购置图书，扩充图书馆。抗战期间，北大清华撤到大后方，图书馆都没有带去，整个昆明迁来的大学和学术机构就史语所有个图书馆，藏书二三十万册。好些人做学问，都要仰仗史语所的图书；还有的人，为了做学问调到史语所。想想也是的，一个研究机构，一个大学，最重要的是什么？一是好教授，再就是好图书馆。光有好教授还不行，还得有好图书馆。从某种意义上说，好图书馆比好教授更重要。

我们现在的大学校长，大概很少有人直接抓图书馆，但是不能说没人重视这个问题。最近我看到一个消息，山东省省长姜大明，在去年两会省政协教育组讨论高校债务时发问："没有图书馆，办什么大学？"这话真是说到点子上了。

傅斯年去了台大，抓的第一件事就是图书馆。他亲手拟出"图书委员会办法"，除了谈到这个委员会"组织"和"职掌"外，还拟出具体的工作程序,其中第一步是:至迟九月底以前保藏事项办好;至迟十月底以前,各阅览室之改建完成;至迟一月底以前各系图书整理就绪;趁暑假大搬动,大改装修(总、法、医、阅览室,文学院汉籍等),趁暑假后将后楼腾出,再一批大搬动。一段话里,三个"至迟"两个"趁",可以看出他急于促进图书馆发展的心情。

除了改建书库、阅览室,傅斯年亲自跑旧市,挑书买书,增加台大的图书收藏。那廉君回忆:"当时台大的图书,除了日文与德文以外,中文书籍实在不多,于是他东凑西凑(经费),尽量添置不少经常应用的中文书籍。记得有一个晚上,孟真先生一个人跑到南昌路的鸿儒堂选购了不少书籍,自己抱回来,那时候我住在孟真先生家里,他叫我点收这些刚刚买来的书籍,并且叫我暂且垫款付账,我说:'既是熟铺子,明天再请事务组去付好了!'孟真先生听了我的话笑了笑,他说:'看来现在是月底,你的荷包大概也干了吧!'"(《追忆傅孟真先生的几件事》)

这样一个公忠体国的人,个人生活是非常节俭的,甚至可说是寒酸、可怜的。傅是1950年12月20日,在台湾省"议会"上猝死的。20世纪70年代,傅夫人俞大绥写过一篇《忆孟真》,写了他去世前一天晚上夫妻两人的一段对话。

冬夜寒冷,俞大绥为傅在小书房里点着一个火盆取暖,傅穿着一件厚棉袍伏案写作。俞就坐在对面,缝补丈夫的破袜子。因为第二天要参加两个会议,俞劝丈夫早点休息。傅搁下笔,对俞说他正在为董作宾的《大陆杂志》赶写文章,想早点拿到稿费,做一条棉裤。又说:"你不对我哭穷,我也深知你的困苦,稿费到手后,你快去买几尺粗布,一捆棉花,为我缝一条棉裤。我的腿怕冷,西装裤太薄,不足以御寒。"俞听了，一阵心酸，欲哭无泪。

说到这里，傅起身指靠墙的书架说，这些书，还有存于史语所的一房间书，他死后要留给儿子，他要请董先生为他制一颗图章，上刻："孟真遗子之书"。

长叹一声，接着说："你嫁给我这个穷书生，十余年来，没有过几天舒服日子，而我死后，竟无半文钱留给你们母子，我对不起你们！"

夜深了，窗外吹起一阵寒风，俞大綵看到，室内盆中的炭已化成灰，猛然感到一阵透骨的寒意。她一向不迷信，过后想起，莫非这就是丈夫的遗言？

前面提到的董作宾，是考古学家、史语所的研究员。傅去世后数日，董作宾将稿费送来，只是已无法为他添置棉裤了。

我有时候想，为什么民国时期能出现这样一批优秀人士，而当今的许多干部，却每每叫人失望呢？这个问题，困扰了我好多年，总也找不到让人信服的答案。你说是学养、修持，是智商，是品德，似乎都难以圆满地解释。前些日子，为写这篇讲稿找材料，在我的小资料室里闲翻，翻到一本山西作家赵诚送我的书，叫《追寻黄万里》，山西书海出版社2004年出的。拿到手就看了。我有在书上写批语的习惯，在这本书的第110页空白处，写有这样一段话：

人生奋斗，是有不同层次的。最初肯定是生活层面，超越了这一层面，才是精神层面。见识，见识，只有见过，才有真识。你连见过都没见过，会有什么真识。今天放下打狗棍，吃了两顿好饭，就成为了"而奋斗"式的人，怎么可能？我们许多干部，所以不行，主要就是他的人生奋斗，还停留在生活的层面。黄万里所以这样有定力,有精神,是因为他早就超越了生活层面。

我想,对傅斯年其人,也可以做如是理解吧。

2012 年 2 月 22 日

本文系2012年3月25日在山西省图书馆演讲的讲稿

怀念常风先生

我真糊涂,在山西大学上了几年学,竟没有去看望过常风先生。

一半是因为无知,一半也因为不在一个系里。我是历史系的学生,他是外语系的教授,没有相识的机会。倒是他的夫人郭吾真先生,是较为熟悉的。郭先生是我们系的教授,第二学年后,"文革"风暴骤起,教师和学生常在一起开会学习,我知道郭先生的丈夫叫常风,是外语系的教授,却不知道他还是20世纪三四十年代享誉文坛的书评家。

好些年前,买到香港学者司马长风写的《中国新文学史》,其中两处引用常风的话,一处是评老舍的小说《离婚》,一处是评萧军的小说《第三代》,都是作为重要论证提出来的。当时我曾在书中夹一纸条,上写:"前面已有一处提及常风,是否郭吾真先生的丈夫?"也即是说,其时我对此常风是否彼常风尚心存疑惑。

前年9月间购得《钱锺书传》,知钱在清华大学读书时,同班同学有"以书评闻名的常风瑑，笔名常风"。后面又说到，钱大学毕业后曾寄诗给常，诗题为《得风瑑太原书，才人失路有引刃自裁之志，危心酸鼻。予尝云：有希望死不得，而无希望又活不得，东坡曰"且复忍须臾"，敢断章取义以复于君》。据此可断定常风为太原人，那么必是山西大学的常风先生无疑了。

这几年，我的兴趣转向中国现代文学的研究，每每感叹现代文学史上山西人才的匮乏、景象的寥落。仅有的几位杰出人物，除石评梅因与高君宇有一段恋情，早早受到研究者的青睐外，其余如高长虹、李健吾、贾植芳等，竟很少有人去研究。对高长虹的重视，似乎也是因了他与鲁迅有些瓜葛，只有董大中对高长虹作品的整理与研究，功不可没。我相信还有些被埋没的人才，有待于我们去认知。既往已不可追，重要的是昭示于来者，以振兴山西的文化风气。

既然常风先生就在太原，何不去拜访一下呢？

读过《钱锺书传》的第二天还是第三天就是国庆节，闲来无事，下午我和妻子去了山西大学。常先生还在世不在？若在，身体又如何，能否见客？这些都须事先打听清楚。于是先去了姚青苗先生家。我与姚先生是同乡，闲谈中问及常先生的情况，姚先生说，常先生确是毕业于清华大学外国文学系，确是三四十年代的一位书评家。常先生出身榆次常家，系清末民初山西的望族，他的大伯父与二伯父均为有名的学者和书法家。姚先生还称赞常先生的学问多么好，人又多么随和。只是年龄大了，腿有疾，很少下楼。就住在对面的一栋楼里。

开门的是郭吾真先生，我说了自己在学校时的名字，先生还记得，邀入书房，不多时常先生就出来了。个子不高，气色还好，微胖，行走有些迟缓。毕竟是八十二岁的老人了。他在藤椅上坐下，说这样舒服些，而让我们坐在室内仅有的一对沙发上。郭先生也在一旁落座。常府是清静之地，我们是不速之客，起初有点拘束，和郭先生说了些当年历史系的人事，气氛才活络了些。

在姚先生那儿，我已知道常先生曾被划为"右派"，想来"文革"中受过不少磨难，至于钱锺书那首诗中提及的"才人失路有引刃自裁之志"，更是问不得。那就先谈点愉快的吧。钱传中说到，钱上大学时，曾口出狂言，说清华大学没人能教得了他，后来在西南联大教书时还说过，叶公超太懒，吴宓太笨，陈福田太俗。这三位都是钱在清华上学时的老师。我问钱是不是这么狂妄。

常先生笑笑说，钱锺书很有学问，也很有才华，能说出这样的话，多半是一时戏言，不必当真，若真是这样，也就不必上清华了。既然上了几年，这几年中总还是上过课的，怎好说没人能教得了自己呢。他也是叶公超先生的学生，叶先生二十出头就获得英国剑桥大学的硕士学位，是清华的名教授，想来钱锺书不会说叶先生的坏话。说到这儿，常先生从书架上取下一本书递给我——《叶公超纪念文集》，台湾出版，是叶先生的家人给他寄来的。他也写了一篇怀念叶先生的文章，将在台湾的《联合文学》上发表。在校时，他和钱锺书交情甚笃，前些年还有通信，钱每有新著，总会寄他，现在都已年迈，联系也就少了。

他的话语缓缓的，咬字清晰，不带一般山西籍老人常有的土音。这或许与他多年在北京上学教书，教的又是英美文学有关吧。神态安详闲远，正是那种饱经忧患、洞明世事却又与世无争的老学者的风范。从闲聊中，我听出，他不光和叶公超很熟，和朱光潜、周作人、沈从文等文坛名家的关系也非同一般，和李健吾还是清华时期的前后同学。

这下有了可谈的话题。我对20世纪三四十年代那茬作家的兴致，更多的不在他们的文学成就，甚至也不在他们的文学活动，而在他们的为人行事，大至彼此的日常交往，小至各人的生活习性。比如，我看那些回忆鲁迅的文章，知道鲁迅平日吸烟总是从长衫的兜里摸出一支，从不将烟盒掏出来，且拿烟的动作不像常人那样食指与中指夹烟掌背朝外，而是拇指与食指夹烟掌心朝外，就想知道鲁迅到底吸的是什么牌子的烟，在当时何等档次，敬不敬别人（我推测是不敬的）。那是个神秘的时代，人人似乎都笼着点神秘的烟霞。常先生是其时北方文坛的亲历者，1934年曾和叶公超、梁实秋、余上沅等人办过《学文》杂志；1937年曾和朱光潜、杨振声、沈从文等人一起办过《文学杂志》；北平沦陷后，和周作人时相过从，周还帮他校订过译著；1947年，又和朱光潜、杨振声办过复刊后的《文学杂志》。对当时文坛的种种轶闻掌故，定然知之甚详。

像叶公超这样留洋回来的教授，居室布置也是很洋气的吧？

"洋气谈不上，风雅是够风雅的了。"常先生仍是那么平和地说，头微微上仰，似乎回到了那个久远的年代。这样具体而微的话题，不臧否人物，最能撩起老年人的谈兴。

1929年考入清华后，冬季的一天，他和钱锺书去看望叶先生，其时叶先生也刚从暨南大学应聘到清华任教，不过二十四五岁，住在清华园北院的教授住宅区。这儿原是清华学堂初建时，专为外国教授修建的，一律西式平房，叶先生住在北边中间的一套。门前是大片的草坪，整洁幽雅，很是安静。大约第二年夏天，移来几竿竹子栽在南窗前，等竹子长起后，便给他的书房兼客厅的那间大屋子起名为"竹影婆娑室"。还请老诗人、汉魏诗赋专家黄晦闻先生写成横披，悬挂在室内窗上方的白粉墙上。坐在他的书房里，确实能看见竹影摇曳。不久叶先生就结婚了，室内并未添置什么新家具，只是书架上多了一排十来本的精装书，是卢卡斯编的《兰姆全集》和卢卡斯写的《兰姆传》，皮脊上烫金的字和图案，十分耀眼。叶先生最喜欢兰姆的文章，胡适、温源宁等老朋友便买了来，作为礼物送给他。那时文化人之间的交往，也是力避凡俗、追求高雅的。

抗战爆发后，叶先生只身赴南京，请缨报国，教育部委派他去后方筹建西南联合大学，直到第二年才抽身回到北京（当时叫北平）安排家属南行。就是这次北来，他还负有使命，代中央研究院和西南联大敦促周作人和辅仁大学校长陈垣相机南下，以免为日伪所利用。事先有信给常，告知此行的目的。其时常在北京艺文中学教书。

很自然的，常风先生又谈起了周作人的逸事。

周作人也是个很风雅的人，和叶先生不同处在于，叶先生受的是英美教育，周则全然中国士大夫的做派。平日去了周家，周先生总是邀他到书房里叙谈，就是现在好多书上常提起的苦雨斋，可能是因为院子地势低洼，下水道不好，一下雨满院子都是水，主人深以为苦，便给书房起了这么个名字。倒也耐人寻味。叫苦雨斋，别以为是房子也窄小，不是的，那是一所典型的中国旧式房子，高大宽敞，室内藏书很多，陈列也很讲究，都整整齐齐摆放在带有玻璃门的书柜里。室内也不悬挂什么字画，给人的感觉是整洁朴素，书香盈室。"苦雨斋"三字，系名书法家沈尹默手书，写在一条小横幅上，裱糊后嵌在一个木框里，就摆在桌子上。

热天去了，周先生见面第一句话就是请宽去长衫，若你认为在一位长辈面前脱去长衫不太礼貌而不便遵命时，主人就说，那我也得穿上长衫了，这样你就不好再拘泥礼节而只好从命了。主客各自就座后，周先生会递给你一把扇子，随即仆人便奉上一杯茶，然后就从从容容地谈起来。周先生说话声音不高，细声款语，又恳切又有味道，与之接谈，很受教益。他多是午后去，常碰上钱玄同先生在座。

那次叶先生一到北京，第二天常先生就陪叶去拜访了周，因为过两天周还要请叶到家中用饭，没坐多久就告辞离去。返回的路上，在车里，叶说他看到苦雨斋的书柜里，立着一张日华什么会开会时的合影留念，很为周的处境担忧。果然，第二次去周家吃饭时，无论叶怎么劝说，周只是强调家里拖累太大，走不开，始终没说一句让叶放心的话。

也就在这之后，在上海的李健吾也很关心周作人的状况，多次去信问询，并要常先生写篇短文报道周的近况，在上海的报上发表。常遵命写了篇短文，名为《岁寒而知松柏之后凋》，希望周纵然不离开北京，也做个伯夷式的人物。同时附去周刚送他的一首"游僧诗"，内有"劈柴挑担亦随缘"之语。李健吾接到后回信说，既是"随缘"，敌人拉他下水他也会下的，"大不妙"。不过还是将常寄去的文章安排发表了。

1943年后，常先生在中国大学文学系任教，抗战胜利后，又在北京大学西语系任教，直到1952年院校调整，先被分配到新华社。山西师范学院院长赵宗复闻知后，到教育部将常先生要回山西。能以所学为桑梓服务，常先生当时是很欣慰的，至于1957年的灾难，那是万万没料到的。

谈到自己的成就，常先生谦逊地说，自己一生都是个教书匠，办刊物和写作只是余兴，能与当时那么多文化名人触识共事，不过是机缘而已。平日写的文章，也不留心收集，仅在20世纪40年代出过三本书，一为《弃馀集》，一为《窥天集》，还有一本据英文翻译的希腊田园故事《达夫尼斯与克洛衣》，即周作人帮他校阅过的那本书。还谈了1927年在太原上中学时，与同学宋劭文、高仰慰（又名远征，高长虹三弟）等人共办石燃文学社时的情况。从少年时就喜爱文学，倒是不假的。

从性情上能看得出来，常先生不是那种叱咤风云的人物，他是个办实事的人。这也就难怪《文学杂志》在十年间两次创办（后一次的复刊实为创办），朱光潜、杨振声、沈从文、叶公超诸人，都一致推举他当助理编辑，具体负责编务了。

听常先生一席话，真好比看"中国现代文学秘史"之一章，这些事情很少有人写过，尤其是这些名家的为人行事，乃至书房情调，更是闻所未闻。坐的时间不短了，老人身体欠安，不便过多叨扰，我们夫妇也就起身告辞。看得出来，对我们的冒昧来访，常先生和郭先生也不太反感。临别时，我将带去的《钱锺书传》送给了常先生。

去年春天起，谢泳和阎晶明两位青年学者，开始为《黄河》主持"作家书斋"专栏，他们似乎要提高这个栏目的文化品位，在发表一些当代中青年作家文章的同时，颇留意老学者老作家的回忆文章。不知从哪得到的线索，谢泳组到了常先生一篇怀念朱光潜的文章。秋季的一天，谢泳从山西大学回来，带给我一篇常先生文章的复印件，是发表在台湾《联合文学》上的《回忆叶公超先生》。前年拜访时，常先生曾提到过，时过一载，他老先生还记着这件事。空白处一行小字：敬请石山同学兄教正。同学已是抬举，后面还特特加了一个兄字，老一辈文化人就是这么谦和。对常先生我是越发地敬重了。谢泳还带回我的一支钢笔，是上次去时遗忘在常府的。

这次去常府，谢泳看到萧乾给常先生的一封信，说常是当今在世的三四十年代北方文坛唯一的知情人，劝常多写些回忆文章。谢泳还告诉我，司马长风的《中国新文学史》中两次提到常风。过后翻此书，才发现当年夹在书中的那个纸条。

这样一位文坛耆宿，回到山西竟一直沉默无闻，与文学界没有任何联系，真是大可骇怪的事。联想到石评梅、高长虹、李健吾诸人都是走出娘子关才成就了一生事业与功名，心里一悸：莫非太行山也像淮河一样，在将地域分作东西之时，也将物产判了橘枳之别？

近年来常先生写的怀念文章有十一二万字，谢泳和我商量，能否与山西省内出版社协商，趁常先生还健在，将这些文章收集起来，出上一本书，也是对这位文坛老人的一种安慰。谢泳并说，若社方同意，他可以尽义务做编辑工作。我觉得此议甚好，当即给出版社的一位朋友挂了电话，对方听了常先生的境况，也很同情，说可以破例出书，就是赔点钱也在所不惜。常先生的文笔很好，平实而隽永，是散文的上乘之作。撇开这层，即使作为史料，也是有出版价值的。

去年冬天，听说常先生偶感风寒，住进了省人民医院。一天，我和秦溱、谢泳两位去看望常先生。老人见了我们，定要服侍他的大女儿将病床摇起，与我们说话。老人曾任省人大常委会委员，在山西也是著名的学者了，病房内除了简单的日常用品外，床上床下空空荡荡，没有我在别的病房常看到的，即使"小科长病房"也会有的那类"看望品"。病房不小，分里外间，这是他身份的唯一标志。秦溱和谢泳既作为个人也是作为编辑部的代表，去时不光带了许多水果，还将稿费带了去。其时刊物尚未出版，常先生连声说"不敢当，不敢当"。

今年春天，我和谢泳去看望了常先生的女儿常立同志。她说她爸爸是个很内向的人，从不和家人说自己的旧事，平日只是看书，很少与外人交往。为了编常先生的文集，我们除带回常先生近年来所写的文章及常立在北京大学读研究生时搜集到的中华人民共和国成立前的佚文外，还带回了常先生早年的三本著作。三本书都没了封面，猛然看去像是普通的笔记本，据常立说，是"文革"中为了防止被抄走而特意伪装的

夜晚，灯下，我翻看着《弃馀集》与《窥天集》里的文章。前者是书评，后者实则是本文学论文集，还有一两篇是散文。《窥天集》为大32开本，印制精良，在当时要算很好的了。只是时日久远，纸质已发黄变脆。常先生的书评，确如版本学者姜德明在《余时书话》一书中所说："作为文艺方面的书评集，我们平时还不容易见到，常风先生的《弃馀集》具有先行的意义……他在战前几乎成为职业的书评家……常风的书评和他关于写作书评的经验，对于我们仍有参考价值。"

记得初访常先生时，我很想问一句，抗战爆发后，大批文化人南下，到大后方从事抗战建国活动，先生何以滞留沦陷了的北京达八年之久。碍于情面，终未开口。读《弃馀集》及有关文章，方始明白缘由何在。其时艺文中学系教会学校，尚不受日寇管辖，陈垣当时是辅仁大学的校长，敌寇就拿他没有办法。倘周作人也能在辅仁大学任教，至少不会那么快就落水。纵然未能南下，常先生还是保持了一个文化人的民族气节的。"事变后头四年开始靠一点翻译工作过生活，由于一点情感上的原因不肯也不曾写过一篇文章。从二十二年到二十六年事变为止，几乎成了我职业似的写书评自然而然也停止了。"这是《窥天

集》后记中的一句话。所谓一点情感上的原因，不就是不愿屈膝事敌吗？出版于沦陷期间的那本书，之所以取名"弃馀"，不正是表达先生淹留敌区的一腔孤愤吗？

忽然，从《窥天集》中掉下一页纸来。上面写着清秀的蝇头小楷，细细看去，不由感慨万端。这是常先生前些年写的一页札记，记述了《窥天集》中一些文章的来龙去脉。原文如下：

《关于评价》：沦陷初期，应李霁野之约写。李君现任南开大学外语系主任，"文革"前兼任天津市文化局长。此文较有分量，阐述个人对文学批评的看法，文末"藉此寄怀鼓励我写这篇文字的一位友人"即指李君，当时避日寇迫害远走。平时于良师益友与有卓越成就之前辈，无不钦敬，但从不苟同。文末言及克洛齐学说，即朱先生（指朱光潜）所倡导者。

《亚氏论悲剧》：大学四年级时，从郭斌和师治诗学，致力颇勤，于有关文献涉猎较广。沦陷初期，辅仁大学师生创办《辅仁文苑》，屡承索稿，后见该校教授法国文学博士郭君论亚氏悲剧一文，牵强附会，强作解人，乃作此文。

《杜少卿》：拟写《人物的创造》一书，此为其一，此篇文字较可观。

《你往何处去》《苏曼殊》：拟写《回忆中的书》，只写了此两篇，文字甚拖沓。

《小说的故事》：拟写之《小说的艺术》之第一章，计划写十万字。此文写就数日，抗日战争胜利，初不意日月同光即在目前也。

这就是他女儿所说的"内向"吧。实则常先生是个胸怀大志的人，若"日月同光"后，中国不是那么战乱频仍，中华人民共和国成立后知识分子不是那么垂头丧气，常先生个人没被错划为"右派"，以先生之学力与勤勉，别说这篇札记中提到的这三本书，就是再来三本也是能完成的。二十年的大好光阴就那么白掷了。我的眼前一片模糊。钱锺书当年赠诗的诗题中，借苏东坡的话劝老同学"且复忍须臾"，须臾可忍，二十年呢？如今倒是日月同光了，而八十四岁的老翁身陷病榻，空余一腔大志，心中的凄苦又向谁去诉说？这才是人世间最可愤慨，也最令人"危心酸鼻"的事。

那次去山西大学拜访常先生时，我曾做了详细的笔记，说是回去想写一篇介绍常先生的文章，他说"你现在别写，等我过世了再写吧"。尔来不觉已有三个年头了，我还是忍不住写下这篇文章。不完全是为了常先生——不管有多少的遗憾，他已有的成绩终将得到世人的承认——而是为了我们这些后来者，为了警诫和振兴山西多少年来荏弱的文化风气。

1994 年 3 月 15 日

薄暮中远逝的身影
——回忆阎宗临先生

如你所说,我父亲也曾是文学青年。他年轻时在北京和高长虹、郁达夫等都很熟;在法国里昂时,曾同巴金住在一起;在广西桂林时,和欧阳予倩、田汉等都有交往。可惜他在世时,我没有详细问过,失去了了解当代文学史资料的机会。我父亲和文学的缘分,是他人生的一个重要侧面。

这是今年3月间,守诚学长给我的信中的一段话。此前我曾说过,要为阎先生写篇文章,守诚学长寄来一些资料并附了这封信。原以为很快就会写出的,不料"非典"来了,终日忧愤,了无心绪,拖到今天才动笔。这期间,我唯一能做的是在《山西文学》封二的"山西学人"栏目里,将阎先生的两帧照片刊出,并附上简单的说明文字,算是一个山西大学历史系的学生对老师的一点孝敬。这话有点拗口,可也只能这么说。

阎先生是我们的老师,这是没错的,我要说是阎先生的学生,却有些僭妄。我是1965年考入山西大学历史系的。阎先生曾任历史系主任、学校的副教务长,其时是历史研究部主任,仍是历史系的教授。也还代课,代的是世界历史,或是与世界历史有关的课。这类课程,要到大学本科三年级或四年级才开。我们这一茬学生没那个福气,第二年一开春便到乡下"半农半读",实际是只农不读,熬到8月份,"文化大革命"开始了才返校。此后四年间,再没上过一节课,直到1970年毕业。这样混了五年,怎敢说是阎先生的学生呢。

但也不能说一次也没有受过先生的教诲。山西大学的成例,每年新生入学典礼上,都有教授代表讲话勉励新生一项。1965年那次,代表教授讲话的就是阎先生。他不是个善于言辞的人,讲了些什么,我全不记得了。按如今的规矩推测,该讲他怎样与鲁迅交往,怎样留洋多年,怎样忠厚做人,怎样潜心治史——只怕不会。他的为人先就不允许。极有可能是大会的主持人,在阎先生讲话前做个这样的简单介绍,他能讲的,怕也只是几句诚恳的勉励的话。

对阎先生的了解,肯定是后来的事。毕竟我们是历史系的学生,他是历史系的先生,要了解不是难事。再就是,他的儿子阎守诚是我们的同学。说是同学,也是僭妄。我们是一年级,守诚是五年级。好在"文革"开始后,他们那一届推迟一年毕业,这样我们算是同了两年的学。或许正是因为有这么个同学,对阎先生的事也就格外留心。知道他与鲁迅有过交往,某年某月某日,《鲁迅日记》上都有记载。知道他留欧多年,获得瑞士国家文学博士学位。还知道他的夫人是瑞士某大学家政系毕业,这一点让我们这些刚入大学的学生很是新奇,后来知道不是这样——阎师母学的是学前教育。再让我们佩服的就是,阎先生的几个孩子学业都很优秀,守诚学长的哥哥在北京大学,守诚学长在历史系是公认的优秀学生。

对阎先生有进一步的了解，是"文革"中的事。运动初期，常开批斗大会，学校的，系里的，凡是重大的批斗会，差不多都有阎先生。想来一是阎先生在史学界名气大，再就是阎先生是留洋的博士，批起来带劲吧。但是无论批斗者在上面怎样的卖力，我们这些坐在台下的学生，怎么都对阎先生恨不起来，反而越发地钦敬了。台上每揭发一件事实，不管怎样上纲上线，说得罪恶滔天，我们却只会从相反的方向理解，也就对阎先生多了一重的了解，多了一重的敬意。不管揭发什么，阎先生并不抗争，就那么平和地站在那儿，神闲气定，一副儒雅散淡的样子。如今推想起来，那时候他想到了什么？想到了欧洲中世纪的黑暗，还是想到了鲁迅笔下的民众的愚昧、群氓的暴虐？

写到这里，我只有羞愧，无论是全校的批斗，还是系里的批斗，我肯定都是台下的看客中的一个。说不定，不，是肯定，肯定还举起手臂，喊过那些丧心病狂的口号。可以原谅自己的无知，绝不能原谅自己的愚昧。

师道刚先生在《阎宗临传略》中有这样的话："在林彪、四人帮猖狂时期，他和许多正直的知识分子一样，遭受严重的迫害。在一次斗争会上，被粗暴地推倒在地，拖着走，摔掉了三颗门牙，立即休克不省人事。"（《中国现代社会科学家传略》第三册）

这次大会我是参加了的。大致时间也还记得。师先生也是历史系的先生，我在校时他还年轻，如今已是鬓发斑白的老学者了。师先生是老实人，只是这样说我却不敢苟同，这是为尊者讳，却是对贤者的不敬。那时候是"文革"初期，还不能说是"林彪、四人帮猖狂时期"，猖狂的是师先生要讳的尊者。再就是，发动者有责，施暴者也有责,而施暴者肯定是当时山西大学的学生,说不定还有那些在开学典礼上听过阎先生教诲的学生。可以不追究他们,但却不能说不是他们。

等到我,还有和我一样的当时的年轻人醒悟过来的时候,阎先生已是伤痕累累了。苦难中的阎先生,越发让我敬重。

就是那次批斗大会后的一个傍晚,我不知做什么事,路过学校大操场。初秋天气,凉风乍起,薄薄的暮霭中,远远地看到两位老人互相搀扶着,依偎着,沿着跑道,如同一人似的踽踽而行。我是从操场中间穿过的,纵然视力不好,还是一眼就认出这两位老人,正是阎先生和阎师母。

阎先生是儒雅的,却不能说多么英俊,至少个子是矮了些。阎师母就不然了。她老人家,是那种一看就是大家出身的知识女性,端庄娴静,文质彬彬。那时候,我还认为阎师母是家政系毕业的,尤其是知道自从有了孩子后,她就舍弃了工作,在家中相夫教子,更是佩服得不得了。

我一面走,一面注视着两位老人。对了,我想起来了,当时批斗会上,阎先生的胳膊是受了伤的。天气凉了,阎先生穿着一件银灰色的中山装,受伤的那只胳膊没有捅进衣袖里,而是吊在胸前,空袖管就那么在风中说飘不飘地摆动着。在我看来,这是人世间最美最美的一幅图画。我一面看,一面走,直到他们的身影,在越来越浓的暮色中,消逝在操场的那头。

后来系里还开过一次批斗会,在主楼北侧的一个教室里。那时候,学生们似乎都有了点醒悟。仍是押上台,却只是做做样子。记得我和另一位同学押一个老先生。主其事者还特意叮嘱我们:老先生了,不要用劲。那次会上，有没有阎先生，记不清了。

顺便说一句，我一口一个阎先生，在如今的年轻人看来，似乎有点不恭。实则，这是最为恭敬的。我们上学的时候，对老师，尤其是年高德劭的老师，都是称先生的。现在的学生对老教授也称老师，在我们看来倒是有点不恭。

原打算说说我对阎先生的一点印象，接下来评述阎先生的两本文学作品的，不意一下笔就动了感情，写下这么多，是单篇文章了。那就让它这么着。评述阎先生文学作品的事，过后再说吧。这里，且把《山西文学》封二上对阎先生的简介抄录在这里，以便读者对阎先生有个较为全面的了解：

阎宗临（1904.6—1978.10），山西省五台县人，著名历史学家。1925年赴法国勤工俭学。毕业于瑞士伏利堡大学。曾获瑞士国家文学硕士、文学博士学位。1937年回国后，在广西大学、桂林师院、无锡国专、中山大学等高校任教。1950年后，一直在山西大学工作。曾任历史系主任、研究部主任等职。主要研究和讲授世界古代史及中世纪史、中西交通史。专著有《近代欧洲文化研究》《欧洲文化史论要》《巴斯加尔传略》等。1998年《阎宗临史学文集》出版。

2003 年 7 月 12 日

拿希望劈成小柴生火
——在首都图书馆的演讲

从"末代诗人"到优秀诗人

原先定的讲题是《志摩与新诗》,没有变,还是谈志摩与新诗,现在这个题目,是为了发表文章(讲稿)用的。志摩与新诗,一听就知道会讲什么;现在这个题目太俏皮了,要解释一下。

1928年前后,徐志摩的名声已经很大了。住在上海,到了年根底下,会有报纸请他写新年贺词之类的文字。他呢,人缘好,随和,叫写就写吧。这样到了1928年元旦,就有两家报纸登了他的新年贺词,一家是《申报》,一家是《新闻报》的元旦增刊。《申报》登的叫《年终便话》,《新闻报》登的叫《新年漫想》。本来该是欢喜的文章,鼓劲的文章,这一年似乎流年不利,情绪不高,也就说不出什么慷慨激昂的话。可毕竟是徐志摩,对人性有深刻的体验,对生活从不会失望,情绪不好,反而让他说出一些更值得玩味的话。在《新年漫想》里,他说

"生活已皱缩到枯窘的边缘，像脱尽了翱翔的健翮"。拿希望劈成小柴生火，是在《申报》的《年终便话》里说的，用在这里，是个短语，说全了是："可是尽说这冷落丧气话也不公平，冷急了自然只能拿希望劈成小柴生火。"我非常喜欢徐志摩这种语言表达，俏皮，隽永，越咂摸越有味儿。希望，总是美好的，热的，而在这个令人沮丧的环境里，没办法了，只能将希望劈成一小片一小片的小柴，聚拢起来点一堆小火，热热身子烤烤手，让我们的心不至于凉透了。

下面就要说到这个讲座的主题了。顺着这个话头说，就是看看我们的诗人经历了什么事，思想上有了什么变化，是怎样一个精神状态，这小小的柴堆，又能点起怎样的火焰。这样做的好处是避免了空疏，所有的讲述，都能落到实处。还有一点要说的是，这个讲座是首图和商务印书馆"涵芬楼文化"合办的，是个新书推荐活动，着力推荐的是《远山》这本书。我的一切讲述，都将围绕着这本书展开。

《远山》是徐志摩的一本佚作集，商务印书馆出的，2018年3月印行。设计之典雅，印制之精美，在近年我所见到的书里，都是数得着的。这是说装帧，至于内容，也就是说所收的文章，要叫我说，是近二三十年来徐志摩研究的一大成果。有了这本佚作集，徐的著作更全了，这只是眼见的事实，重要的是，徐志摩的形象更丰满了，更端正了。

为什么这么说呢？大家都知道，从改革开放徐志摩的作品解禁以来，人们对徐志摩的看法不外三个面目，或者说三个脸嘴。由高往低里说：一是优秀的诗人，诗好，人样好，风流倜傥，令人爱慕；二是诗还能说得过去，但人品太差，风流成性，爱了这个爱那个，不是一个好的文化人；三是思想反动，仇视革命，跟胡适混在一起，被鲁迅狠狠地骂过。怎么个说，在不同的年代里有不同的含义。这一点，我也是最近才悟出来的。

人老了，没事的时候，会回忆年轻时候的事。我这人，出身不好，大概人品也不怎么样，从上大学开始，只要有个运动，都会被敲打敲打，"学习班"就住过三次。每次都是大会小会批评批判，跟跟跄跄、跌跌撞撞过了关。在这个过程中，对人的面目就看得多些，也看得透些。过去对批评过我的人，是一概的反感，觉得都是些心地歹毒的家伙。现在不这么一概而论了。我发觉，当年那些批评我的人也是分三六九等的。批评我骄傲自满的人，多半是想保护我。说我有剥削阶级思想，不过是送个反面的"顺水人情"，并无多大仇恨。只有那些说我思想反动，将污水往我身上泼的人，才是真正要置我于死地。从这点切身体会出发，我觉得，中华人民共和国成立前以及此后相当长一个时期，说徐志摩堕落的人，极有可能是袒护他的。比如茅盾先生，20世纪30年代初，写过一篇《徐志摩论》，说徐是"一步一步走入怀疑颓唐"的"末代诗人"。

茅盾的《徐志摩论》是1932年12月写的，距徐志摩罹难不过一年多一点的时间。文章除了说徐是"末代诗人"外，还说徐是"中国布尔乔亚开山"。这一评价，几乎成了以后评价徐志摩的定谳。过去我总认为，茅盾是革命批评家，眼光又准又狠。现在我不这么看了，觉得茅盾这么说极有可能是对徐志摩的一种保护，不是明里保护，是暗里的保护。为什么这么说呢？茅盾一直是革命队伍里的人，很早就是共产党员，1930年春天成立的左翼作家联盟要做什么事，他心里一清二楚。说白了，就是要跟胡适、徐志摩这一班人对着干。左联的首领是鲁迅，鲁迅跟徐志摩有过节，他是知道的。干胡适，他不能说什么；

干徐志摩，还是有点不忍心，至少不愿意下狠手。可能有人对徐的定性毒了些，他便写了这么篇文章，说徐不过是中国布尔乔亚的开山祖师，顶多算个末代诗人，算不得反动分子，也就算不得革命的对象。说白了就是，革命还有大事，且放了这个颓废文人。

怎么想到的呢，也是最近的事。前不久，金庸去世，有人翻出我过去的一篇文章，放在微信上，文中说到，金庸家跟茅盾家是拐弯亲戚，金庸的父亲跟茅盾是表兄弟，又是大学同学，金庸小时候，还去茅盾家"走亲戚"。金庸家跟徐志摩家也是亲戚，这是我们早就知道的，这样一来，茅盾家和徐志摩家不就是拐弯亲戚吗？还有一点或许更重要，两人同岁，且有同学之谊。茅盾1896年生，属猴的；徐志摩是1897年1月生，也是属猴的——差下一年，是农历换算成阳历了。茅盾1913年秋天考上北京大学预科第一类，第一类相当于文科，学的是文史和法律。徐是1915年10月考上的，也是第一类。同年冬天，结婚后转到上海沪江大学念书。预科两年，也就是说两人同学了半年的时间。有这么两层关系，茅盾怎么会下狠手，将徐志摩推到敌人的位置上去呢？

当然，中华人民共和国成立以后，徐志摩的脸面是越抹越黑了。和胡适一样，由不革命的资产阶级知识分子，一步一步升级为反动文人。胡适有个小脚夫人，引人同情，不会怎么堕落。志摩可就不同了，离过婚，爱女人，也为女人所爱，那就不光是反动文人，还是堕落文人。现在又变了，不管喜欢他的，厌恶他的，都得说这是个优秀的诗人，著名的诗人。若以诗句流传之广而论，怕还得说是新文化运动以来，最大的一个诗人。

《远山》的亮点

说《远山》的亮点，是一种文学化的说法。应该说，《远山》在徐志摩研究上的价值。书挺厚的，篇目不少，不能光看增加了多少篇作品，还要看这些作品的内容。两句话可以概括：一句是丰富了志摩的形象，一句是端正了我们的认识。如果以前在我们的印象里，他是瘦削而微斜的，看了这本书，会觉得丰满而端正。爱他的人会越发喜爱，当然，恨他的人会越发恨他。

增加的内容可分为两类，一类是生平事迹方面的，一类是思想境界方面的。两者我都喜欢，都欣赏，相比较而言，更喜欢思想境界方面的发现。这些内容，让我对徐志摩的认识大大地提高了一步。

先说生平事迹方面的。说增加，太虚泛。徐是在这个世界上活过的人，经过的事都是实际发生过的。只能说，有的我们知道，有的我们不知道，有的你知道我不知道，我知道他不知道，得要有个参照才行。我的参照，就是我写的《徐志摩传》。

我的《徐志摩传》，有个重大失误。初版里，竟没有写徐志摩在沪江大学这段经历。写的时候是20世纪90年代后期，能搜集到的资料不是很多。当时中国的出版界正在陆续推出一套书，叫《中国现代文学史资料全编》丛书，其中《徐志摩研究资料》这本，是邵华强先生编的。可以说，当时发表的纪念文章、研究文章的目录，这本书全收了，竟没有一篇说到志摩曾在沪江大学上过学。只有陈从周的《徐志摩年谱》里有句话，说他1915年秋肄业于沪江大学。我当时不知道，那个时候说肄业，就是上过学的意思，心想，刚刚还在北大上预科，怎么就从上海的沪江大学毕业了呢？因此初版我就没写上过沪江大学这个事。梁锡华的《徐志摩新传》里，有他在沪江大学时的各科成绩单，又不能不理会。几乎在写传的同时，写了篇《徐志摩学历的疑点》，发表后又收在我的一个集子里。文章说到这个成绩单时，说了句，或许是为了送儿子出国留学，他父亲徐申如先生，走门子弄下的吧。这本书，台湾学者秦贤次先生看到了，在一篇发在《新文学史料》的文章里嘲讽我说，大陆学者韩石山不顾事实，以己度人，胡说什么徐父走门子开学科成绩单。我初看，还想反驳，后来一想，学术乃天下之公器，跟个人声誉没有关系，错了承认就是。正好人民文学出版社重印我的《徐志摩传》，要有个新序，说到修订事项时就把这件事写上，说感谢秦先生在台湾就近查阅教育部迁台资料，敲定徐志摩上过沪江大学这件事。

沪江大学这地方，后来成了上海理工大学的校园，资料也归理工大学图书馆保管。这儿的学者在整理校史资料时，发现沪江大学校刊《天籁》上发表过许多徐志摩的文章，整理之后竟有十一篇之多。

生平事迹方面，还有一个亮点，就是收入了志摩致英国学者奥格登的六封信。内容不是很多，联系的人事很丰富。这也是我过去有疑惑，而没有深入思考的地方。除了《徐志摩传》，我还写过一本《徐志摩图传》。说是图传，也有十几万字。书中特辟一章，名为"要做一个汉密尔顿"，想从留学经历上探讨一下，是什么人给了他精神力量，被他视为榜样，才有回国后的一番作为。1931年8月，徐出了在世时的最后一本诗集《猛虎集》，闻一多画的封面——一张虎皮，从书脊那儿折过来。志摩写的序，在他的集子里，大概是最长的，有点梳理一生的意思。谈到早年的志向，说他查过家谱，明永乐以来他们家里没有写过一行可供传诵的诗句。二十四岁以前，他对于诗的兴味，远不如对相对论和民约论的兴味浓。他父亲送他出洋留学，是要他将来进金融界的，可他自己最高的野心，是想做一个中国的汉密尔顿！这个汉密尔顿（Alexander Hamilton），在美国历史上可是个了不起的人物，1755—1804年在世，早年就学于哥伦比亚大学，曾任炮兵上尉，参加过对英军的战斗。1789年，华盛顿建立新的联邦政府，汉密尔顿为财政部部长。说徐志摩回国后的作为，以汉密尔顿为榜样，显得太遥远了。现在好了，有了致奥格登的六封信，又知道奥格登是个什么样的人，这个以谁为师的问题就解决了。没说的，办报纸，办刊物，组织文学社团，学的就是奥格登。

第三个亮点，是1928年回国后的几次演讲。他是11月回来的，梁启超病了，他去北平看望。转年1月有两次演讲，一次是在清华，一次是在燕京大学。在清华的那次，有学生整理出来演讲内容，叫《徐志摩的漫谈》，在燕京大学的演讲内容也是学生整理出来的，叫《现代中国文艺界》。在天津的南开大学，在上海的大夏大学也都演讲过。不说内容了，光一次又一次地讲，就说明他已经从烦恼中解脱出来，要做事了。不久，就应胡适之邀，去北大教书。

第四个亮点，是长篇论文《社会主义之沿革及其影响》。我写《徐志摩传》时知道有这么一篇文章，在北图（现在叫国图）查资料时，想找没找见，以为或许就没有。现在陈建军找见了，编入书中。徐志摩研究相对论，我是知道的，他曾给林徽因说，任公（梁启超）知道相对论还是我徐志摩告诉的呢。有了这篇关于社会主义的研究文章，就知道徐志摩对苏联反感，不是情绪上的，是有社会学的理论素养支撑的。

事实方面的亮点讲过了,该说思想境界方面的亮点了。这个说法不怎么周全。一个人的思想境界,是体现在许多方面的。要总括,该依据各方面的材料,仅从《远山》里的文章归纳是远远不够的。既然是讲《远山》,只能说由《远山》中的文章引发了我们对徐的思想境界的重新认识。这个弯拐过来,下面的话就好说了。

　　过去我们谈徐志摩,很少谈人品,也不谈什么思想境界。似乎说诗好,已是高抬了。思想境界嘛,他也配!今天是专门谈他,还是应当宽容些。人品就不说了,要说也只说一句,你就是说他好,怕也没有达到他的那个好。还是说说思想境界吧。

　　这方面,志摩最可贵的,一是清醒的社会认识。前面说他与胡适在对苏联教育上的不同看法,就是一个显豁的证据。二是明确的社会责任感。组织社团,办刊物,不要看作是爱热闹,爱文学,不,他的心志比这要大得多。在这上头,他的顽强也是可敬佩的。这不是说,没有烦恼,没有颓唐,就像长途跋涉的人累了得歇息一样,歇好了,不累了,接着往前走。拿希望劈成小柴生火,看似希望的幻灭,实则是对希望的依赖,只要依偎在希望的小柴燃烧的火堆旁,就还有希望,就不会冻馁而亡。三是他的反省精神。对一个优秀人物来说,这是非常重要的。人的前行路线,不会是直直的一条线,直通目的地不打弯。左右的摇摆,前后的趑趄,甚至绕着圈儿的徘徊,都是会有的。靠什么走上正途呢?靠的是思辨的能力,反省的精神。志摩在家庭生活上遭逢感情的幻灭,仍能振作起来,呵护爱妻,维系家庭,得力于他的反省。当初那么爱小曼,到了这个时候,就该拉上一起往前走。

徐志摩与新文化运动

　　过去说起徐志摩，不管他做过什么，印象中只是个新文化运动的参与者，不会往高里抬。我觉得，该抬的时候还是要抬的。事实上，他是新文化运动的一个明确的倡导者，也是一个强有力的组织者。

　　新文化运动这个词儿，要掂量掂量。我们总爱拿新旧说事，于是整个中国历史上，真像一句古诗说的，"但见新人笑，那闻旧人哭"（杜甫《佳人》）。透过新人的笑脸，看到的是一个个弃妇，悲苦的面容，凄惨的哽咽。该叫什么呢，该叫"文艺复兴运动"。就是说，我们有着灿烂的古代文明，文学艺术都有其精髓，衰落了，暗淡了，到了这个时候要振作起来，复兴起来。事实上，新文化运动的先驱者，也是这样自命的；海外的研究者，也是这样定义的。

　　何炳棣的《读史阅世六十年》里，说过这么个小故事，胡适的儿子上中学时语文考试不及格。何炳棣将这件事跟胡先生说起，胡笑着说："哈，中国文艺复兴之父的儿子，语文考试竟然不及格！"我看过两本美国学者写的新文化运动史，用的英文词都是文艺复兴。也就是说，在国外的汉学界，中国的文艺复兴和中国的新文化运动是一回事。既然已得到国际文化界的认可，我们为什么不可以也称为文艺复兴运动呢？接下来要探究的是，这个文艺复兴运动，是怎样发起的，由谁倡议，又由哪些人推波助澜，最后成为声势浩大的文化运动？

　　一般的说法是，蔡元培、陈独秀、胡适三人发动且领导了这一运动。三人各有所司，蔡元培办学校，是作育人才；陈独秀办刊物，是鼓动舆论，也提供阵地；胡适发表《白话文刍议》则是一声号令，天下影从。这个说法，太科学了，也太形象了，几十年间添油加醋，越来越真实生动。再过上一两百年，就可以归到顾颉刚先生的"层累的古史"系列里了。说不定会传成，蔡元培将他的新科进士的儒冠一摔，一手拉着陈独秀，一手拉着胡适之，到了一个酒馆，推杯把盏，喝得兴起，朗声言道："仲甫（陈的字）你去办刊物，适之你去写篇文章，咱们来他一场新文化运动！"拆字先生甚至可从三人的名字上，看出他们各自的志向与作为。

实际上，我敢说，没有一个人在起事之初，会想出"新文化运动"这个词儿。但是，文艺复兴这个词儿，这个念头，有一个人却想到了，做到了，且有一番精心的布局。这个人是谁呢？就是戊戌变法的第二号人物，大名鼎鼎的梁启超先生。此中原委，起承转合，二十年前写《徐志摩传》时我已写上了。原以为出版后，定有人路见不平，拔刀砍来，我挺枪迎战，写上几篇文章，就把这个历史的讹误纠正过来了。没想到言重而人轻，喊破嗓子也无人理睬。今天在这里，只简略地谈谈，有兴趣的朋友，可找来《徐志摩传》看看。这段叙述，在第五章《回国之初》，说在徐志摩回国前，梁启超率团赴欧洲考察回来，有个大的振兴中国文化的计划，他们称之为"中国的文艺复兴"。迫切需要人才，正好徐志摩回来了，梁启超在松坡图书馆坐镇，便聘为英文秘书，倚为得力助手。好些文章里，谈到民国文人的逸事，常爱说一个典故，说梁启超写起文章来，大江长河，汪洋恣肆，一发而不可收，给某人写序，写出的序比人家那本书的字数还多，只好再写一短序，将那个长序当一本书印出来。给谁写的呢？给蒋百里写的。什么书呢？《欧洲文艺复兴史》。

蒋怎么想起写这么一本书呢，梁启超让他写的。原来第一次世界大战后，中国是战胜国，一时国威上扬，段祺瑞当政，研究系一班人吃香，梁启超当了财政部部长，组织了欧洲考察团做了一次漫游，带的人员可谓兵强马壮，都有学问专长：外交刘崇杰，工业丁文江，政治张君劢，军事蒋百里，经济徐新六。蒋百里实为梁的助手，考察团的领队。欧洲之行，梁启超最感兴趣的是文艺复兴，也想在中国造成一个文艺复兴，把中国的颓势扳回来，就让蒋百里写了这么一本书。不光是说一说，他们还有具体的布置。在北京建立了三个机构，一是读书俱乐部，后与松坡图书馆合并。二是设立共学社，收集经济、政治、军事、文艺多种书稿，交商务印书馆出版丛书，三是与蔡元培、汪大燮三人，共同发起讲学社，每年请一位著名学者来华演讲。这三个机构，均由蒋百里主持，徐志摩这个英文秘书就是协助他工作的。这样就知道，徐志摩请泰戈尔来华，不过是讲学社的业务安排。成立新月社，也不过是业余的助兴。梁启超、蒋百里发起的文艺复兴运动，后来因为梁启超的猝死、蒋的他走，未成大气候。但这个职志，徐志摩自觉地承担起来。办《新月》，是开辟阵地，在大学任教，是作育人才。前面说了的办第一届画展，也可说是这个文艺复兴运动的题中应有之义。汉密尔顿的雄心，落到实处，便是奥格登的作为。

还有个说法，很是可笑。说志摩跟胡适关系好，胡适知道在新文学创作上，提倡有功，实行无力，见徐志摩的诗写得好，为了壮大新文学的声势，就把徐志摩拉进这个阵营里。过去我也这么看，觉得是胡适这个帅才，成全了徐志摩这个将才。现在我不这么看了。我认为，在倡导与践行上，徐志摩一直就是自觉的，不是跟上谁才走上这条路的。从某种意义上说，徐志摩乃新文化运动的一个标志性人物。

历史总是将那些既有倡导之功，又有践行之绩的人物，镌刻在史册上。我甚至在想，过上一两百年，当一切都沉寂下来，暗淡下来，新文化运动的天空熠熠闪光的，怕只有徐志摩这一颗星星了。

徐志摩对长篇小说的看法

时间还有，轻松些吧。

我看见下面有的人一边听讲，一边玩手机，要在过去，我就是嘴上不说，心里也是反感的。现在不了，能理解了。因为我也玩起了手机。三年前，我有个新手机，儿子要为我设定微信，刚设定上就有两个老朋友加上，让我儿子赶紧取消了。当时我正在忙着写一部叫《边将》的长篇小说，怕分心，耽搁了思考与进展。去年写完了，慢慢修改，就让儿子设了微信，不光看别人的，点赞，评论，自己也发朋友圈，希望别人点赞评论，很快就上了瘾。一醒来先看手机，晚上躺下了睡不着，"嘟"地响一下，赶紧拿起来看。我发朋友圈，最爱发的是我的信札，毛笔小行书，不衫不履，多半恰好六行，八行笺也是六行，八行就显得挤了。一说又远了，我要说的是，前几天在微信圈里放了一封信札，是写给一个叫孙茜的女孩子。小孙是山西省北岳文艺出版社的编辑，前两三年出过我两本书，一来二往就成了朋友。这几年，我在北京闲住，她在太原，闲了就写封信。跟一个女孩子，又不能说分外的话，只能谈谈学问，谈谈读书的体会。这封札是这样写的：

经多年之研究思考，我认为新文化运动，对中文化之祸害，两项最大，一是毁灭了中国的诗歌，二是割断了中国长篇小说的传统。中国的长篇小说，多为名士逞才使性之作也。戊戌秋韩石山上（印）。

不是谈徐志摩吗，怎么说起信了？是的，信上说的是我的看法，这儿提起，道理还是刚才讲过的道理。就是我的看法，都是从徐先生那儿推演出来的，生发出来的。我的判断，或许孟浪了些，却不能说没有来由。这来由，就是徐志摩说过的话。志摩回国后，写了许多文章，几乎是手不释卷，笔不停挥。我们看重的，还是1928年从国外回来后的三年，倦游归来，感慨良多。思想和感情都到了成熟期，都上了一个新的台阶。关于诗歌，关于小说，他都做了许多事，说了好多话——写了好多文章。先说小说，后说诗歌。

民国时期，上海是中国的出版文化中心，书店之多，不可想象。我说的书店，不光卖书，也出书，是书店与出版社的一体化经营，较之卖书，更注重出版，只有出了好书，才能卖出大价钱。有一家叫亚东图书馆的书店，很会经营，老板叫汪孟邹，安徽人，跟陈独秀、胡适都是好朋友。当年旧小说销路广，全是只有句读的老本子，汪老板就想，何不出个带标点的新本，于是便请人标点，又请胡适写序。胡适写了几个，《红楼梦》啊，《海上花列传》啊，都是他写的。还有一部《醒世姻缘》，也叫《醒世姻缘传》，亚东也要出，也该胡适写序，他不想写了，转给徐志摩。这时是1931年的7月，徐志摩去北大教书，住在胡适家里。胡适起初让志摩看的是旧本子，拿在手上掉渣渣，后来给了个带标点的校样本，看起来就方便多了。志摩那一辈人，从小就看说部小说，留学后外国小说看得也不少，他自己也写过小说，对小说的技巧与社会作用早就熟烂于心。看完之后，没几天便写出一篇万字长文交差。这篇文章，在徐志摩的作品里有特殊的意义，一是可以看他的文学见识，二是可以看他对当时小说写作的具体看法。

见识就不说了，只说对当时小说的批评。徐志摩的话，颇有后世钱锺书的风格，就是时不时地会带点色。他看这部《醒世姻缘传》，一百回一百万字，而当时新小说的长篇大都不长，比如巴金的《雾》，也就十一二万字。于是徐志摩说了："当代的新小说越来越缩小，小得都不像个书样了，且不说芝麻绿豆大的短篇，就是号称长篇的也是寒伧得可怜！要不了顿饭的时光已露了底。是谁说的刻薄话，'现在的文人，比如现代的丈夫一样，都还不曾开头已经完了的！'"谁说的，我看就是徐志摩写到这儿来了这么个奇思妙想，又觉得笔下有碍，便趁势将恶名转赠给了别人，留下实利自家暗自欣喜。

这还只是就篇幅而论，内容呢，一样看不上眼。仍是跟《醒世姻缘传》比，《醒》是一个时代的社会写生，而现代最盛行的写实主义如何呢，可怜的新小说家，手里拿着纸本和全铅笔，想充分描写一个洋车夫的生活，结果洋车夫腿上的皮色，似乎比别的部分更焦黄，或是描写一个女人的结果，只说到她的奶子确乎比男人的夸大。看志摩的意思，是说作家的笔锋没有触到社会的肌肤，更不要说怎样的真实，怎样的深刻。

"五四"时代，写洋车夫几乎成了一个时尚。鲁迅写过，郁达夫写过，老舍写过。志摩这话，是说谁呢？鲁迅的那篇太短，不会是；老舍写洋车夫，迟了好多年，也不会是；极有可能说的是郁达夫。正因为是好朋友，才会看，才会记得。达夫的那篇叫《薄奠》，早先看过，写没写到腿上的皮色，记不清了。有兴趣的朋友，不妨找上一本看看。

中国的长篇小说，有我们自己的传统，也有我们自己的特色。明清时代，叫说部，作家起初是整理充实说书人的本子，《金瓶梅》之后，就走向文人执笔创作的路子，可说是才子之书，特点是逞才使性，淫喻邪说。就我所知，许多当代的学者，都喜欢看这类小说。我在山西大学上过学，毕业好多年之后的一年春节，和谢泳一起去山西大学看望几个老先生。到了姚青苗先生家，老先生都九十岁的，说起他最近的烦心事，竟是他听说山东某人手里有个《金瓶梅》的新本子，他要看，拿好多本书跟人家换，人家就是不同意。他烦心的是，他的书要比那个值钱得多，而竟不能如愿。有的大学者，说是在家里看书，不愿接待外面的人，我看，他们看的书里，不排除这类小说。据谢泳先生跟我说，陈寅恪就很爱看旧小说。

当代长篇小说的状况，我不想多说了，想说的是只有一点，就是当今的作家，境界太低了，太不把写作当回事了。觉得写小说嘛，不就是编个故事，至于思想的深度，连想都不用想。你要再问下去，他会瞪了眼反问你：你要干什么！在他们看来，写小说，不过是用一个美好的或是悲惨的故事，来诠释已经设定好的一个大的主题。概括为一句话，就是："解放区的天，是晴朗的天，解放区的人民好喜欢。"过去人们都知道，写小说是要有大才的，现在却成了，学习不好，升不了学，做不成别的什么，就去写小说。学习不好，去写小说，这大概是近几十年来最荒唐的事，最大的笑话。

最近在《文学自由谈》上看到一篇冉隆中先生写的文章——《时间会记住哪些小说？》，文末引用了日本作家池田正夫的一句话："好小说以细节、形象以及隐藏其间的情感和思想，披露时代秘密。从某种意义上说，小说是民族的心灵史。"一个民族的心灵史，由没有多少文化的人来写，不是笑话是什么？

徐志摩对新诗的看法

　　该说诗了。我在这儿，用的是一种撂远了说的办法，就像写小说一样，笔搭得远远的，一步一步往近处走，直到走到眼前。说了徐志摩的职志，在中国新文化运动中的作用，再来说他在新诗上的努力和对新诗运动的贡献，许多问题就看得清楚了。

　　徐志摩曾说过，他的祖上没有留下一首诗。好些书上说，他出身富商之家，好像是个没文化的大财主。我去过海宁，听人说他的伯父是当地有名的藏书家，现在的旧书铺里偶尔还能看到徐家流出的古籍。徐志摩去英国留学时，曾送给狄更斯一套线装书，名叫《唐诗别裁集》，扉页或是书前的空白页上，写了一句话，说"书虽凋蠹，实我家藏，客居无以为贶，幸先生莞尔纳此，荣宠不尽。"可知家里是有正经藏书的。这部书可能是带在身边自己看的，也可能是带出来专为结交朋友送礼的，这就不必深究了，书很旧，又是家藏，则是真的。再就是像徐志摩那一代人，上过私塾，一般都会作旧诗，写《徐志摩传》的时候，我以为他是会的，只是写起新诗用力甚勤，顾不上写旧体诗。后来看到他给什么人的一封信，说他不懂韵律，故而不写旧体诗。新诗在国内没写过，在美国也没写过，初到英国也没怎么写，直到1921年才写起来。有人说徐是陷入与林徽因的恋情，感情郁积，不得宣泄才写诗的，我觉得差不多就是这样。再就是总得有这份才气，才会小叩即大鸣。

　　中国的新诗运动，从胡适1920年出版《尝试集》算起，差不多一百年了。怎么评价呢，各人的看法不同，我的看法可能比较极端些。

我认为,基本上是失败的,唯一成全了的一个诗人,就是徐志摩。新文化运动中涌现的诗人很多,其作品能被后人背一句两句的都是名诗人。徐志摩的诗,被朗诵,传唱,多少年经久不歇。就在前几天,我在微信上看到一个视频,是金星主持的一个娱乐节目,请台湾明星费玉清唱歌。费要唱一首徐志摩的诗,金星主动伴舞。诗叫《月下待杜鹃不来》,费玉清的声音,原本就有一种女性的娇媚柔情,唱这首歌更是拿足了劲儿,沉浸其中,如醉如痴。金星呢,紧身暗红带花旗袍,高跟鞋,舞姿妙曼,让人惊叹。除了转身时,旗袍开衩处露出的小腿肚子肌肉过分强健之外,堪称完美:一个声音,一个舞姿,还要加上徐志摩诗句的字词,所呈现出来的意境。下面就有字幕,可说还有字形之美。几个美加在一起,简直可以说"此曲只应天上有,人间那得几回闻"——仍不确,别人或许会几回闻,在我,只能是此生仅此一回闻,而有此一回,我也醉饱了,餍足了。由这首志摩诗谱成的曲子,我又加深了对志摩诗的理解,也更加肯定了我心里长期形成的一个看法。这就是,徐志摩其人,是中国新文化运动最优秀的标志性人物,从"最"字上说,是唯一的。徐志摩的诗,代表了中国新文化运动在文学艺术上达到的最高水准,从"最"字上说,也是唯一的。

  我编过《徐志摩全集》,也编过好几个选本,老实说,这首诗不知看过多少遍,并没有特别的感觉。认为它顶多只是徐志摩成长期的作品,还没有达到他自己的巅峰。感情的表达很是细腻,字句上仍受旧词的影响,痕迹明显了些,未能化为真正的新诗。听了费玉清和金星的演唱,一唱一演,我的看法变了。方才又翻了翻天津人民出版社的《徐志摩全集》的第三卷即诗歌卷,头一次竟没有找见。为什么呢?翻书,很自然会从左手大拇指卡住的地方打开。我卡住的地方是

1926年，心想，这么好的诗肯定是后期写的。从1926年往后，一页一页翻下去，全书翻完，竟未找到这首诗。还得说一句，我看视频，是老伴儿叫过去看的，她知道我喜欢费玉清的歌，也喜欢看金星的主持，一见是这两个宝贝的节目，叫我快过去看。我在书房，她在客厅，待我过去，已开始了，只听见金星说，徐志摩的诗啊，我来给你伴舞。费玉清唱了两遍，同一首歌，歌词重复。听得最新奇的是后面一句中的"风飕飕，柳飘飘，榆钱斗斗"——太美了，榆钱斗斗，跟"荷叶田田"有同工之妙。我翻书找诗，就找这个"榆钱斗斗"，找见了就知道是哪首诗了。竟没有找见！莫非不是志摩的？不可能，那就从头开始，怕漏了，一页一页往过翻，果然见了这个"榆钱斗斗"，就找到了《月下待杜鹃不来》这首诗。我看了一遍，旧词痕迹明显仍是一眼便可看出的特征，但这回整体的看法却变了。志摩作诗不过十年，连皮儿可说十一年，按往常看人的办法，总爱分个初始期、成长期、成熟期。错了，像志摩这样的天才，这样的路数根本框不住，框住也不灵，这个期那个期，全是胡扯，只有一个期，就是喷发期。早期有早期的特色，后期有后期的亮点，绝没有什么轩高轾低的感觉。

《月下待杜鹃不来》，作于1923年，属前期作品，不是我的舌头会打弯，过去认为旧词痕迹太重，恰是此诗的一大优长，典雅优美的词儿，达到的正是一种恍若仙境的效果。词儿是旧，搭配的方式则是新鲜的，令人惊叹的，甚至可说是鬼斧神工的。我们可以想象，诗人在北京的某个公园里，夜晚等着自己的情人来幽会，远处乡村的寺院，塔上的钟声，像梦里的轻轻的波涛的声音，涌过来又退了回去。心底里思念的潮水一涨一歇，依稀像是浮在浪头的孤舟，跟跟跄跄，难以平稳。最有诗意也最有情趣的还是第四节，即最末一节：

水粼粼,夜冥冥,思悠悠,

何处是我恋的多情友;

风飕飕,柳飘飘,榆钱斗斗,

令人长忆伤春的歌喉。

从最末一句看,又确实像是盼着能在这样的春夜,等到再度来临的杜鹃。

说了志摩的诗所达的思想境界,所达到的艺术高度,再来说志摩留给我们在诗上的追求和告诫,也就可以推测出他对当下诗歌的看法。

《新月》是志摩创办的,时间在1828年3月。同年6月,这个事那个事聚拢在一起,搅得他心烦,决心去美国走一趟,实际就脱离了《新月》这个群体。他是个随和的人,虽不能共事,朋友还是朋友。此后的《新月》,似乎背离了当初的宗旨,多刊发时论性的文章,文艺作品少之又少,诗歌几乎没有。一些年轻人急了,便推志摩挑头办了个刊物,专发诗,就叫《诗刊》。到志摩去世,共出过三期,好像第三期发了稿,没出来志摩就死了。季刊吧,一季出一期。每期编起,都由志摩写个卷首语,名堂各有不同,第一期的叫《序语》,第二期的叫《前言》,第三期的叫《叙言》。我要说的志摩对新诗的遗训,全在这三篇文章里。

新诗问题很难谈,又不能不谈。再不改,再不努力,中国的诗甚至中国的文化,就不是沉沦,堕落,而是毁灭。真的有这么严重吗?别人或许不会这么看,可我就是这么看的。前几年,德国的汉学家顾彬说中国的小说是垃圾,独独说诗歌还有好的。我一听就知道问题出在什么地方。小说是散文化叙述,结构、人物、情节翻译过去,什么还是什么,优劣一眼就看得出来。诗歌就不同了,你拿一首眼下的诗让一个德国汉学家去翻译,你不说是诗,说是句子,他翻出来是一个样子;你说是诗,他翻译出来是另一个样子,一首德国诗样子的诗。因此可以说,凡掌握汉语的程度没有达到可以随意阅读汉语文学作品的外国人,经翻译看到的中国诗都是不错的,至少是符合外语诗规范的诗。

实际上,当下文学界,社会上,看到的诗是什么样子的呢?两个字,分行。汉语的字连起来,分行排列就是诗。这些年,文学界流传过许多关于诗的笑话,我看了,常常会想起鲁迅说过的一句话——气坏了骂"四条汉子"的——"我疑心他们为敌人所派遣"。我是"文革"过来的人,加上那时的词语,这个意思说全了就是,"美帝""苏修"和国民党反动派无法撼动我们的红色江山、红色文化,于是便训练了一批懂中文的人,通过各种渠道渗透进来,又通过各种手段混进我们的文化界,窃取高位,占据要津,然后卖力地提倡和书写这只须分行便可称之为诗的文字垃圾,企图从诗上打开缺口,毁灭中国的文化,进而毁灭掉这个民族,至少也要让它退回到不知诗书礼仪的蛮荒时代。这是极而言之,说白了,就是我们这个诗文古国将要堕落到不知诗为何物的地步。这,还不可怕吗?

一个没有诗的国家,有什么文化可言!

谁来扭转这个趋势?

徐志摩,徐志摩,还是徐志摩。

他这个人,他的诗,他关于诗的遗训。

《诗刊》出了三期,各有卷首语,全是徐志摩写的,除了介绍当期组稿情况,还说了一些对诗坛希望的话,也可说是对中国新诗事业的期盼。前面两期不说了，只说第三期，这期叫《叙言》，先说了些印制和来稿的情况，接下来说这一期诗很多，原本约定的散文暂时不登。这里说的散文，是指非诗的文字，实际是指诗论文章。下一期，想让出一半或更多的地位给关于诗艺的论文。且说已约定下的，有孙大雨、胡适之、闻一多、梁实秋、梁宗岱、徐志摩等。也希望有外来的教益。要是稿件多，且有相当的质量，也许会提议另出一本诗论专号。关于论文的题材，也就是论文涉及的方面，提出八点，其中第二点是诗的格律与体裁的研究，第四点是"新诗"与"旧诗"，词，曲的关系的研究；第八点是诗的节奏与散文的节奏。

我写《徐志摩传》时，看过一些新月派诗人关于新诗探索的文章，对闻一多提出的新诗的三美印象很深，这"三美"是建筑美、绘画美、音乐美。多年前，还买过一本《孙大雨诗文集》，看过里面收入的关于诗论的文章，说不定就是响应徐志摩的提议，为将要刊出的诗论专号写的。文章里提出一个新的概念，叫"音步"，就是诗的节奏。当时的感觉，这些留学回来的诗人，并不像胡适他们对待文言文那样，视之为女人的裹脚布，完全抛弃。这些诗人对中国的旧诗词同样热爱，只是觉得旧诗词规范太多，不利于新思想、新理念的表达，因而要创建中国的新诗，说大了，就是要创建中国特色的新文化。

不久前去南京参加一个传记文学会议，在车上与安徽师范大学的刘萍教授谈起安徽诗人朱湘，她似乎正在做这方面的研究，我问她可知朱湘对新诗的看法，她说朱湘有这方面的文章。我让她回去手机拍了发给我看。离开后没几天，就发来了，是朱湘的《评闻君一多的诗》里的话。对新诗的建设他是这么说的：

新诗的工具，我们都知道的是白话。但是我们要知道，新诗的白话绝不是新文的白话，更不是一般人，如我如你，平常日用的白话。这是因为新诗的多方面的含义绝不是用了日用的白话可以愉快地表现出来的。我们"欲善其事，必先利其器"，我们必得采取日常白话的长处作主体，并且兼着吸收旧文字的优点，融化进去，然后我们才能创造出一种完善的新诗的工具来，而我国的新诗才有发达的希望。

我把这几句话抄在这里，意思是想告诉不喜欢徐志摩的人，当时其他诗人也是这样的看法。徐志摩、朱湘这些人，学过旧诗，也学过新诗，清楚诗是什么，什么是诗。一句话，诗是有规矩的。最起码要有韵律，要有节奏，要有意境。意境太玄妙，难以把握，韵律与节奏就成了诗的必需。在我的感觉上，他们几乎已达成了共识，再往前走两步，弟兄几个坐在一起拟定上几条，新诗的规范就立起来了。可惜，抗战来了，呐喊的诗起来了，抗战胜利了，内战起来了，内战完了，新的国建起来了，忙个不亦乐乎，这事儿就搁下，没人再提了。等到改革开放，文禁大开，人人都有了拿起笔写诗的冲动，这时的新诗只留下一块遮羞布——分行。就是这么巴掌大的一块遮羞布，有人还嫌碍眼，扯了，写起什么散文诗。有时我见了散文诗，由不得就想，散文与诗原本是两个截然不同的文体，若这种搭配可以，这世上还有什么文体的不同？

我有个不成熟、自认为是必须的想法，就是接续着徐志摩《叙言》里的思路，走出下一步、下两步：一是认定诗必须是有规范的，韵律应当有，节奏必须有。韵，不必讲究平仄，韵脚则必须有，节奏的字数不必固定，但节奏感必须分明。二是由中国作家协会诗歌委员会牵头，组织上十个八个全国著名的诗人和诗评家，如邵燕祥、谢冕、舒婷、潞潞诸人，开个会，定他十条八条，宣示天下，遵照执行。符合这几条的，是诗，不符合的，不得称诗，不得参与评奖，不得公开出版发行。先立起规矩来，再说怎么充实，怎么改进。眼下，只有这么一个办法，才可以挽中国诗歌这个狂澜于既倒。

谢谢大家，有不对的地方，欢迎批评指正！

2018年12月29日写

2019年1月5日讲

仍是一座远远的山
——在北京涵芬楼书店的演讲

能在王府井大街上一个这么高雅的地方讲讲徐志摩，是我的荣幸。有这个机缘，是商务印书馆出了《远山》这么一本好书。这本书，还有个副题，叫《徐志摩佚作集》，这种书，通常都叫佚文集，他们叫佚作集，想来是考虑到里面收有好几种体裁的作品，不全是文，是一种慎重，也是一种多余。

这本书是我介绍给他们出的，前面有我的序。序里除了对编者给以称赞外，还说取名《远山》，似乎在暗示我们，徐志摩仍是一座远远的山。

我甚至想过，当年徐志摩去世后，陈梦家给他编了本诗集叫《云游》，用徐志摩的一首叫《云游》的诗做书名，也是有深意的。意思是志摩先生只是上云端游玩去了，不定哪天就会回来。那是1932年。过了八九十年，再出一本集子，又用了一首诗的名字做书名，叫《远山》，意思更深些。会不会是徐志摩故意留下了这么两首诗，让后人给他编两本书，一本说我走了，你们好好地活着吧；一本是说，我还惦念着你们，在远远的山上。而我们呢，只能远远地看着他，走呀走，总也走不到跟前。

在当今学术界，无论从哪方面说，我都算是一个对徐志摩有研究的人。写过《徐志摩传》，编过《徐志摩全集》，至今仍关注徐志摩材料的发现。若有人问我，现在的徐志摩研究是个什么水平，我只能说，仍在低水平上徘徊，绯闻逸事，才子风流，基本上不知此人的真面目。写起论文来，硕的博的，革命文学家，这个是人格如何，那个是思想如何，你见谁写文章，说徐志摩的人格如何，思想如何。最普遍的评价——这是一个优秀的诗人。我以为，这样的评价，对徐志摩这样的人来说，跟说他是个人，是个男人一样，没有任何实际的意义。他不是个优秀的诗人，莫非是个平庸的诗人？

不说气话了。且将徐志摩跟他同时代的三个人做个比较，就能大体估摸出此人在中国文化史上的坐标位置。我要说的三个人，都是跟徐有过交集的，一个是郁达夫，一个是胡适，一个是鲁迅，与徐的关系，分别是同学、朋友、对手。

先说郁达夫。郁和徐，是杭州府中学堂的同班同学，略称府中同学。徐是1911年春天考上，念完了的。郁也考上了，嫌学费贵，又考到嘉兴府中学堂，念了两个月，嫌路远又转到府中，没念完，辛亥革命爆发，再没回来。1922年徐志摩回国后，郁在北大教书，无论是在北京，还是在上海，两人交往甚多。徐死后，郁写过两篇文章表示怀念，主要有两个意思，一是称赞徐中学时学习好，不怎么用功，老考第一；二是赞美徐与陆小曼的爱情，仿照电影《三剑客》里的说法，说他就是马上要死，也要做一篇伟大的史诗，颂美志摩和小曼的爱情。郁是才子，很早写小说，评价甚高。旧诗尤其好，被人推为现代作家第一。而徐，一点也不次于郁，新诗可称第一，散文的评价也越来越高。从思想观念上说，郁留学日本，新旧思想混杂，娶王映霞为妻，视为纳妾，多次称王为"王姬"。徐接受的是欧美的伦理观念，开中国文明离婚之先河，善待前妻，视为好友。大体上说，徐与郁可打个平手，略胜一筹。

再说胡适。胡在中国文化史上地位极为尊崇，有现代孔夫子之誉。胡与徐是好朋友，徐视胡为大哥。但平心而论，徐有三点超过了胡。一是学术训练。胡有博士之衔，但在学校的履历却亮点不多。他在国内上过中国公学，考上留美官费，在康奈尔大学先学农科，后转文科，博士在哥伦比亚大学，毕业论文为《中国古代哲学简史》。徐就完善多了，国内在北京大学，学的是法学；到美国，在克拉克大学，学的是史学，在哥伦比亚大学，学的是政治学，毕业论文为《论中国妇女的社会地位》。到了英国，在伦敦大学跟上拉斯基学过经济学，在剑桥大学跟上狄更生广泛接触英国名流。参加过英国的基层选举活动，为工党拉票。作为一个社会学者，徐的训练更全面些。二是见识上，有的地方比胡适高。1926年胡经苏联去英国，路过莫斯科停了一两天，便著文赞美苏联的教育成绩。徐在《晨报副刊》发了胡的三封信，同时予以批评。器量上，也比胡大。新月书店刚成立，胡一时气不顺，要抽出自己的股份，徐劝后收回。三是文学才华上，徐明显高于胡。胡的《尝试集》，只能说是新诗胎儿期的牙牙学语，而《志摩的诗》，则已朗朗成诵。

末后说鲁迅。鲁迅的最大成绩，是小说，徐是新诗，在这上头可打个平手。鲁为人称道的是杂文，徐有许多社会问题的随笔，实则是杂文，也别有风采。鲁迅中年之前，社会理念上看不出什么高明的地方。徐则不然，尊崇科学与民主，办社团，办刊物，为中国社会的进步着实努力，从不放弃。他最初的理想，是要做个中国的汉密尔顿（美国开国元勋），一直到死，都是个赤诚的爱国者。鲁迅曾作诗讽刺徐，颇狠毒，徐未回应。再偏向的人，怕也只能说，不是说而是感到，在徐的毫不在意的宽容面前，鲁迅是个颜面尽失的败北者。鲁迅晚年信奉共产主义学说，成为一个无产阶级的革命战士，这是他的光荣与进步，不可多说什么，但我们总可以说，徐也是一个有理想，为社会负责的文化人。

这样我们就可以转到《远山》这本书上了。

看书，要会看。不要老想着学知识。书籍是人类进步的阶梯，那是给学生娃说的。小学生是学生娃，中学生是，大学生是，硕士博士都是学生娃。娃就是还没长成人。三四十岁的人，工作了的人，看书要抱欣赏的态度才能轻松自如，也才能坚持下去。这世上唯一能坚持下去的事，只有玩。寓教于乐，寓学于乐，就是要把学习，渗到你的骨子里去。能从欣赏中得到教益的书，才会起到这样的作用，也才是真正的好书。

前些日子，在现代文学馆参加一个新书发布会，会上，一个常去日本的学者，很是赞赏日本的"口袋书"，说是价廉物美，便于携带，如何的好。说我们的书太贵了，又是精装，又是塑封，如何的贵，让人买不起，看不上。轮到我发言时，我委婉地表示了不同的意见。我认为，书的装帧设计一定要贵相，要讲究。好到什么程度呢？要好到平日插在书架上不丢份，过年清理杂物时舍不得卖了废品。不说内容了，光说封面设计，整体制作，这本《远山》也是达了标的。听说设计者是吕敬人先生的学生，看来这学生没白当。

内容，就更不用说了，是我看上眼，推荐给商务印书馆的。不是事中人，决然想不到这些年来研究者们翻腾出这么多徐志摩的佚作。当初两个编者之一的陈建军先生，将电子文本发给我看，我觉得够多的了，足够出本书，便推荐给商务印书馆。没想到的是，在等待出版的一年多的时间里，又增加了三分之一的篇幅，达到一百四十一篇（首）。另一个编者徐志东先生，也参加进来。当然，这些佚作不全是他俩搜集的，好些是汇集过来的。容量大了，质量也更高了。我敢说，这本书的出版必将推动徐志摩的研究往更深的向度发展。一本书的好坏，在研究上的标准只有一个，就是绕得过去绕不过去。《远山》在日后的徐志摩研究上，肯定是一本绕不过去的著作。

编过全集，写过传记，对徐志摩研究的脉络，我还是清楚的。

改革开放之前，对徐志摩，基本上是泼污水，讽刺谩骂。改革开放后，好长时间也无人插手。最早着手研究徐志摩的，是他家乡海宁市的一位文化人，叫顾永棣。我去海宁时见过这位先生，高个子，像个北方人。他编了本徐的诗集，交浙江文艺出版社出版，后来还写了本传记。现在浙江文艺出版社出的全集，就是他编的。这是20世纪80年代的事。直到90年代中期，徐都没有热起来。要热也是暗地里热，没有明着热起来，只冒烟，没明火。

颇能说明这一现象的是，1997年我的《李健吾传》出版，朋友圈里知道我能写传记，在山西工作过的丁东先生，趁空儿给他妹妹组稿。他妹妹叫丁宁，在北京十月文艺出版社当编辑，正在编一套现代作家传记丛书，已到尾声，名单上还有三个人找不到写手，问我能不能写一个。我问是谁，说是冯雪峰、何其芳、徐志摩。前面的郭沫若、朱自清、曹禺早就有人写了。我连想都没想，就选了徐志摩。如果是现在，一长串名字摆在那儿，很多人会争着写徐志摩。在徐志摩的研究上,我的徐传,是个标志,这个标志说来可笑,甚至被人攻击是下流。

什么地方下流呢,就是在我的《徐志摩传》里考证出了徐志摩和陆小曼发生性行为,突破男女之大防,是在哪天晚上,是在什么情形之下。举了许多证据,写了好几百字,接下来说,没有更为确凿的证据出现之前,基本上可以断定是1925年1月19日这天晚上。这天晚上,在北京松树胡同七号,新月俱乐部的院子里,胡适做东,客人有章士钊、林长民、陆小曼等。一桌人酒宴之后,大家都走了,陆小曼留下了。徐志摩不能叫客人,他就住在这儿,这儿就是他的家。就是这天晚上,干柴烈火,一点就着。

前不久,有位青年学者采访我,说揭示性生活是当今世界传记文学的一个新走向,你怎么能在差不多二十年前就注意到了。我说不是我意识超前,是我尊重人性,觉得这不算个事儿,这个盖子揭开了,徐的好些"艳诗"就得到合理的解释。我是从我写传上考虑的,没有顾到世界传记文学上的什么。

我把我的《徐志摩传》作为徐志摩研究上的一个重要标志,且是这样的内容,有人听了会暗笑——不要暗笑,明笑好了,大笑好了。只是笑过之后,要想一想,这不是个胆量问题,更不是个品质问题,而是个见识问题。对那些批评我、挖苦我的人,能说什么呢,再厚道也得说句,智不及此吧。

从2001年徐传出版到现在十好几年了,徐志摩的研究并没有大的进展。卡在哪儿了?卡在材料上了。傅斯年说过,历史学就是史料学,研究人物也一样,材料起很大的作用。这么多年没有新的材料发现,徐志摩的研究就一直处于"平不塌"的状况。

现在不同了,《远山》出版了,发现了大量的新材料,必将推动徐志摩的研究向更深广的层面进展。这本书里，诗啦日记啦，没什么新鲜的，也有看头，但意思不大。会看，才能看出点意思，不会看的，也就是那么回事。最值得关注的，是散文里的三组文章：一组是1920年8月发表在《政治学报》上的《社会主义之沿革及其影响》等文章，一组是1916年发表在沪江大学校刊《天籁》上发的十一篇文章，一组是1921后到1924年间，给英国人奥格登的六封信。

《社会主义之沿革及其影响》等文章的发现，可以确立徐志摩传播社会主义先驱者的地位，这就不用多说了。《天籁》上的文章，是华东理工大学的研究者发现的。沪江大学的地方，中华人民共和国成立后给了华东工学院，华东工学院如今成了华东理工大学，这样一来，沪江大学的资料就归了华东理工大学的图书馆，这样研究者才能在校刊《天籁》上找到这一批文章。这一批文章的发现，补充了徐志摩学历上的一个盲点，确认了徐志摩的学历里，有沪江大学这个环节。

在这上头，我是丢过人的。

20世纪90年代中期，我研究徐志摩的时候，编年谱，写传记，对徐有没有沪江大学这个经历，一直持怀疑态度。在陈从周的《徐志摩年谱》里，确实写着哪一年冬天，徐肄业于沪江大学。记得是这么句话，不一定准确。在梁锡华的《徐志摩新传》里，还有梁锡华从克拉克大学图书馆查到的沪江大学开出的成绩单，按说不该怀疑了。我的疑点在什么地方呢？在，既然在这个地方上过大半年的学，就该有同学，徐志摩的名气那么大，怎么死后没有一个沪江的同学写纪念文章呢？于是我便怀疑徐的沪江大学的成绩单，是徐申如为了儿子赴美留学，下了点功夫，从学校走门子开出来的。这样想了，也就这样写了，写在一篇名为《徐志摩学历的疑点》的文章上，又收入《寻访林徽因》

这本书。此书流传到台湾，台湾的一位名叫秦贤次的先生看到了。此人是个史料专家，做学问很是严谨。不知是查了资料，还是手头就有材料，著文斥责我胡说八道，以臆想代替史实，文章发在2009年某期的《新文学史料》上。我刚看到时，也挺恼火的，想写文章回击，后来一想，做学问嘛，就是要弄清史实，谁弄清就听谁的。正好这时候，《徐志摩传》要在人民文学出版社重新出版，要我写个新序，写了，也就六七百字。序中我承认了自己的错误，感谢这位台湾学者的指谬。再后来，我买到法学家吴经熊先生的自传，上面说到他跟徐志摩是沪江的同学。这次这批《天籁》上文章的发现，不光确认了这段经历，且充实了这段经历，有人再写《徐传》，可增加一章。

最最重要的，还是给奥格登的六封信。这是近年来徐志摩研究的重大发现，也是我今天要讲的一个主要内容。

先说发现的经过。信是北师大学者刘洪涛在英国访学时发现的。他写过一本书，叫《徐志摩与剑桥大学》，台湾秀威书局印行，给过我一本。书中说，发现这组书信纯属偶然。他看过梁锡华的《徐志摩英文书信集》，想看徐的原信，书中未注出处。他去英国做访问学者，名义上是研究罗素与中国，找到英国国家档案馆的地址，写信问罗素的档案，得到许多收藏有罗素档案的机构名单，其中有加拿大的一家，是麦克马斯特大学图书馆罗素档案馆。写信去问，馆长复信说，他们这儿收藏有徐志摩给奥格登的一些信，问他要不要。刘先生大喜过望，不久便得到复印件。这批信件，成为他后来研究徐志摩的核心资料。

现在来看看奥格登是个什么人。1889年生，1957年去世，比徐志摩小两岁，活了六十八岁。他是英国剑桥大学的学者，这些信怎么到的加拿大，就不多说了。奥氏在英国于1912年创办的《剑桥杂志》，成为第一次世界大战期间一个有关战争与政治的国际论坛。奥氏又是剑桥一个重要的学术、思想组织的创办人之一,这个组织叫邪学社,成立于1909年。起因是奥氏等人,对校方强制学生参加宗教活动反感,想营造一个能自由讨论宗教问题的空间,推动宗教、哲学和艺术的自由讨论。主要活动方式,是邀请文化、思想、文学界名人举办演讲。奥氏先任学社干事,后长期担任学社主席。他是一个天才的组织者和鼓动者,把学会搞得有声有色,吸引了大量的剑桥学子。从徐志摩1922年1月给罗素的信看,徐在剑桥,虽没有加入邪学社,却能够参加演讲会,可见徐与奥氏及其他邪学社的成员关系相当密切。

对徐志摩在英国留学期间所受的影响,刘先生是这样说的:20世纪一二十年代,是剑桥历史上的黄金时代。以三一学院、王家学院等学院为代表的剑桥大学,造就了一大批杰出的人文学者。他们中的许多人,属于英国上层知识分子团体布卢姆斯伯里集团的成员,是英国现代主义运动的积极倡导者和推动者。徐志摩与他们中的许多成员都有密切的交往。徐志摩与英国当时汉学界的代表人物卞因、翟理斯、魏雷等人有深厚的友谊,与作家威尔斯交情甚笃,拜访过哈代、曼斯斐尔德。可以毫不夸张地说,徐志摩全方位地介入到了英国当时的思想文化运动中。

我的感觉是,以往谈徐志摩与英国文学的关系时往往强调浪漫主义对他的影响,因为这样的影响就说他是个浪漫派诗人——反正不是革命诗人,挑个不好不坏的名头给他算了。看了刘先生的文章,我觉得,这种影响当然很重要,但徐志摩在英国亲身经历的这种文化、思想的活动,对他的影响可能更大些。最为明显也最为可贵的是,他把这种人际交往,这种组织方式,带回了中国。在北京办新月俱乐部,在上海办新月书店，都有邪学社的影子。

可惜的是，国内的研究者看不到这样的承续，也看不到这样做的意义，在现代文化人物的研究上，用的最娴熟的办法，只有两个，一是相面术，二是看出身。徐志摩长了个好模样，招女人喜欢，也喜欢女人，又写诗，当然是个浪漫诗人，留学美英，当然是受外国文学的影响。这不是相面术是什么？

徐志摩的父亲是大资本家，也是大地主，中国的乡镇资本家，没有不是大地主的。有这样的出身，必然有许多封建主义和资本主义的恶劣品质。好的品质是遗传的，坏的品质也是遗传的，于是徐志摩不花花公子，也花花公子了。何况他看着还真的就像个花花公子呢。是花花公子了，怎么不是革命的对象呢？于是对他在中国新文化运动中乃至推进中国社会进步的众多作为，就打了很大的折扣。比如早在1929年，他就组织并主持"第一次全国美术展览会"，若是"鲁郭茅巴老曹"中任何一个人做的，早就喧到天上去了。

中国文化里，在评价人时候，有个奇怪的规律，可称之为"转移性泄愤法则"。就是，对一个文化人，若他有某一方面的苦难或是缺憾，对他的另一面就特别宽容或宽厚。比如胡适，有个小脚太太，就觉得他的品质一定特别的好，不好也是好。郁达夫嘛，死得那么惨，别说是个进步作家了，说是个革命作家也不为过。鲁迅嘛，婚姻那么不幸，思想怎么能不深刻呢？就这个徐志摩，要钱有钱，要貌有貌，要学历有学历，要情人有情人，哪样都比自己强，怎么会是个好人呢？殊不知，中国文化有个强大也特殊的规律，就是"世家子现象"。多少代的积聚，到了某一代常会出现极为杰出的人物，徐志摩就属于这种情况。除了这个，别的解释，都解释不通。

单说徐志摩，让人不服气，再举个例子吧。"两弹元勋"邓稼先，这可是个新时代的英雄人物。一般人说起来，只说他出身知识分子家庭，毕业于西南联大。实际上，他的身世要显赫得多，祖上是中国著名书法家邓石如，父亲邓以蛰，美国哥伦比亚大学毕业，学美学的，回国后在北京大学任教，与胡适、徐志摩都是好朋友。这样的家世，才会有邓稼先这样优秀的子弟出现。不要动不动就说，信了什么才会什么，你就说是耶稣，我也不信会这么快。没有别的意思，只是想说，评价徐志摩这样的人，要有持平心，要放在中国文化史、社会进步史的层面上衡量，只说他是个优秀的诗人，实在是小气了。

我写徐传时，每每有这样的困惑，他在国内啸聚友朋，抱团结社，南征北战，兴致勃勃，从不气馁。后来有些疲累了，但意气未衰，只能说是苦撑待变。这一套学谁的呢？

我先前想的是，学汉密尔顿。这个美国开国元勋，办过报纸，写过政论，精通宪政的一套。但总觉得太大了，也太远了，有点"八竿子打不着"的感觉。又想，会不会是剑桥王家学院的狄更生呢？也不像。徐志摩去找狄更生，狄外出活动，回来见这个中国青年坐在门前台阶上等他。都不带他出去活动，能是怎样的亲近？连亲近都没有，又能怎样效仿？至于罗素、哈代、曼斯斐尔德等人，就更不着边际了。

奥格登，只会是奥格登。你看嘛，奥氏是组织社团的高手。刘洪涛在介绍文字中说，在邪学社成立之前，剑桥已有了一些类似的组织，如著名的使徒社便是其中之一。邪学社后来居上，风头甚至盖过了使徒社。徐回国后，与各色人等的交往更是尽显奥氏的交际本领。还有，奥氏对出版的兴致，对徐志摩不会没有感染。奥氏组织出版的"国际文库"，徐曾参与其事，推荐了梁启超和胡适的著作入选。徐后来接受中华书局的聘任，当特邀编辑，一套一套地编书，未尝不是仿效奥氏的胸襟与做派。正赶上国内新文化运动狂飙骤起，又有梁启超预先为之布局，这个年轻人便借风扬沙，施展身手，三拳两脚便把自己打造成新文化运动的明确的倡导者、切实的组织者。

这样说，只是我的一孔之见，是不是这样，且往前走着吧。好在那座山，离得虽远，山上的纹路，却已越看越清了。

《远山》中还有许多佚文，从欣赏的角度看还是蛮有意味的。比如《结婚日记》，若细看，就知道不应当起这么个名字。志摩是1926年10月结的婚，日记是1926年3月底到9月初的事。实际情形是，两人结婚前，在北京兵部洼中街的一所房子里，有过一段同居的日子。这束日记，该叫《同居日记》，既是同居日记，其亲热也就不同寻常了。就是《远山》这首小诗，细品一下，是不是有《沙扬娜拉》的味儿？好书是可以把玩的，能把玩的书，才能激发读书人的灵性。

不多说了，在这秋雨绵绵的日子，有这么一本书，可以消磨你许多的闲暇。地铁上拿出来亮一下，会收获许多羡慕的目光。

2018年10月28日讲

传主的选择与材料的挖掘
——在南京财经大学传记文学会议上的演讲

感谢杨正润教授的安排，让我参加这个会，发这个言。杨先生主持的上海交大传记工作坊，是国内传记研究的重镇，我在网上看到，每开一次年会就出厚厚一本论文集。我很赞成这种做法，文化人嘛，做个事要留下一点文化的痕迹。

写传记多少年了，深知参加这样的学术会议，我是不够格的。这些年，传记研究的会议多是南财大外语学院办的，来的也多是外语方面的专家学者。对外语，我现在完全是文盲。中学六年学的是俄语，高考也是俄语，几十年过去，全忘了。英语会一点，二十六个字母，前面几个还能按顺序排下来，后面几个也行，中间几个连顺序也弄不清了。不怨谁，我的英语是上数学课学下的，代数课上认识abcdxy，几何课上画线段，认识大写的EFG，三角课上记住sin、cos。这还没什么，参加这样的会，我最适应不了的是外语学者们的认真精神。举个小例子。十几年前，接受朋友的安排，去德国梅因兹大学参加一个国际性的传记文学会议。我用汉语讲，一个朋友翻译。一上场我就说，德国有个歌德，中国有个韩石山，这两个人是难以相比的。下来后另一个朋友说："你这么说，也太狂了吧！"我说这有什么不对，德国就有一个歌德，中国就有一个韩石山，我的书又没有翻译到德国，他们也不通汉语，怎么能够相比？好了，闲话说得太多了，言归正传。

先说一下我写过什么传记作品，下面说起来，才能落到实处。已经出版的三部，以初版论，《李健吾传》1997年，《徐志摩传》2001年，《张颔传》2010年。十三年里，出了三部。写了未能出版的，是《麻贵将军传》，将之改写为一部长篇历史小说，名为《边将》，2019年春天出版。写了半截停下来的，是一部《徐永昌传》，就是抗战胜利后，代表中国政府在东京湾"密苏里号"军舰上，在日本投降书上签字的那位中国将军。这本书，原定今年春天写完，年底出版。出版社说，现在这种书不好出，缓一缓吧，一放下就再也提不起兴趣，什么时候好出了，写完不是难事。动手写传记，是1994年春天的事，为《李健吾传》搜集材料，到2019年春天《边将》出版，前后共二十五年，写了五部传记。

这就要说到传主的选择了。说来怪有意思的，凡传主是我选下的，都低些，凡别人让我写的，都高些。李健吾是名家，跟徐志摩一比，低了吧。2000年以后，编刊物编了几年，没顾上写书，2007年退休后，想着写本传记，选的传主是山西的一位考古学家，叫张颔，又低了吧。待《张颔传》写起，有人来找了，公家的事，山西右玉县让我写明代他们那儿的一位将军，叫麻贵，从难度上讲，高了吧。正写着，三晋出版社的社长张继红先生联系我。他是山西原平人，刚才说的那位在密苏里号上签字的徐永昌将军，恰是原平人。继红先生想着为家乡做点事，几次要我写此人，好朋友，没办法，就答应了。此人是军人，又是历史名人,高了许多吧。由此我得到一个启发,别人对你的认识,比你自己对你的认识,要高些。不负众望,该是一个人前进的动力。从传主的选择上,说明我还是知道自己几斤几两的,只是朋友们不停地抬着,就高了许多。这话说到这个赶紧打住。不能往深里说,往深里说,那些恨你的人,实际上也是在高看你,高抬你。

在传主的选择上,受益最大的是写了徐志摩。说来全是偶然。写了《李健吾传》,有了写传的名声,正好北京十月文艺出版社在搞一套现代作家传记丛书,选了二三十个人,主要是进步作家,也夹了四五个名气大、不怎么进步的,比如周作人、林语堂、徐志摩。这套书,20世纪80年代中期就开始了,到了90年代中期,要结束了,还有三个人没有写。负责其事的,有个女编辑叫丁宁,她的哥哥是现在名气很大的文化人丁东先生。丁东在山西插队,后来上了山西大学历史系,算是我的学弟吧。有一次见了面,他说他妹妹那儿有一套书,还有几个人没写,问我愿不愿意承担一本,我说看是谁吧。过了几天,他来电话,说问了他妹妹,还剩三个人就收摊了,这三个人是冯雪峰、何其芳、徐志摩,问我愿意写哪个。连想都没想,我就说徐志摩吧。前些日子我在一个地方讲徐志摩,也说了这个事。说这个事是要说,直到20世纪90年代后期,徐志摩在文化界还没到炙手可热的程度。如果现在把他们的名单晾出来,让写家选,我敢说前三个人里,就会有一个选徐志摩。写传记,选传主是非常重要的。传主选不好,吭哧吭哧写了半天,最后落个一同消沉在历史的长河里,就不合算了。

传主的选择,就说到这儿。下来该说材料的挖掘了。这个问题,应分两个方面,一个是材料的搜集,一个是材料的整理。这两个方面,都关系着材料的挖掘:搜集是量的挖掘,整理是质的挖掘。拢在一起说，随意些，不说具体的操作，主要说自己的一些感受。

一个感受是，要舍得花钱。这世上，钱能办成的事，相对就简单得多。我说这话，有个前提，就是传主选好了，你得下了决心，要把这部传记写好，写成名著，至少是后人要研究这个人物，绕不过你的这本书。这就要下大功夫。写徐志摩时，去国图查资料，有一天去琉璃厂中国书店，见有《晨报副刊》的影印本，十六大册，两千六百元。我想买，但身上没带那么多钱。回到太原，正想着该怎么办，正好有个朋友来太原，我就让他先垫上钱，去琉璃厂把这套书买下带回。还是写徐志摩时，买过上海书店的《申报索引》四册（当时只出了四本），正好是1921年到1928年，每两年一本。许多珍贵的资料，就是靠这个索引查到的。2013年，想写《傅斯年传》，搜集资料时，在太原一家民营书店见到新出的全套的《申报索引》，两万多块钱，老板给打了个折，一万七千块钱买下了。后来有朋友告诉我，网上就可查到《申报索引》，不该花这个钱。我不后悔，觉得网上可查跟手边就有感觉是不一样的。当年若不是手边有一套《晨报副刊》影印本，我的徐传，写不下那么好，我的《徐志摩全集》也编不下那么全。

有个看法，不一定准确，我想说一下。我知道，高校有科研经费，要搞个什么，写个报告，通过了会批下一笔钱，买书，外出查资料。我曾问过一个朋友，要是钱不够呢，朋友笑笑说，量体裁衣嘛。我一听就明白了，这个量体裁衣，不是身子多大，衣服就多大，而是布料多大，就裁什么样的衣服。做不成长袍，就做个短褂，做不成短褂，就做个背心。这不叫量体裁衣，该说是量布裁衣。我觉得，紧着课题经费去做，是做不成正经事的。这样写出来的书，不敢说是学术垃圾，说是学术次品，该不算诬蔑吧。真正的文化人写书，还是要有点"名山事业"的精神。

胡适爱说一句老话，叫功不唐捐，意思是功夫不会白下。对这个，我也深有体会。我的《徐志摩传》，初版给的钱，没有买资料花的多。后来十月文艺出版社很快就换了封面，印了第二版。每版印两次，四次下来印了三万多册。到2010年，人民文学出版社要出一套现代文化人的传记丛书，从全国已出的十几本徐传中选，最后还是选了我的这本。当年出了一个版本，过了几年，又出个插图本。名，没有大名，利，还是有点小利的。

挖掘，搜集资料只是一个方面，更重要的，是对已有材料的分析整理。看书多了，很早就知道，要写人物传记，最好是先做年谱。写《李健吾传》时，就先编《李健吾年谱》，打印出来厚厚的一大本子。写《徐志摩传》也一样，厚厚的两大本子。有了年谱，大事小事，一览无余，前后左右，全能连在一起分析了。正因为下了这个功夫，写徐传时很轻松地考证出徐志摩和陆小曼第一次发生性关系的时间、地点：1925年2月19日晚上，北京松树胡同七号新月俱乐部院子的上房。这天晚饭，胡适在这儿请客，一桌六七人，散席后陆小曼留下了。这儿就是徐的住所，干柴烈火，一点就着。当年我写这个，让很多人嘲讽了一番，说是下流，传记上写这个做什么。今年春天吧，北大一个搞传记的研究生通过电子邮件问我，说传记写性生活是当今传记的新潮，你怎么会在差不多二十年前就有这个意识？我说，我只是觉得这是传主人生的大事，我不知道就不会写，知道了就不能不写。说实在的，写的时候，也有个小小的得意，就是想显摆一下自己考证的功力。

再说一个挖掘的例子。山西右玉县让我写《麻贵将军传》，这个人物，主要活动时间是明代的嘉靖、隆庆、万历三朝。《明史》有传，是跟另一个明代著名边将李成梁的合传，分到他名下，也就一千多字的样子。再就是，当地在"文化大革命"期间，平田整地时，挖开了麻家的祖坟，挖出了几块墓志铭。明代的墓志铭，跟唐宋时期的不同，有功业的人家，墓志铭很大，有的还不止一块，最多的有六块。麻氏兄弟几个的墓志铭，一个就有外面的碑那么大，横着竖写，一块上有两三千字。就是这么些材料，怎么写这个传呢？考虑再三，我决定用小说体，也就是演义体。要演义，也得多少有点史实依据呀。没办法，只有将材料反复地看，揣摩来揣摩去，终于让找到了下手的地方。

麻贵的墓志铭上，全是他的武功，后面一部分是子嗣的情况。麻氏兄弟三人，麻贵行三，上面有两个哥哥，大哥叫麻锦，二哥叫麻富，大哥的墓志铭没找见，二哥的找见了。这个二哥，也是一员边将，年轻时在一次激战后，风祟汗而亡，就是热身子着了凉，得病死了。死的时候只有二十六岁。他的夫人王氏，比他大一岁，二十七岁，抚养儿子麻承恩长大成人，也当了边将，屡立战功，当过四镇总兵。明朝在北部边防上，共设了九个镇，相当现在的九个军区，九个他就当过四个的司令官，地位够高的。万历三十五年，七十四岁上，太夫人王氏去世，也就是说，这位太夫人守节四十七年。这样一个守节的老太太去世了，当儿子的首先想到的是为父母立个牌坊，一个是尽了忠，一个是守了节，立个忠节牌坊，再好不过了。然而，这位孝子的心愿就是实现不了。活着的时候，曾努力过，不行。死了再申请，还是不行。这些话是从哪儿来的呢？就在其父母合葬的墓志铭上写着。原话是：

大将军勋猷振起，四捧元戎之毂，与伯叔先后鼎峙其荣，先将军亦赠秩加之。太夫人始色喜曰：而父生前不得者，赖而充之。岂天生李愬，使西平有子乎！母亦藉而叨封一品，足慰此生辛苦，儿其勉之，无忘国恩。大将军持而泣曰：人亦有以母封，为天报完节者，儿则以母不得表节于世，为竹帛不朽，徒以儿官故也。儿罪深重，岂敢自名耶。

抄的多些，是想让朋友们看了弄清此中纠葛。有个典故要先说一下。文中说，岂天生李愬，使西平有子，是说，李愬的父亲李晟，平朱泚之乱，收复长安，封为西平郡王。用在这里，是说上天念及你的父亲麻富战死，让他有了你这么个好儿子。整段文字，说的是，儿子多次为母亲请求旌表而不得。一是该，二是不能，可封一品诰命夫人，却不能"表节于世"，会是什么原因呢？我们只能推测，恐怕这位太夫人在节上是有亏欠的，这才落下儿子这么大的官呈请旌表而得不到批复的结果。在麻家后人编的旌表录上，说右卫城里，西街上曾立过好多牌坊，其中一个就叫"忠节牌坊"。于是我就以北地乡俗做了大胆的推测：这位太夫人跟他的小叔子有染，且为乡邻所知，因而呈请旌表得不到批准。我的《麻贵将军传》，就以这条线索做了故事的主体框架，将历次战事与政坛争执填充其间。我认为它是一个小说体裁的、有艺术品位的传记作品。

写完之后，在博客上挂了两三章，有麻家后人说侮辱了他们的祖先，说若不痛改前非，将诉诸法律。甚至责问我："你要写爱情，麻贵前后娶过四个老婆，不能好好写他的爱情吗？"我一听就慌了，连忙赔不是，承认错误，立马改正。正好这部传记曾打印过一个本子，便将这个本子寄到右玉县文联，表示已完成任务，出不出，怎样出，是县上的事。同时声明故事框架是我想下的,我将以此框架写一部纯虚构的长篇小说。从接受任务到动笔是三年,动笔到完成《麻贵将军传》是三年,将传记改为纯虚构的小说,又是三年。等于是前后用了八九年的时间,才写下《边将》这么一部长篇历史小说。

说了这么多,想说的意思总括起来不过一句话:选择传主要谨慎,一定要选值得写的人物。一旦选定了,就要舍得花钱,舍得下大力气,写成一部让后人敬重的作品。我相信,在座诸位都有这个能力,也都会这样做。谢谢大家!

2018 年 12 月 8 日于景邸

图书在版编目（CIP）数据

学人素颜录 / 韩石山著. —北京：商务印书馆，2019
ISBN 978 - 7 - 100 - 17718 - 4

Ⅰ.①学… Ⅱ.①韩… Ⅲ.①随笔 — 作品集 — 中国 — 现代 Ⅳ.①I266.1

中国版本图书馆 CIP 数据核字（2019）第153181号

权利保留，侵权必究。

学 人 素 颜 录

韩石山 著

商 务 印 书 馆 出 版
（北京王府井大街36号 邮政编码100710）
商 务 印 书 馆 发 行
山西人民印刷有限责任公司印刷
ISBN 978 - 7 - 100 - 17718 - 4

2019年11月第1版　　　　开本 787×1092 1/32
2019年11月第1次印刷　　　印张 9¼
定价：60.00元